Die Erinnerung

Bernd Strohmeyer

Die Erinnerung

Roman

Cover: Bernd Strohmeyer

Bibliografische Information der
Deutschen Nationalbibliothek:
Die Deutsche Nationalbibliothek verzeichnet diese
Publikation in der Deutschen Nationalbibliografie;
detaillierte bibliografische Daten sind im Internet über
http://dnb.dnb.de abrufbar.

© 2018 Bernd Strohmeyer
Illustration: Bernd Strohmeyer

© 2018
Herstellung und Verlag: BoD – Books on Demand,
Norderstedt

ISBN: 9783752832334

Ich danke meinem Freund und Lehrer Konrad Pinegger, der mir im Rahmen meiner Ausbildung die Möglichkeit gab, an zahlreichen Familienaufstellungen teilzunehmen. Die Ausbildung und die Aufstellungen waren wertvolle Inspiration für dieses Buch.

Prolog

Unser Zeitgefühl – Vergangenheit, Gegenwart, Zukunft – entsteht durch die Fähigkeit, Erlebnisse zu speichern und als Erinnerung abzurufen sowie Zukunftsszenarien auf einer imaginären Bühne in unserem Kopf anhand gemachter Erfahrungen zu extrapolieren. Mit physikalischer Zeit hat das wenig zu tun, sondern mit Vergleichen zwischen dem, was wir erinnern, und dem, was jetzt ist. Es geht also um die subjektive Wahrnehmung von Veränderungen oder Transformationen im Innen und im Außen. Je mehr Veränderung wir wahrnehmen, desto mehr Zeit scheint vergangen zu sein. Diese Sichtweise wirkt umständlich, hat aber wichtige Konsequenzen:

Die Vergangenheit ist nicht wirklich vergangen, also weg. Das kommt uns nur so vor. Sie ist auch im physikalischen Sinn immer noch in veränderter Form hier. Das „Jetzt" unterliegt lediglich einer ständigen Transformation, bei der sich vieles verändert, einiges aber gleich bleibt. Was gehört zu dem Unveränderten? Im physikalischen Bereich sind das die Atome und Grundbausteine des Universums. Sie ändern lediglich ihre Positionen im Raum und ihre Energiezustände. Atome altern nicht. Auch im psychischen Bereich bleibt alles, was nicht bewusst wahrgenommen, nie überprüft oder an neue Gegebenheiten angepasst wurde, zeitlos. Individuelle Glaubenssätze, Bewegungsmuster des Körpers, Verhaltensmuster, auch unbewusste Muster von Ahnen, die von Generation zu Generation weitergereicht werden, oder Kenntnisse, die alle Menschen unbewusst in sich tragen, sind

„nicht transformierte Vergangenheit", die im „Jetzt" aktiv ist. Deswegen können Tarot oder astrologisches Wissen auch als „Erinnerungen" bezeichnet werden, die im „Jetzt" Gültigkeit haben. Es sind alte, in die Menschheit eingewobene Muster.

Das Gefühl, dass es die Vergangenheit irgendwo noch gebe (so dass sie etwa mit einer Zeitmaschine erreichbar wäre) und die Zukunft erst erschaffen werden müsse, ist ein illusionärer Nebeneffekt unserer Erinnerung und selektiven Wahrnehmung. In Wahrheit ist alles, was jemals passiert ist oder passieren wird, in der Gegenwart in transformierter Form vorhanden. Nichts verschwindet oder wird gelöscht, nichts wird jemals gelöscht sein und alles, was sein wird, ist als Möglichkeit bereits angelegt.

Die ursprüngliche Aufgabe unseres Gedächtnisses ist es, Erfahrungen zur Verfügung zu stellen, mit denen Fehler vermieden und Ziele besser geplant werden können. Gleichzeitig verleiten uns Erinnerungen zu dem Trugschluss, dass, was schon immer funktioniert hat, auch in Zukunft funktionieren muss. Es ist ein Trugschluss, weil keine Situation einer anderen wirklich gleicht und alle Ereignisse nur selektiv und emotional verzerrt gespeichert sind. Erinnerungen schaffen daher nur vermeintliche Sicherheit und vermeintliches Wissen. Erst wenn wir sie verlieren oder unberücksichtigt lassen, können wir einen unvoreingenommenen Blick auf die Gegenwart werfen. In welchem Umfang hat sich die Welt seit unserer Jugend wirklich verändert? An welchen Werten und Regeln halten wir fest, die längst ihre Anwendbarkeit und

Wahrheit verloren haben? Was erinnern wir selektiv und fehlerhaft? Erinnerungen sollten wir nur als Werkzeug betrachten. Sie sind kein Wissen, keine Handlungsanweisung und keine Wahrheit. Wahrheit finden wir nur im „Jetzt".

Rahmid

Leise Orgelmusik atmet gedämpft eine traurige Melodie. Es sind erfüllte, präsente Töne, deren Nachhall auf einen gewaltigen Saal schließen lässt. Musik aus höheren Sphären, die alles durchflutet.

„Herr Rahmid! Herr Rahmid! Sind Sie wach? Aufwachen! Wachen Sie auf!" – „Wer stört? Warum antwortet dieser Rahmid nicht?" – Rahmid öffnet die Augen, ganz langsam, mit enormer Anstrengung. Diffuse Helligkeit schmerzt. Allmählich ordnen sich Nebelschwaden zu einem hübschen Gesicht, das ihn freundlich anlächelt. Der rote Mund vor seinen Augen spricht von Schrecken und Genesung. Nach und nach kehrt seine Orientierung zurück. Er liegt im Bett im Krankenhaus. Ein Abgrund, eine Teufelsfratze, Schmerz, dann ... Filmriss. Warum? Was war los? Innere Stimmen flüstern ihm zu: „Denk nicht dran. Du lebst! Das ist alles, was zählt."

Die Krankenschwester verschwindet und Stille kehrt ein. Nach einer gefühlten Ewigkeit taucht ein junger Mann mit Bart und verklebten Haaren auf und serviert Essen. Kurze Zeit später stürmt ein wahnsinnig gutgelaunter Arzt ins Zimmer, gefolgt von nervösen anderen Ärzten und Schwestern. Er wiederholt mit belanglosen, umständlichen Worthülsen, was bereits beim Aufwachen die Schwester Rahmid gesagt hat. Dann wieder Stille. Die Gegenstände im Zimmer scheinen manchmal ganz klein zu werden, sich von ihm zu entfernen oder ihre Form zu verzerren, ohne sich tatsächlich zu bewegen. Die Luft um ihn herum gerinnt zu einer zähflüssigen Masse. Ab und zu klappert es vor der Tür, Stimmen kommen näher und verschwinden wieder in die Stille. Dann wird es dunkel und die Geräusche verstummen ganz ...

Ich lebe, ich lebe, ich lebe! Der Gedanke kreist wie ein Karussell im Kopf und bringt mit jeder Umdrehung gefühlte Ahnungen mit. Unzusammenhängende Worte, Geborgenheitsgefühle, Geruchsahnungen, bis Müdigkeit sich wie ein schweres Tuch auf ihn legt und ihn hinüber, ins Traumland, gleiten lässt.

Am nächsten Morgen wird er wieder von einer Schwester geweckt. Diese bringt Frühstück, lächelt aber nicht so freundlich wie die des Vortages. Aufstehen und Waschen klappen schon recht gut. Bei der Visite frohlockt der immer noch gutgelaunte Arzt, wie zufrieden er mit ihm sei und dass er bald nach Hause dürfe. In Rahmid löst dieser Gedanke Unruhe und nervöses Kribbeln aus. Nach Hause? Wo soll das sein? Jetzt nur nichts anmerken lassen.

Als der Arzt das Zimmer verlassen hat, wagt Rahmid durchzuatmen. Fragen brechen wie Meeresbrandung über ihn herein. Wer bin ich? Wo ist mein Zuhause? Kennt mich irgendjemand? Gibt es Menschen, zu denen ich eine Beziehung habe? Gibt es eine Familie? Warum bin ich hier? Halt! Die letzte Frage muss warten.

Aus dem Inhalt seines Portemonnaies – Ausweis, sonstigen Papieren und Visitenkarte – kann er schlussfolgern, dass er sechsunddreißig Jahre alt und Single ist, eine Wohnung in der Stadt hat, als irgendeine Art Berater tätig ist und tatsächlich Rahmid heißt. Ungewöhnlicher Name, klingt fremdländisch. Trotz heftiger Schmerzen schleppt er sich zum Spiegel, um sein Konterfei zu betrachten. Mein Gott, wie sieht der denn aus! Es blickt ihn ein dunkelhaariges, unrasiertes, mit Kratzern und Beulen übersätes Etwas aus dunklen, funkelnden Augen an. Abstoßend, furchteinflößend, aber auch irgendwie sympathisch. Vom Aussehen her könnte er eine arabische oder spanische Herkunft haben. Seltsam, bisher war ich einfach nur „Ich", jetzt sehe ich dieses „Ich" und sehe einen völlig Fremden. Wer bin ich? Wer ist dieser Rahmid? Was habe ich mit dem zu tun? Blödsinn, natürlich bin ich dieser Rahmid. Dumm nur, dass ich vergessen habe, wie dieser Rahmid sein muss, wie er sich verhält, was er denkt, wie ich ihn darstellen muss. Keine Panik, die Erinnerung kommt bestimmt zurück! Hauptsache, keiner merkt was.

In den folgenden Tagen soll er die Klinik verlassen. Eine Schwester hilft beim Packen. Angst steigt hoch: Ich muss eine Entscheidung treffen. Entweder ich offenbare den Gedächtnisverlust und bleibe in der Klinik oder ich gehe ziellos in eine völlig unbekannte Welt. Im gleichen Augenblick klopft es an der Tür. Ein Mann stürmt freudestrahlend herein. Er ist ungefähr in seinem Alter, hat graumelierte Haare und eine athletische Statur. Mit den Worten „Hallo, alter Freund! Ist das schön, dich endlich wach zu sehen!" umarmt er ihn. Dann zwinkert er ihm zu, lacht befreit und umarmt ihn gleich nochmal. Wenn ich doch nur wüsste, wer das ist, fragt sich Rahmid und lässt geduldig die warmherzige Begrüßung über sich ergehen.

„Na, du hast mir ja einen schönen Schrecken eingejagt", brummelt der Fremde. „Aber jetzt ist alles gut. Komm, ich bringe dich nach Hause. Du musst hier sofort weg." Wieso?, denkt Rahmid, hier wurde mir geholfen. Der Fremde schnappt seine inzwischen fertiggepackte Tasche, legt ihm den Arm auf die Schulter und schiebt ihn, die Schwester breit angrinsend, sanft, aber nachdrücklich durch die Tür.

„Machen Sie es gut!", hört er noch die Schwester rufen, dann überschüttet ihn der Fremde mit einem Redeschwall. Er tut so, als ob sie seit Jahren beste Freunde seien, erzählt von unbekannten Personen und Ereignissen, während sie durch endlose Gänge und kahle Treppenhäuser irren. Für Rahmid sind die Ausführungen unzusammenhängendes, wirres Zeug. Auch die anschließende Autofahrt kann den Redeschwall nicht stoppen. Schließlich stehen sie vor einem sehr gewöhnlichen Mehrfamilienhaus. Vor der Tür schaut Rahmid sein Gegenüber hilflos an. „Was ist?", fragt der, „willst du nicht aufsperren? Ist dir schlecht?" Er kramt aus Rahmids Tasche einen Schlüssel, öffnet und sie gehen nach oben. Zum ersten Mal schweigt der Fremde.

In der Wohnung angelangt, wartet Rahmid artig an der Garderobe, dass er durch die Wohnung geführt werde. „Sag mal", sagt der Fremde zögerlich, „kann es sein, dass du ein Gedächtnisproblem hast?" Mit zittriger, leiser Stimme haucht Rahmid: „Ich habe alles vergessen! Alles!" Stille ... „Kennst du mich noch?" Rahmid schüttelt vorsichtig den Kopf. Seinem Gegenüber steigen Tränen in die Augen: „Deinen besten Freund

kennst du nicht mehr? Wir sind zusammen aufge-
wachsen!"

Dass er sich nicht erinnern kann, ist für Rahmid nicht
so beunruhigend wie die Tatsache, dass er nichts fühlt.
Er müsste doch Vertrautheit, Zuneigung und Freundschaft empfinden. Aber da ist nichts! Absolut nichts!
Er spürt nur die Trauer und Verzweiflung seines
Gegenübers. „Okay, okay", sagt der Fremde, „alles
wird wieder gut!", als wolle er sich selbst beruhigen.
„Du standest am Abgrund und hast dem Tod ins Ant-
litz gesehen. Da darf man auch mal sein Gedächtnis
verlieren." Er schüttelt sich wie ein nasser Hund,
richtet sich auf, schaut Rahmid in die Augen und sagt:
„Darf ich mich vorstellen? Ich bin Klaus. Dein bester
Freund und Helfer. Was willst du wissen?" Rahmid
schaut in das neugierig wirkende Gesicht, um dessen
Mundwinkel ein kleines Lächeln spielt, und antwortet:
„Hallo Klaus, ich bin Rahmid! Schön, dich kennenzu-
lernen." Klaus schaut erst überrascht, dann platzt
lautes Lachen aus ihm heraus. Rahmid muss auch
lachen, ohne zu wissen, warum. Beide umarmen sich
und unterhalten sich bis in die Abendstunden. Spät in
der Nacht verabschiedet sich Klaus mit dem Versprechen, am nächsten Tag mit ihm gemeinsam Orte, an
denen sie ihre Kindheit verbracht haben, aufzusuchen.
Vielleicht hilft das dem Gedächtnis auf die Sprünge.

Nachdem Klaus die Wohnung verlassen hat, setzt sich
Rahmid ins abgedunkelte Wohnzimmer, starrt auf die
Spiegelungen des Fensters und auf das dahinter lie-
gende Schwarz. „Dieser Klaus ist ja eine selbstbe-
wusste Persönlichkeit. Seine Vorstellung davon, wer

er ist, ist für ihn vollkommen klar. Er ist seine Lebensgeschichte, seine sozialen Beziehungen, der, den die anderen in ihm sehen, und der, den er in sich selbst sieht. Doch was bleibt von einer Persönlichkeit übrig, wenn alles vergessen ist? Wer bin ich ohne Lebensgeschichte, ohne die Spiegelung durch Mitmenschen, ohne meine Rolle?" Während er vor sich hin sinniert, steigt plötzlich ein bisher unbekanntes Gefühl in ihm hoch. Er kann kein Wort für dieses Gefühl finden. Es hat mit Angst, Lust, Anspannung, Loslassen und Selbstauflösung zu tun. Warmes Vibrieren durchströmt seinen Körper vom Kopf bis zu den Zehenspitzen. Obwohl er eine leicht verkrampfte Körperhaltung einnimmt, entspannt sich sein Inneres in wohltuender Weise. Bilder seltsamer Gestalten mit riesigen Augen und dünner Haut, unter der blaue Adern hervorschimmern, tauchen in seiner Phantasie auf. Die Wesen haben durchsichtige schuppenartige Stäbchen, die den Körper stellenweise bedecken und in schillernden Farben Licht reflektieren. Ihr Aussehen ist nicht nur anmutig und schön, sondern erstrahlt geradezu in intelligenter Präsenz. Dieser Anblick löst in ihm tiefe Sehnsucht aus und lässt ihn gleichzeitig erschauern: Wenn ich mich doch nur erinnern könnte, wo ich diese Wesen gesehen habe und was das seltsame Gefühl zu bedeuten hat? Das Gefühl ist für ihn so wesentlich, so präsent und wichtig, dass er dafür einen Namen erfinden muss. Er beschließt, es „Glücksangstschmerzlust" oder kurz „Ganschlu" zu nennen. Dieses „Ganschlu" begleitet ihn, bis er einschläft.

Am nächsten Morgen reißt ihn der Tür-Gong aus dem Sessel. Klaus steht, mit frischen Brötchen, Wurst, Käse, Müsli und sonstigen Leckereien bepackt, freudestrahlend vor der Tür. Beim Kaffeeaufbrühen erzählt er aufgeregt, dass er eine Vertretung für seine Praxis gefunden habe – Klaus ist Allgemeinmediziner und hat eine eigene Arztpraxis – und nun eine Woche Urlaub genommen habe, um sich ganz ihm widmen zu können. Er wolle ihm gleich nach dem Frühstück die Zivilisation, also die Stadt, zeigen.

Schon die erste Straßenkreuzung wird für Rahmid beinahe zum tödlichen Verhängnis. Er läuft bei Rot auf die Straße und Klaus kann ihn gerade noch an der Jacke zurückreißen, bevor ihn ein Auto erfasst hätte. Der Fahrer ist so überrascht, dass er erst Sekunden später reagiert und auf die Bremse steigt. „Sag mal, spinnst du? Du kannst doch nicht bei Rot loslaufen! Das ist lebensgefährlich." – „Oh, tut mir leid", erwidert Rahmid kleinlaut. „Ich wusste nicht, dass Autos bei rotem Signal Fußgänger überfahren dürfen. Das Rot soll wohl Blut symbolisieren?" Klaus lacht: „Ja, so ähnlich kann man es auch sehen."

In der Fußgängerzone herrscht reges Treiben. Familien, Jugendliche, Paare, Alte, einfach alle Bewohner hasten zielstrebig von hier nach da und wieder zurück. Vor manchen Hauseingängen bilden sich Menschenschlangen, die in das Gebäude durch eine Tür hinein und durch eine andere wieder hinaus strömen. „Wo müssen die denn hin?", fragt Rahmid. „Nun, die kaufen ein", antwortet Klaus. Rahmid schaut verständnislos. „Sie beschaffen sich Nahrungsmittel, Kleidung und was sie sonst noch brauchen." Rahmids Augen beginnen zu leuchten: „Können wir auch was einkaufen? Es scheint ja wirklich lebensnotwendig zu

sein, so verbissen und nervös, wie die alle sind." –
„Klar, können wir! Was brauchst du denn?", fragt
Klaus. „Äh, ich weiß nicht. Im Moment eigentlich
nichts", antwortet Rahmid. Klaus überlegt: „Wir
schauen uns einfach mal in einem Einkaufscenter um.
Vielleicht entdeckst du ja was, das du unbedingt
haben musst." Rahmid schaut Klaus fragend an:
„Wieso soll ich etwas haben wollen, wenn ich doch
nichts brauche?"

Gespannt und aufgeregt reihen sich die beiden in die
Menschenschlange auf der gegenüberliegenden Straßenseite ein. Im Inneren des Gebäudes ist Rahmid
überwältigt. Eine bunte Glitzerwelt mit unglaublich
vielen Dingen, die in hübschen Schachteln verpackt
oder in großer Zahl in Regalen aufgereiht sind. Nicht
nur Kleidung und Schuhe, auch vieles ohne erkennba-
re Funktion. Ab und zu fragt er einen Käufer höflich,
wozu er dieses oder jenes Produkt denn brauchen
würde. Viele reagieren ungehalten: „Was geht es dich
an?", oder: „Willst du mich anmachen?" Manche
antworten freundlicher: „Das ist so süß. Ich muss es
einfach haben", oder: „Es gefällt mir eben", oder:
„Das habe ich mir schon immer gewünscht." Keiner
sagt, dass er dies oder jenes zum Überleben brauchen
würde. Offenbar geht es nicht ums wirkliche „Brauchen", sondern um Wünsche und Hoffnungen, die mit
den Dingen verknüpft sind.

Wie unzufrieden müssen all diese Menschen sein, dass
sie so viele Wünsche haben!, denkt Rahmid und fragt:
„Warum machen die Menschen nicht etwas, das
besser funktioniert, um zufrieden zu werden?" – „Was

soll das sein?", erwidert Klaus erstaunt. „Na ja, ich hatte letzte Nacht ein Gefühl, das alle Unzufriedenheit beseitigt. Ich hatte keine Wünsche und musste nichts haben. Wenn diese Menschen dieses Gefühl auch hätten, würden sie nur noch Dinge kaufen, die sie wirklich zum Leben brauchen." – „Ah", sagt Klaus, „du hast was getrunken." Rahmid erwidert überrascht: „Wasser und Saft. Meinst du, dass das ‚Ganschlu' auslöst?" – „Äh, was auslöst?", erwidert Klaus verwirrt. „Ich weiß nicht, wie man das Gefühl nennt, das ich gestern hatte. Deshalb nenne ich es ‚Ganschlu'." Klaus nimmt die Haltung eines Lehrers ein und doziert: „Also es gibt Drogen, da spürst du dumpfe Entspannung und Unbekümmertheit, bei anderen fühlst du dich total relaxed, absolut genial und vollkommen unzuständig, oder du hältst dich für hellwach, superintelligent, unbesiegbar und unbegrenzt leistungsfähig und kannst vermeintliche Zusammenhänge erkennen, die sonst keiner wahrnimmt. Aber das sind alles Illusionen. Dein Hirn arbeitet nicht korrekt, produziert Fehleinschätzungen und Falschdeutungen. Andererseits gebe ich zu, dass es einen gewissen Reiz hat, Urlaub von sich selber zu machen und nach ‚Phantasien' zu reisen." – „Nein, nein", antwortet Rahmid mit Nachdruck. „Ich habe keine Drogen genommen. Es war keine mentale Fehlfunktion, sondern ein ganz reales Gefühl, so wie Wut, Freude oder Lust. Mir fällt nur der Name des Gefühls nicht ein!"

„Rahmid! Klaus! Wo kommt ihr denn her? Das ist ja Wahnsinn, dass ich euch treffe!" Eine gutaussehende Frau mit wallenden braunen Haaren, groß, schlank, mit leuchtend braunen Augen, kommt zwischen den

Regalen auf die beiden zugestürmt und strahlt übers ganze Gesicht. Auch bei Klaus geht die Sonne auf. Er geht, nein, er schwebt der Frau entgegen, umarmt sie und küsst sie auf die Wange: „Hallo Christa! Gott sei Dank bist du wieder auf den Beinen!" Dann dreht sich Christa wortlos zu Rahmid, der verunsichert ihre sehr innige und langanhaltende Umarmung entgegennimmt. Er spürt, wie etwas „Ganschlu" in ihm aufsteigt. „Was ist?", lacht sie ihn mit erwartungsvollen Blicken an. „Du bist so anders? Was ist los? Du siehst ja ganz schön mitgenommen aus. Wo kommst du denn plötzlich her? Komm, wir gehen ins Café und dann erzählst du, was passiert ist. Das ist ja der Hammer, dass du endlich wieder da bist. Ich kann es noch gar nicht fassen und bin gespannt wie ein Flitzebogen, was du erlebt hast. Wieso hast du dich über ein halbes Jahr lang nicht bei mir gemeldet? Ich dachte schon, du bist tot! Weißt du eigentlich, wie furchtbar schlecht es mir deswegen ging?"

Während sich die drei in Richtung Café bewegen, erklärt Rahmid, dass er alles vergessen habe. „Krass, ein halbes Jahr einfach weg?", platzt es aus Christa heraus, „oder willst du nichts erzählen? Du brauchst dir keine Gedanken machen. Ich bin nicht sauer. Nachdem ich monatelang keinerlei Lebenszeichen von dir bekam, ging ich davon aus, dass du dich endgültig aus dem Staub gemacht hast oder womöglich sogar tot bist. Auf jeden Fall habe ich dich abgeschrieben." Rahmid spürt die prüfenden Blicke von Klaus und Christa auf sich ruhen und hat das Gefühl, dass ihm die Situation irgendwie entgleitet.

Im Café angelangt, bricht Klaus das inzwischen betretene Schweigen: „Du verstehst nicht, Christa. Er hatte einen schrecklichen Unfall und erinnert sich an nichts mehr, was vor dem Unfall war. Auch nicht an dich." Christa schaut Rahmid mit entsetzten Augen an: „Ist das wahr? Du kennst mich nicht mehr?" Tränen steigen in ihre großen braunen Augen. Rahmid würde sich am liebsten unsichtbar machen oder in eine Maus verwandeln: „Es tut mir so leid, aber das ist wahr. Ich weiß nichts mehr. Kannst du mir nicht sagen, was war?"

Christa ringt um Fassung und kämpft ihre Enttäuschung und Wut nieder. „Also", sagt sie, „jetzt werde ich dir was erzählen, das dich vermutlich umhaut ... Hast du ihm das nicht gesagt?", wendet sie sich vorwurfsvoll an Klaus. „Ich wollte ihn nicht überfordern", antwortet der schuldbewusst und bekommt von Christa einen kräftigen Fausthieb auf den Arm. „Was soll das denn heißen!", brüllt Christa. Klaus kontert: „Er weiß doch nicht mal, wer er selber ist, da wollte ich ihn nicht mit Beziehungen konfrontieren. Sag du ihm doch, wer er ist!" Einen kleinen Moment denkt Christa intensiv nach, dann lehnt sie sich mit einem entspannten Lächeln zurück und sagt: „Rahmid, ich hätte nie gedacht, dass ich mal die Chance bekomme, dir zu sagen, wer du wirklich bist. Danke, lieber Gott, für diese Gnade! Also Rahmid, ... du bist ein riesengroßes Arschloch!" – „Mann, Christa!", sagt Klaus. „Das ist nicht lustig!" – „Also ich finde eure Nummer zum Totlachen", erwidert Christa, steht auf und stürmt weinend davon.

Rahmid sitzt mit belämmertem Blick vor seiner Tasse und kauert sich zusammen. „Die beruhigt sich schon wieder", beschwichtigt Klaus. – „War ich so schlimm?" – Klaus lächelt: „Du warst auch nicht anders als andere. Sie war dir und deinen Ideen einfach nicht gewachsen." Auf Rahmids Bitte erzählt Klaus ausführlich, wie er ihn in den letzten Jahren erlebt und gesehen hat. Er erzählt aufs Geratewohl, was ihm in den Sinn kommt, und Rahmid kann kaum glauben, was er zu hören bekommt. Sein Leben, ein einziger Scherbenhaufen! Die Geschichte eines unzufriedenen Mannes, der sich Lebensgefühl durch gefährliche Sportarten, sexuelle Abenteuer und Drogenerfahrungen verschafft hat. Keine Feier war zu heavy oder zu abgefahren, kein Geschäft zu schmutzig oder zu gefährlich. Seine Freunde nannten ihn „Kamikaze-Pilot".

In einer Gleitschirmflugschule lernte er Christa kennen. Sie war Krankenschwester in einer psychiatrischen Klinik und, so wie er, ein Adrenalin-Junkie auf der Suche nach dem Kick. Zwischen ihnen hatte es gleich gefunkt. Sie wurde seine längste Beziehung, seine große Liebe. Klaus schaut Rahmid in die Augen: „Du wolltest sie sogar heiraten!

Dann kam dein Anruf. Du erzähltest mir, dass ihr im Café – sonst kein Platz frei – euch zu einem seltsam aussehenden Paar an den Tisch gesetzt habt. Das Paar sah aus wie einem Indianerfilm entsprungen. Er, groß, stattlich mit braungebranntem, gegerbtem Gesicht, hatte buntbestickte Lederklamotten, wie im Fasching, an. Sie war in ihrem schlichten weißen Kleid mit den langen schwarzen Haaren, der seidig glänzenden Haut und den großen schwarzen Augen eine perfekte Schönheit. Ihr kamt ins Gespräch und fandet die beiden so interessant und beeindruckend, dass ihr sie spontan zum Abendessen eingeladen habt. Ich sollte unbedingt dazustoßen. Es werde bestimmt ein toller Abend und ich müsse die beiden kennenlernen. Mein Gott, daran will ich gar nicht mehr denken." – „Wieso?", ruft Rahmid. „Was ist passiert?"

„Die Frau des seltsamen Paares nannte sich Chusi und er Hania. Nachdem die üblichen Nettigkeiten ausgetauscht waren, erzählte Chusi – Hania sprach eigentlich nichts –, dass sie Hopi-Indianer seien. Chusi würde übersetzt sowas wie ‚Schlangenblume' heißen und Hania ‚geistiger Krieger'. Er sei ein Antilopenpriester. Als ich das hörte, bereute ich es, die Einladung angenommen zu haben. Ein Abend mit zwei Verrückten! Gut, für Gesprächsstoff war gesorgt. Mit geheucheltem Interesse stellte ich Fragen zur genauen Herkunft und der Lebensweise der Hopis und natürlich zu den allseits im Internet kursierenden Prophezeiungen der fünften Welt, deren Anbruch jedes Jahr angekündigt und dann doch wieder verschoben wird. Auch Christa wurde im Lauf des Abends ungeduldiger und ihre Fragen wurden zunehmend provokanter. Obwohl Chusi und Hania eine Engelsgeduld bewiesen, war deutlich zu spüren, dass sie sehr feinfühlig die größer werdende Ablehnung registrierten. Doch sie ließen sich nicht aus der Ruhe bringen.

Irgendwann kam das Gespräch auf die ‚Liebe'. Dass die Liebe das Höchste und das Wichtigste für uns

Menschen und die ganze Schöpfung sei und so weiter. Chusi lachte und meinte: ‚Was ihr für die Liebe haltet, ist nur eine Illusion, erzeugt durch körpereigene chemische Substanzen, durch Glaubenssätze und Bedürfnisse, die Abhängigkeiten zur Folge haben.‘ Alles großes Theater und Verstrickung. Wirkliche Liebe sei beziehungslos, absichtslos, einseitig und heilig. In den europäischen Kulturen werde die Liebe missbraucht, um an seinen Partner Forderungen zu stellen und um ihn zu manipulieren. Sie behauptete sogar, dass wir unsere Partner mit Erwartungen und Vorstellungen davon, was ein Liebender denken und tun sollte, unterdrücken würden. Zu Christa gewandt meinte sie: ‚Auch du forderst diese Erwartungen geradezu ein, bist enttäuscht und gekränkt, wenn dein Partner deinen Vorstellungen nicht entspricht. Du willst die Einzige in seinem Leben sein, für die er etwas empfindet. Du willst mit ihm einen Ehevertrag schließen, um dir das Monopol auf seine Liebe zu sichern. Ich kann dich schon verstehen, das sind alte Programme und Instinkte, die eine Bindung aufrecht-erhalten sollen, damit der Nachwuchs gesichert ist. Und diese Programme werden durch Liebesgefühle untermauert. Nur …, willst du wirklich Sklave deiner Gefühle sein und den anderen zum Sklaven seiner Gefühle und gesellschaftlicher Konventionen ma-chen?

Echte Liebe ist kein Gefühl, sondern ein Bewusst-seinszustand, der alle Kreaturen auf dem Planeten, ja sogar die gesamte Schöpfung einbezieht. Doch was ihr füreinander empfindet, ist nichts anderes als eine Wunschvorstellung, angereichert mit Ängsten, Be-dürfnissen nach Anerkennung, Geborgenheit und

Sicherheit, die durch sexuelle Belohnungen genährt, verstärkt und bestätigt werden. Doch die Gefühle verschwinden im Lauf der Zeit, so wie auch Schmerz oder Angst verschwinden. Zurück bleibt dann nur noch die Illusion der Liebe. Die Illusion, dass es eine unsichtbare Verbindung, etwas Höheres oder Göttliches gäbe. Eine Illusion, die auf Idealen beruht, die dir von Eltern, von Freunden oder von der Kirche eingetrichtert wurden. An diese Illusionen klammerst du dich wie eine Ertrinkende an einen Strohhalm. Deine Liebe ist nur ein Traum gepaart mit Pflichterfüllung.'

Das war zu viel für Christa. Sie kannte deine Affären und deine Sprunghaftigkeit, Rahmid! Gleichzeitig war sie in dich verliebt und wollte dich für immer festhalten. Also ging sie ab wie eine Rakete! Sie brüllte Chusi an: ‚Also meine Liebe ist echt und hält ewig. Egal, was Rahmid macht, ich werde ihn immer lieben!'

Anfangs versuchte Hania, sich zu beherrschen, doch seine Mundwinkel entglitten ihm, seine Körperhaltung verkrampfte sich und er musste lachen. Christa lief rot an und verlor die Kontrolle. Sie brüllte Hania an: ‚Du Idiot!' und spuckte ihm ins Gesicht.

Hania erstarrte. Der ganze Raum schien sich in derselben Sekunde in eine Skulptur aus Eis zu verwandeln. Chusi entfuhr ein kurzer Schrei, dann wurde sie leichenblass und stammelte mit zitternder Stimme: ‚Du hast gerade einen heiligen Priester unseres Stammes beleidigt. Jetzt muss er für einen Ausgleich sorgen.'

Ich glaube, Christa spürte, dass sie einen großen Fehler gemacht hatte, und stammelte kleinlaut eine Entschuldigung. Sie habe es nicht so gemeint, die Pferde seien mit ihr durchgegangen. Hania erhob sich von seinem Stuhl, zog ein Messer und schnitt der vor Schreck erstarrten Christa eine Haarlocke ab. Dann drehte er sich um, schob Messer und Locke ein und verließ wortlos den Raum. Chusi kullerte eine Träne über die Backe, dann stand auch sie auf und folgte schweigend ihrem Partner.

Ich bin noch geblieben und wir haben den Vorfall besprochen. Letztendlich kamen wir zu dem Schluss, dass der Ausgleich durch den demütigenden Lockenraub abgegolten und alles bereinigt sei. Welch grandioser Irrtum!

Rahmid, am nächsten Morgen hast du mich angerufen und berichtet, dass dieser Indianer Christa mitgenommen habe. Er habe geklingelt, Christa habe geöffnet und sei, so wie sie war mit Hausschuhen und Kleidchen, einfach mitgegangen. Du hast aus dem Fenster nach ihr gerufen, aber sie sei reaktionslos, brav hinter ihm hergetrottet und ins Auto gestiegen." – „Warum hat sie das gemacht?", fragt Rahmid verwirrt. – „Keine Ahnung! Frage sie selbst! Auf jeden Fall bist du ihnen mit dem Wagen gefolgt und hast mich mit dem Handy angerufen. Du berichtetest aufgeregt, dass sie mit dem Indianer Richtung Wald fahre. Dann riss die Verbindung ab. Kein Empfang. Was habe ich mir Sorgen gemacht! Ich wollte schon die Polizei einschalten, doch dann kam dein Rückruf. Alles sei in bester Ordnung. Hania habe sich nur bei Christa

entschuldigen wollen und habe sie als Wiedergutma-
chung zu sich nach Hause eingeladen. Als du dazu-
kamst, sei alles in bester Ordnung gewesen. Ihr hättet
gemeinsam was getrunken und euch bestens unterhalten. Du erwähntest auch, dass er dich in die USA
eingeladen habe und du ihm ganz spontan zugesagt
habest.

Danach hatten wir keinen Kontakt mehr. Tage später
traf ich Christa auf der Straße. Sie behauptete, sie sei
von dem Besuch damals allein zurückgekehrt. Du
seist bei Hania geblieben und von dort direkt zum
Flughafen gefahren, um in die USA zu reisen. Christa
wirkte verstört und wollte niemanden sehen. Auch
mich nicht. In der Folgezeit hat sie alle weiteren
Nachfragen und Kontaktversuche abgeblockt. Ich
wollte dich natürlich anrufen – einfach so verschwinden ohne Erklärung und Verabschiedung fand ich
ziemlich unverschämt –, aber dein Handy war ausgeschaltet." Klaus beugt sich zu Rahmid: „Für mich war
da was oberfaul! Dann bist du ein halbes Jahr später
plötzlich wieder aufgetaucht, ohne dich bei mir zu
melden, und hattest diesen Unfall." Rahmid schluchzt:
„Wenn ich mich nur erinnern könnte. Mir kommt das
alles so unlogisch und seltsam vor."

Christa

Als kleines Mädchen hatte Christa einen Albtraum, der sie bis heute wenigstens einmal pro Jahr heimsucht: Sie läuft über eine Wiese, die sich bis zum Horizont erstreckt. Vor ihr geht ihre Mutter, die Vater nachfolgt. Obwohl die kleine Christa so schnell, wie es ihr möglich ist, rennt, kommt sie den Eltern nicht hinterher. Verzweifelt ruft sie: „Mama, Mama, warte auf mich! Ich kann nicht so schnell!" Vater dreht sich kurz um, lacht sie an, um dann mit noch rascheren Schritten davonzueilen. Mutter versucht ihn festzuhalten und jammert: „Warte auf mich! Warte auf mich!" Doch Vater lässt sich nicht bremsen. Er geht mit aller Kraft voran, während Mutter an ihm zerrt und hinterherstolpert. „Mama! Nimm mich mit!", ruft die kleine Christa weinend. Mutter beachtet sie nicht und ist nur damit beschäftigt, Vater hinterherzukommen. Christa läuft, so schnell sie kann, doch der Abstand zu den Eltern wird immer größer. Schließlich erkennt sie nur noch zwei tanzende Punkte am Horizont. Sie steht im Wind, allein, ängstlich, einsam und verlassen. Am ganzen Körper zitternd, kniet sie nieder und betet mit bebender Stimme: „Lieber Gott, bitte sende mir eine Mutter, die nicht wegläuft. Ich will alles tun, was du verlangst, aber bitte, bitte, lass mich nicht allein sein."

An dieser Stelle erwacht sie jedes Mal weinend und zitternd. Sie fühlt sich dann unbedeutend, falsch und innerlich leer. Eine leere Hülle, aus der sich das Leben verflüchtigt hat. Tiefe Sehnsucht, sich aufzulösen, fließt bis in die Zehenspitzen. „Sich selbst einfach abgeben, die leere Hülle verschenken, wie man einen

Mantel verschenkt, der an der Garderobe vergessen und nie abholt wurde." Dieser Gedanke versetzt sie in sexuelle Erregung, ihre Angst verwandelt sich in Wärme, die sich im Körper ausbreitet. Das ist meistens der Moment, wo sie in sexuelle Phantasien abdriftet oder ihre Gefühle wegpackt und sich mit irgendeiner Arbeit ablenkt.

Eigentlich ist Christa mit ihrem Leben zufrieden. Nur mit den Männern hat sie Pech. Sie sieht gut aus, ist nicht auf den Mund gefallen und kann auf Menschen offen zugehen. Es fällt ihr leicht, Männerherzen zu begeistern, aber ihre Beziehungen sind von kurzer Dauer. Schon nach den ersten Monaten gehen die neuen Flammen fremd oder verlassen sie. Christa bemüht sich, alle Wünsche zu erfüllen, um eine begehrenswerte Geliebte zu sein. Okay, bei manchen Sachen weigert sie sich, schließlich ist sie ein anständiges Mädchen. Trotzdem, es ist zum Verzweifeln! Warum nur fällt sie immer wieder auf so schräge Typen rein? Warum kann sie keinen festhalten?

Mit Rahmid ist das anders. Von Anfang an ist er die große Liebe. Auch er will nicht mehr von ihrer Seite weichen. Sie ist so glücklich. Endlich, einer der *sie* liebt, sich nicht nur in ihrer Bewunderung aalen will und seine sexuelle Befriedigung sucht. Endlich einer, der ihre Liebe annehmen kann, ohne dass sie sich unterwirft. Sie muss sich zusammenreißen, um nicht zu viel von sich aufzugeben. Sie will ja interessant und eigenständig wirken. Diesmal muss es einfach klappen.

Christa zieht alle Register, liest Liebesromane, übt vor dem Spiegel möglichst authentische Bewegungen und Gesichtsausdrücke und denkt sich interessanten Gesprächsstoff aus. Endlich! Der Mann fürs Leben! In ihrer Phantasie wächst schon eine Familie mit Kindern und Haus heran. Rahmid ist so lieb und süß. Die Grübchen in seinem Gesicht, wenn er lächelt, erzeugen in ihr Verschmelzungsphantasien. Gefährlich! Das war meistens der Moment, in dem sie verlassen wurde.

Nach einem Monat kehren die Liebenden allmählich in ihr normales Leben zurück. Das heißt, sie gehen regelmäßig ihrer Arbeit nach und nehmen wieder Kontakt zu Freunden auf. Rahmid ist recht beliebt und seine Freunde, auch die weiblichen, empfangen Christa mit offenen Armen. Nur bei manchen Themen spürt sie eine gewisse Zurückhaltung. Zum Beispiel, wenn sie von Zukunftsplänen mit Rahmid schwärmt, sind die Freunde auffallend schweigsam. So richtig glaubt wohl keiner an die Längerfristigkeit der Beziehung.

Inzwischen unternimmt Rahmid auch öfter etwas alleine. Er trifft sich mit Freunden und kommt spät abends nach Hause. Auf Christas Fragen, wo er denn gewesen sei, antwortet er: „Willst du mich kontrollieren?" Natürlich will sie ihn nicht kontrollieren – obwohl – ihr kommt diese Reaktion allzu bekannt vor. Ihr letzter Freund hatte immer häufiger Geschäftsessen, bei denen angeblich so viel Alkohol getrunken wurde, dass er im Hotel übernachten musste. Irgendwann kam sie dahinter, dass er in den Hotels nicht alleine schlief. Der Gedanke, Rahmid könnte fremdgehen, macht sie richtig krank. Nein, nein, das darf sie nicht einmal denken. Sowas würde er nie tun. Sie lieben sich doch. Die Qual der Ungewissheit wird schließlich so groß, dass sie heimlich seine Taschen auf Hinweise durchsucht. Sie findet keinerlei Anhaltspunkt. Doch das beruhigt überhaupt nicht. Jedes seiner Worte überprüft sie auf verräterische Hinweise und vermutet tiefere Bedeutungen, die schlimme Ahnungen in ihr heraufbeschwören. Schließlich fasst sie sich ein Herz, um Klarheit zu gewinnen, und ruft bei Rahmids langjähriger Freundin Clair an. Sie will Clair offen fragen, mit wem Rahmid fremdgeht.

In einem kleinen Café verabredet sie sich mit Klara, die von allen Clair genannt wird. Schon bei früheren Treffen auf Partys waren sich die beiden von Anfang an sympathisch und lagen auf gleicher Wellenlänge. Nach dem üblichen Geplänkel kommt Christa zur Sache: „Clair, du kennst Rahmid schon recht lange. Du kennst auch alle seine Freundinnen und Liebschaften. Ist er damals ab und zu fremdgegangen?" Clair lächelt: „Obwohl wir uns lange kennen, hatten wir niemals was miteinander. Ich mag ihn und wir verstehen uns gut, vielleicht zu gut. Damit meine ich, ich weiß zu genau, wie er tickt und was er denkt. Das ist der Grund, warum ich nie eine Beziehung mit ihm wollte oder haben könnte. Er ist wie ich. Und ich halte es mit mir selber kaum aus. Wenn ich mir dann noch im Partner begegnen würde, wäre das eine Katastrophe." – „Nein, nein", erwidert Christa, „ich wollte nicht andeuten, das ihr was miteinander habt. Wenn das der Fall wäre, wärt ihr ja schon seit Jahren zusammen. Nein, ich habe nur in letzter Zeit das Gefühl, dass er irgendwas mit einer anderen Frau am Laufen hat."

„Oh ..., oh ...", sagt Clair. „Wieso fragst du mich und nicht ihn? Glaubst du, er belügt dich?" – „Na ja", antwortet Christa, „wenn er ‚heimlich' eine andere hat, dann will er vermutlich, dass es heimlich bleibt." – „Jetzt bist du in der Falle", sagt Clair. „Kannst du mir sagen, welche Antwort dich absolut davon überzeugen könnte, dass Rahmid nicht fremdgeht?"

Christa verkrampft etwas ihre Haltung und überlegt. Nach einer kleinen Pause stammelt sie: „Nur wenn du sagen würdest, dass er eine andere hat, würde ich das sofort glauben." – „Genau", sagt Clair. „Du wartest mit all deinen Sinnen darauf, dass sich ein altes Muster wiederholt. Du glaubst fest daran, dass du verlassen wirst. Dabei geht es nicht um die Frage, wie vertrauenswürdig oder treu Rahmid tatsächlich ist, sondern du suchst die Bestätigung, dass deine Liebe enttäuscht wird, dass du betrogen und von einer Nebenbuhlerin ausgestochen wirst, dass du die Verliererin bist. Deine Angst davor ist übermächtig." Christa steigen Tränen in die Augen. „Weißt du, wie oft ich schon betrogen wurde? Ich habe diesen Idioten jedes Mal vertraut, ich habe mich so verarschen lassen, ich habe mich so verschwendet. Irgendwann verliert man eben die Hoffnung, einen ehrlichen und treuen Mann zu treffen. Klar habe ich Angst, dass sich das alles wiederholt." Clair nimmt Christa in den Arm und streichelt ihren Kopf: „Ich verstehe dich ja. Aber was wäre, wenn das, was du willst, dir gar kein Mann geben kann?" Christa schaut Clair mit großen Augen an: „Wie? Was meinst du?" – „Du suchst jemanden, dem du, was er sagt, glauben kannst. Bei dem du sicher bist, dass er dich nicht belügt, dass er immer nur dich allein liebt, dass er dir immer treu sein wird. Gleichzeitig hast du vorhin schon zugegeben, dass, egal was er sagt, du ihm wahrscheinlich sowieso nicht glauben würdest. Nun hast du ein ernstes Problem. Selbst wenn Rahmid genauso wäre, wie du es dir wünschst, könntest du es gar nicht annehmen. Du würdest immer denken: Wo ist der Haken? Wo ist der Haken?

Was du wirklich brauchst, ist Vertrauen in dich selbst, Ehrlichkeit zu dir selbst und Treue zu dir selbst. Gewissheit kannst du nur in dir selber finden, nicht bei anderen. Wenn ein Partner tatsächlich treu ist, was nützt es dir, solange du es nicht in dir drinnen spürst oder es wirklich glaubst? Du hättest trotzdem Angst, ihn zu verlieren. Würdest du Treue in dir spüren, wäre das Gefühl auch dann noch da, wenn der andere fremdgeht. Es würde dich nicht verletzen. Bei den eigenen Kindern ist es ja auch so, dass man sie auch dann noch liebt, wenn sie gemein und beleidigend sind, oder einen gar hintergehen. Die Liebe zu eigenen Kindern wird nicht durch ein bestimmtes Verhalten erzeugt oder zum Verschwinden gebracht. Die Liebe ist in uns drinnen und daher unabhängig vom Äußeren."

„Du spinnst wohl", ruft Christa. „Das ist ja die totale Unterwerfung, wenn es mir egal ist, ob er fremdgeht." – „Im Gegenteil", erwidert Clair mit sanfter Stimme, „es ist die totale Freiheit. Realität ist, dass du niemanden dazu bringen kannst, dich zu lieben, dir treu zu sein, ehrlich zu sein und so weiter. Du kannst dir zu keinem Zeitpunkt wirklich sicher sein, was im anderen vorgeht. Deine vermeintlichen Gewissheiten sind in Bezug auf den anderen nur Projektionen deiner eigenen Gedanken und Gefühle. Aber diese Projektionen brauchst du nicht. Du willst ja in dir selber Liebe und Vertrauen spüren und diese Gefühle nicht nur im Gegenüber feststellen. Im Außen beobachtest du lediglich Verhaltensweisen und Behauptungen, die über deine eigenen Interpretationen zu Annahmen und Meinungen führen. Diese Meinungen werden schließlich über deine Gedanken in Gefühle verwandelt. Letztendlich kommen alle deine Gefühle aus deinem eigenen Körper und können nur von ihm, also von dir selbst erzeugt werden.

Wie soll nun deine Welt aussehen? Soll deine Welt aus den Projektionen deiner Ängste, Erfahrungen, Glaubenssätze gebaut sein, die du als Wahrheit und Realität annimmst, die unkontrolliert deine Gefühle antriggern? Oder soll die Welt der Gefühle und Impulse mit bewussten Gedanken gefüttert werden? Willst du bewusst entscheiden, wie die Welt zu interpretieren und zu bewerten ist? Wenn du deine eigenen Bewertungen als solche erkennst und dich bewusst für sie entscheidest, oder sie bewusst veränderst, bist du wirklich frei und brauchst keine äußeren Verhaltensweisen von anderen …, die übrigens sowieso meist falsch interpretiert werden. Dann kannst du, was kommt, annehmen und entscheiden, in was es transformiert werden soll. Unser Denken ist durch alte Muster und Glaubenssätze so eng, so fixiert, dass wir die vielen Alternativen meist nicht sehen können. In deinem Fall heißt das: Du wirst nie wirklich wissen, ob dich Rahmid, zumindest in Gedanken, betrügt. Es ist auch vollkommen unwichtig! Solange du Vertrauen und Liebe in dir spürst, genieße dein Glück. Spürst du das nicht mehr, kann es niemand zurückbringen. Dann solltest du die Beziehung beenden oder auf Eis legen, bis die Gefühle wieder da sind. Hältst du ohne diese Gefühle die Beziehung aufrecht, erwarte nicht vom Partner, dass er nun das Fehlende einbringt. Das kann er nicht. Es ist nicht möglich. Dann führst du – was viele Menschen machen – eine Beziehung aus anderen Gründen. Es ist egal, warum du mit einem Partner lebst, wichtig ist nur, dass du es aus einer bewussten Entscheidung heraus machst, nicht auf Grund von Bedürfnissen und Hoffnungen. Der Partner kann keines deiner Bedürfnisse aus sich heraus befriedigen oder Hoffnungen erfüllen. Er ist nur Projektionsfläche von dem, was du selbst sehen kannst, selbst glauben kannst, selbst fühlen kannst."

Nachdenklich und etwas verstört verabschiedet sich Christa von Clair.

Ob Clair lesbisch ist? Vielleicht hat sie deshalb eine so seltsame Vorstellung von Beziehung? Viel klüger ist Christa jedenfalls daraus nicht geworden.

Zu Hause angekommen, wartet Rahmid bereits mit dem Abendessen auf sie. „Ist er nicht lieb? Er kocht für mich!", denkt Christa. Das beweist doch, dass er mich wirklich lieb hat. Heute Nacht wird sie ihm beweisen, wie sehr auch sie ihn liebt.

Als sie miteinander schlafen, zeigt ihm Christa ihre Bereitschaft, auch das zu tun, von dem sie vermutet, dass Rahmid sich niemals trauen würde, danach zu fragen. Wie selbstverständlich verhält sie sich unterwürfig, nimmt Schmerzen und Unangenehmes in Kauf. Er soll größtes Vergnügen haben. Diese Nacht soll er nie vergessen, er soll *sie* nie vergessen.

Am nächsten Morgen ist Rahmid auffallend schweigsam. Irgendetwas stimmt nicht. Sie ist doch letzte Nacht besonders hingebungsvoll seinen Wünschen nachgekommen. So weit ist sie noch nie gegangen. Hat es ihm nicht gefallen? War sie trotzdem nicht gut genug oder hat sie zu viel von sich preisgegeben? Hat er den Respekt verloren? Christa kann ihm kaum in die Augen schauen. Rahmid bemerkt ihre Unsicherheit: „Bitte entschuldige die letzte Nacht", sagt er. „Ich weiß auch nicht, was über mich gekommen ist. Ich hätte das nicht tun dürfen. Es tut mir so leid." Christa schaut ihn an: „Aber ich war doch einverstanden. Ich wollte das doch auch." – „Wie?" Rahmid schaut noch verstörter. „Es hat dir also gefallen?" – „Ja", antwortet Christa, „sonst hätte ich doch nicht mitgemacht. Ich liebe dich." Nach einer längeren Pause sagt Rahmid: „Okay, dann ist ja alles gut."

In den nächsten Tagen bleibt Rahmid auffallend zurückhaltend. Abends ist er müde oder er will etwas unternehmen – Kino, Veranstaltungen, Freunde. Für eine sexuelle Begegnung bleibt keine Zeit. Schließlich stellt sie ihn zur Rede. Sie fragt, was los sei. Eigentlich wolle sie nicht im Zölibat leben. Rahmid reagiert aggressiv und wütend. Er packt sie, schleift sie ins

Schlafzimmer, ohrfeigt sie und reißt ihr die Kleider vom Leib. Sie weint und schreit: „Nein, Nein! Hör auf!" – „Du wolltest doch Sex", schreit Rahmid. „Jetzt kriegst du, was du willst!" Dann dringt er in sie ein. Sie hört auf, zu weinen und sich zu wehren. In ihrem Kopf herrscht plötzlich totale Leere. Kein Denken, kein Spüren, als ob sie eine leere Hülle sei, ein Tuch oder ein Mantel, auf dem sich jemand befriedigt. Als Rahmid fertig ist, verlässt er die Wohnung. Christa, zunächst unfähig, sich zu bewegen, geht irgendwann unter die Dusche und wäscht sich mindestens eine Stunde. Noch immer fühlt sie nichts. Nur tiefe Sehnsucht, sich aufzulösen, durchströmt ihre Adern wie heißes Eisen.

Am nächsten Morgen kehrt Rahmid zurück. Offensichtlich hat er die ganze Nacht durchgemacht. Sie setzen sich an den Frühstückstisch und tun so, als ob nichts geschehen wäre. Dieses oberflächliche Geplänkel halten sie auch in den nächsten Tagen aufrecht. Irgendwann haben sie auch wieder Sex. Diesmal aber ganz braven Blümchensex. Christas Gespür wird immer deutlicher: „Rahmid hat eine Geliebte. – Soll er doch! Meine Liebe wird auch das überstehen", denkt sie. Wie hat Clair gesagt: „Wer Treue in sich hat, braucht keine Treue des Partners. Irgendwann wird er erkennen, was er an mir hat." Dann muss sie weinen.

So geht das bis zu dem Abend, an dem sie Chusi, Hania und Klaus zum Abendessen einladen. Christa weiß bis heute nicht, warum sie an diesem Abend so ausgerastet ist. Auf jeden Fall hat sie wieder einen fürchterlichen Fehler gemacht, der alles verändert, so wie bei Rahmid.

Als am nächsten Morgen Hania vor der Tür steht, hat sie Todesangst. Sie ist im ersten Moment davon überzeugt, dass nun ihre letzte Stunde gekommen sei, dass er sie töten werde. In dieser Überzeugung stürzt sie in ihre Verlassenheit, in ihre innere Leere, wie in einen Abgrund. Während sie in den Abgrund fällt, wächst ihre Sehnsucht nach jemandem, der ihr gibt, was sie braucht, zum unerträglichen Schmerz. Es ist die bedingungslose Sehnsucht nach der Mutter. Hania streckt ihr eine kleine Puppe entgegen, die mit ihrer abgeschnittenen Haarlocke umwickelt ist, und sagt: „Das ist dein Kern, deine Seele. Er gehört mir. Sage der leeren Hülle, dass sie mir folgt, damit sie vereinigt werden können." Unwillkürlich steigen in Christa Glücksgefühle auf. Ist das der Mann, der mich haben will und mich mitnimmt? Ist das der, um den ich als kleines Mädchen gebetet habe? Er besitzt meine Seele. Deshalb fühle ich mich so leer. Er ist verantwortlich, er gibt mir Antwort. Ich gehöre ihm. Alles ist klar. Warme sexuelle Gefühle wogen in Wellen durch die Hülle und Christa folgt, wie in Trance, zum Wagen.

Hania

Priester ist Hania. Könnte er auch etwas anderes sein, Handwerker oder Bauer? Nein! Wieso sollte jemand eine Tätigkeit ausüben, die nicht sein Potenzial abbildet?

Wenn er abends unter dem Band der Milchstraße steht, das sich in der glasklaren Luft wie in einer gewaltigen Kuppel von Horizont zu Horizont erstreckt, hat er die Gewissheit, in einem gigantischen heiligen Tempel zu stehen. Ein Tempel, der von Göttern erbaut und von anderen göttlichen Wesen bevölkert wird. Er und mit ihm alle Menschen sind Diener dieses Tempels und der Götter. So war es seit Anbeginn der Menschheit und so wird es immer sein.

Er kam unter tragischen Umständen zur Welt. Seine Mutter starb bei der Geburt. Als fünftes Kind war er ungeplant. Als er zur Welt kam, war sein jüngster Bruder bereits dreizehn und seine Mutter neununddreißig. Sie wollte kein Kind mehr, ließ sich aber von ihrem Ehemann überreden, nicht abzutreiben. Hätte sie doch nur ihrem Impuls vertraut. So kam es, dass die älteste Tochter mit zweiundzwanzig den Haushalt übernehmen musste. Vater trauerte bis zu seinem Tod der geliebten Ehefrau nach. Hania glaubte in den Blicken seiner Geschwister unausgesprochene Schuldzuweisungen erkennen zu können und suchte schon in frühen Jahren nach einer Möglichkeit, die Familie zu verlassen. Früh fand er einen Ausbildungsplatz bei einem Medizinmann und Priester. Ausbildungsplatz ist allerdings das falsche Wort, da so eine

Ausbildung nicht mit dem, was man von herkömmlichen Schulen oder Lehrstellen kennt, verglichen werden kann. Die Ausbildung zum Priester verlangt von einem Schüler die radikale Absage an ein normales Leben und Hingabe bis in den Tod. Ein Priester hat kein Privatleben. Er ist ausschließlich im Dienste seines Volkes tätig. Für Hania war dieser Lebensweg eine Chance, seine Schuldgefühle gegenüber der Familie zu überwinden und sich weiterzuentwickeln. Gleichzeitig war es für ihn eine enorme Herausforderung. Sein Freiheitsdrang erlaubte ihm nur bedingt, sich der harten Disziplin und den strengen Regeln unterzuordnen. Sein Meister sagte ihm: „Du wirst immer ein geistiger Krieger sein, weil du immer einen Kampf gegen dich selbst führen wirst." Diese Prophezeiung war nicht übertrieben. Vor allem in der Jugendzeit haben ihn Emotionen, Sehnsüchte und Wünsche hin- und hergerissen. Manchmal fand sein Meister keine Worte mehr, die ihn noch berühren konnten, und griff auf harte Strafmaßnahmen zurück. Mehrmals wollte Hania alles hinwerfen und gehen. Doch irgendein Zufall, irgendeine Begebenheit oder Person hat ihn jedes Mal im letzten Moment abgehalten. Offenbar wollen die Götter seine Priesterschaft. So sah das auch sein Meister, der, um ihn zu halten, wahre Meisterschaft in Nachsicht und Vergebung entwickeln musste.

Trotz aller Schwierigkeiten hat Hania ein ganz besonderes Talent. Er kann komplexe Zusammenhänge mühelos durchblicken und besitzt ein feines Gespür für Stimmungen, Energien und sich anbahnende Ereignisse. Ereignisse, die „in der Luft liegen", kann er nicht nur spüren – wie das auch Tiere können –, sondern auch vorausahnen. Das hat nichts mit Hellsehen zu tun, wie manche Menschen irrtümlich glauben, sondern mit Wahrnehmung. Bevor ein Ereignis in die Realität eintritt, sendet es eine Art Wahrscheinlichkeitswelle voraus. Wer diese Welle wahrnehmen kann, spürt eine drohende Gefahr, bevor sie da ist. Am eindrucksvollsten lässt sich so eine Fähigkeit bei Meistern von Kampfsportarten oder bei Zen-Meistern beobachten. Sie reagieren auf Angriffe, bevor die Angriffsbewegung des Gegners tatsächlich stattgefunden hat, oder weichen Geschossen aus, die sie unmöglich rechtzeitig erkennen konnten. Sie scheinen die Linearität der Zeit aufzuheben. Tatsächlich ist für Hania Zeit nicht wirklich existent. Für ihn gibt es nur das „Jetzt". Im „Jetzt" finden die Veränderungen oder Transformationen des Ist-Zustands statt. Diese Transformationen erfordern ständige Reaktionen oder Anpassungen der Natur, der Tiere und Menschen, um sich mit und nicht gegen die Energie zu bewegen. Wie ein Schwimmer, der die Meeresbrandung überwindet, indem er die Bewegung der Wellen nutzt und nicht gegen sie ankämpft. Diese besondere Gabe befähigt Hania, auch feine Schwingungen wahrzunehmen, die von Orten, Objekten, von einzelnen Menschen oder Menschengruppen, von Völkern und dem ganzen Planeten ausgehen. Er spürt, was ist und was sein wird. Dieses Gespür schulte und verfeinerte er sein ganzes Leben.

Normalerweise finden Veränderungen in wiederkehrenden Rhythmen statt. Man könnte diese Rhythmen in Kreisdiagrammen darstellen. Als Priester gehört es zu Hanias Aufgaben, diese Rhythmen wahrzunehmen, zu verstärken und die Menschen mit den Schwingungen in Resonanz zu halten. Nur wer in Resonanz ist, hat auf Dauer genug Kraft, um sein Leben zu lenken. Schon in jungen Jahren war er wie eine schwingende Stimmgabel, die mit Tänzen, Gesängen und Ritualen den Kontakt zu Göttern suchte und sie animierte, die ewige Melodie vom Werden und Vergehen und von den Jahreszeiten zu singen. Sein Ansehen wuchs mit zunehmendem Alter und seine Rituale wurden tiefer und mächtiger. Schließlich erwählte ihn sein Volk zum Antilopenpriester. Die Aufgabe eines Antilopenpriesters ist es, mit einem alljährlichen Ritual, dem sogenannten „Schlangentanz", für den nächsten Jahreszyklus die Existenz des gesamten Volkes sicherzustellen. Inzwischen genießt Hania, als Verbindungsglied zu den Göttern und als Beschützer der Lebensgrundlagen, größte Hochachtung. Jede und jeder seines Volkes vertrauen ihm bedingungslos.

Schon seit geraumer Zeit spürt er, dass sich die Muster und Schwingungen der Himmelskräfte ändern. Die Vorzeichen dieser Veränderungen waren für ihn von Anfang an erkennbar. Unter den Völkern der Erde wuchs die Intoleranz und Aggressivität. Immer rücksichtsloser wurden Bodenschätze gewonnen, immer hemmungsloser wurde die Natur verschmutzt und ausgebeutet. Die Menschheit durchlief eine narzisstische Phase, die darin gipfelte, dass man glaubte, alles mit Technik lösen zu können und zu müssen. Man war sogar bereit, den gesamten Planeten mit Atomwaffen zu zerstören, nur um politische Ideologien durchzusetzen oder politische Systeme zu erhalten. Weltweit herrschte ein Klima der Selbstüberschätzung, Ignoranz, Intoleranz, Selbstverliebtheit und Mitleidslosigkeit.

Dann erhöhte sich die Schwingung nochmals und es traten Wetteranomalien, weltweite Klimaveränderungen, ein Anstieg des Meeresspiegels, weltweites Artensterben, erhöhte Verletzlichkeit der Natur durch menschliche Eingriffe und vermehrt Naturkatastrophen auf.

Neuartige Krankheitserreger und genveränderte Lebewesen läuten bereits die dritte Phase der Schwingungserhöhung ein. Hania verglich die Vorgänge mit einem Ritt auf einem Feuerpferd. Das Feuerpferd galoppiert immer schneller und lässt sich immer weniger führen. Unaufhaltsam beschleunigt es. Inzwischen fliegt die Landschaft so rasch vorbei, dass die Farben, der Geruch, der Geschmack und die Formen beginnen, sich zu verändern. Ursache-Wirkungs-Beziehungen wandeln sich und für uns scheint die Welt immer chaotischer und gefährlicher zu werden. Alles nimmt höhere Frequenzen an, wird instabiler, energetischer und unberechenbarer. Die Priester müssen neue Wege gehen, um diese hohe Frequenz noch transformieren zu können, um das Überleben ihres Volkes und auch das der anderen Völker sichern zu können. Doch wie sollen sie mit den immer schnelleren Veränderungen Schritt halten? Beim letzten Schlangentanz spürte Hania deutlich eine Schwächung oder Qualitätsveränderung seiner Verbindung zu den Göttern. Gemeinsam mit den anderen Priestern beschließt er daher, die Götter zu rufen und um neue Anweisungen zu bitten. Immerhin sind sie von den Göttern auserwählt, die Verbindung zu halten. Oder haben sich die Götter bereits abgewendet?

Die Kontaktaufnahme soll am Abend auf dem Gipfel eines heiligen Berges stattfinden. Die gesamte Priesterschaft ist anwesend, um das gemeinsame Ritual zu begehen. Auf der Bergkuppe, von der Bevölkerung streng abgeschirmt, umringen die heiligen Männer ein Feuer, fassen sich an den Händen und bilden einen geschlossenen Kreis. Räucherwerk und unterschiedliche Kultgegenstände werden ins Feuer gegeben, bis dichter, stark riechender Qualm eine weiße, senkrecht emporsteigende Rauchsäule bildet. Die Säule scheint bis ins Firmament zu reichen. Zunächst tönen die Männer und stimmen mantrische Gesänge an, dann setzt sich der Kreis im Uhrzeigersinn in Bewegung. Nach und nach fallen die Priester in Trance und der Kreis rotiert immer schneller um die Rauchsäule. Nach einiger Zeit wird der Rauch noch heller, als ob er von innen leuchten würde, und Blitze zucken in den klaren Himmel. Dann löst sich am Firmament aus den Milliarden Lichtpunkten der Milchstraße ein einzelner Punkt und bewegt sich mit rasender Geschwindigkeit in Richtung Rauchsäule. Für die Priester ist das nichts Ungewöhnliches. Der Lichtpunkt wird heller und wächst zu einer größer werdenden Scheibe. Wie auf Kommando kommen die Priester schlagartig zum Stehen. Absolute Stille. Hania beginnt in Trance zu sprechen. Er ruft in den Himmel, dass sich die Menschen im Denken und Handeln verändert hätten, dass der Planet aus dem Gleichgewicht geraten sei und die Schwingungen von ihm nicht mehr in Resonanz gebracht werden könnten. Alles löse sich auf, alles werde chaotisch. Ein zweiter Priester, ebenfalls in Trance, tritt hervor und antwortet: „Bringe mir einen veränderten Menschen." Dann entfernt sich der Lichtpunkt und verschwindet in der Unendlichkeit.

Die Priester kehren ins Dorf zurück, wo man sie bereits mit Spannung erwartet. Zunächst halten sie die Ereignisse geheim und beraten drei Tage und drei Nächte, was nun geschehen soll. Schließlich wird Hania dazu bestimmt, einen veränderten, sogenannten „modernen Menschen" zu beschaffen und den Göttern zuzuführen. Dafür soll er nach Europa reisen. Für einen Hopi ist Europa der Inbegriff von Fremdartigkeit und moderner Lebensart. Erst vor kurzem stand in der Zeitung etwas von einem Stamm in Deutschland. Angeblich schätzt sich dieser Stamm gegenüber anderen Menschen als überlegen ein. Sie nutzen moderne Computer, pflegen aber gleichzeitig, in traditioneller Kleidung, alte Rituale und Bräuche. Diese Rituale haben Umweltzerstörung, Massentierhaltung und die Massentötung von Tieren mit anschließendem Verzehr in ungewöhnlich großen Mengen zur Folge. Ihre Männlichkeit und Stärke drücken sie durch den Konsum – in ebenfalls ungewöhnlich großen Mengen – eines berauschenden Getränks aus. Sie nennen sich „Bayern" und bilden die Fehlentwicklung der Menschheit besonders gut ab. Solch ein Exemplar will Hania den Göttern präsentieren. Zur Unterstützung soll er von einer Hopi-Frau mit dem Namen Chusi begleitet werden.

Chusi war schon als Kind nicht nur eine Schönheit, sondern auch hochintelligent. Ihre Eltern haben sie früh gefördert und ihr ein Wirtschaftsstudium finanziert. Einen Teil ihrer Studienzeit hat sie in Deutschland verbracht und spricht daher fließend Deutsch. Sie muss herzlich lachen, als Hania seinen Plan offenbart. Doch warum nicht? Ein Bayer ist so gut wie jeder andere. Schwieriger wird es sein, den Klienten ohne

Aufsehen im Hopi-Land verschwinden zu lassen und gleichzeitig Nachforschungen von Angehörigen oder der Polizei zu vermeiden. Was die Götter mit dem Klienten vorhaben und ob er jemals zurückkommen wird, ist schließlich ungewiss.

Im Land der Bayern angekommen, ist Hania ziemlich überrascht. Die Menschen sehen kaum anders als Amerikaner aus. Nur wenige tragen traditionelle Kleidung und Umweltzerstörung ist der putzig aussehenden Spielzeuglandschaft nicht anzusehen. Keine Nazi-Horden, die brandschatzend und randalierend durch die Straßen ziehen. Lediglich übervolle Regale in Metzgereien lassen die angeblichen Tötungsorgien an Tieren vermuten. Doch wirklich glaubhaft wirkt das alles nicht. Chusi hat sich wohl zu Recht über seine Vorstellungen amüsiert, die allein auf Zeitungsmeldungen und Medienberichten basierten. Nachdem ein kleiner Bauernhof, der von den USA aus angemietet wurde, bezogen ist, beschließen sie, bereits am nächsten Tag in der Stadt mit der Suche nach einem „Klienten" für die Götter zu beginnen. Es soll jemand sein, der keine Familie oder feste Bindung hat, gesund, körperlich fit, nicht zu jung und psychisch belastbar ist. Denn nur die Götter wissen, was mit dem „Klienten" geschehen wird.

Die Auswahl

Nach dem Frühstück begeben sich Chusi und Hania in die nahe gelegene Stadt. Sie deponiert Hania in einem netten Café und bestellt ihm Kuchen und Tee. Chusi will alleine auf die „Jagd" nach einem „Klienten" gehen, da sie bemerkt, wie viel Misstrauen und Zurückhaltung das ungewöhnliche Aussehen von Hania bei den meisten Einwohnern auslöst. Sie spielt die gelangweilte, unzufriedene Hausfrau auf Shoppingtour und durchstöbert ein Geschäft nach dem anderen.

In der Fußgängerzone, versteckt in einem Hauseingang neben Praxisschildern von Rechtsanwälten und Ärzten, springt ihr ein kleines Plakat ins Auge. Auf dem Plakat steht: „Zeit der Wirklichkeit – Komm herein und sei im Jetzt!" Chusi fühlt sich irgendwie von der Aufforderung angesprochen und beschließt, der Sache nachzugehen.

Unsicher öffnet sie die schmuddelige Eingangstür und kommt in ein dunkles Treppenhaus. Sie geht die Stufen hinauf. Es ist totenstill. Ihr Weg führt an abgenutzten Praxistüren und schäbigen Wohnungstüren vorbei. An den Wänden hängen vergilbte nichtssagende Fotos und billige Baumarktdrucke. Unter den Fenstern kümmern vertrocknete Zimmerpflanzen vor sich hin. Jeder Praxiseingang bietet ganz individuell eine unbeabsichtigte Ausstellung zum Thema „Entbehrung und Mangel".

Schließlich enden die Stufen im Dachgeschoss vor einer weißen Tür mit dem Schild „Eingang in die

Wirklichkeit". Die Tür ist angelehnt. Chusi tritt vorsichtig ein. Am Ende eines langen Gangs befindet sich eine verglaste Zimmertür. Gedämpfte Helligkeit schimmert durchs trübe Glas. Unsicher und möglichst leise öffnet sie und streckt den Kopf durch den Spalt. Drinnen sitzt eine kleine Gruppe Menschen auf Kissen im Kreis. Es duftet nach Räucherstäbchen. Im Zentrum des Kreises befindet sich eine Kerze, auf die alle gebannt starren. Schweigen. Schließlich erhebt sich einer aus der Gruppe, ein gutaussehender Mann in mittleren Jahren, und kommt lächelnd auf sie zu. „Ich grüße dich herzlich und freue mich, dass du hier bist." Er umarmt sie, als ob sie sich schon lange kennen würden. „ Setze dich zu uns, wir sprechen gerade über die Gegenwart." Er streckt ihr ein Kissen entgegen und Chusi fügt sich in den Kreis. Sie genießt die freundlichen Blicke und die wohlwollende, entspannte Atmosphäre. Jeder der Anwesenden spricht darüber, was ihm zum Thema Gegenwart in den Sinn kommt, ohne von den anderen kommentiert oder hinterfragt zu werden. Im Laufe der nächsten Stunde erfährt Chusi, dass der Gruppenleiter Dieter es sich zur Aufgabe gemacht hat, Menschen ins Bewusstsein zu führen und ihnen neue Sichtweisen und Wege zu mehr Ausgeglichenheit und zu innerem Frieden zu eröffnen.

Nachdem sich die Gruppe nach einer Stunde aufgelöst hat, lädt Dieter Chusi zum Essen ein. Gerne nimmt sie seine Einladung zum Italiener um die Ecke an. In angenehmer Atmosphäre, bei gutem Essen und auf lauschigen Sitzplätzen unterhalten sie sich prächtig. Chusi spürt sofort, dass es bei Dieter gefunkt hat. Bereitwillig erzählt er aus seinem Leben und über

seine erst vor zwei Jahren neu entdeckte Bestimmung.
Obwohl Chusi schätzungsweise zehn Jahre jünger als
Dieter ist, findet sie ihn äußerst attraktiv. Bald schon
erfährt sie, dass er Single, frei und unabhängig ist.
Offenbar haben es die Götter eilig, ihr den passenden
Kandidaten zu senden. Sie beschließt, diese Fügung
aufzugreifen, und verabredet sich mit ihm für den
nächsten Abend.

Als sie ins Café zurückkehrt, sitzt dort Hania noch
immer und hat inzwischen das fünfte Stück Torte
vertilgt. Er nimmt die aktuelle Entwicklung mit großer
Genugtuung auf. „Das ging ja schneller als gedacht.
Jetzt kommt allerdings das eigentlich Schwierige. Du
musst ihn dazu bringen, dir zu folgen", sagt er. „Ich
werde mich anstrengen", flötet Chusi mit einem
seligen Lächeln.

Am nächsten Abend steht Chusi bei Dieter vor der
diesmal geschlossenen Tür. Ihr weißes elegantes
Kleid, unter dem sie nichts weiter anhat, reibt an der
Brust, als sie den Arm hebt und klopft. Dieter öffnet in
Schlabberhose, T-Shirt und Latschen. Freudestrahlend
umarmt er Chusi und atmet ihren dezenten Duft nach
Amber, Karamell, frischem Gras und Weiblichkeit tief
bis in die Zehenspitzen hinunter. Ihre Finger spielen
auf seinem Rücken und er beschließt, diesen Moment
nie wieder loszulassen. Dann küssen sie sich. Chusi
spürt, wie ihr Verlangen, mit ihm zu verschmelzen,
und ihre Lust zur reißenden Flut anschwellen. Eine
Flut, die alles, was und wer sie ist, hinwegspült.
Selbstvergessen stürzt sie sich auf ihn, reißt ihm die
Kleider vom Leib und bedeckt ihn über und über mit

heißen Küssen, bis sie, in wildem Rhythmus vereint, zum Höhepunkt gleiten. Die Zeit der Wirklichkeit, das pure Jetzt, das pure Sein!

Um drei Uhr morgens erwacht Chusi. Als sie von der Toilette zurückkehrt, sitzt Dieter aufrecht im Bett und fragt: „Wer bist du? So habe ich das ja noch nie erlebt." – „Ich bin eine Dienerin", antwortet Chusi. „Ich diene mit meinem Herzen, all meinen Energien, all meinen Vorfahren und denen, die nach mir kommen werden. Ich diene mit meiner gesamten Existenz." Dieter schaut etwas verwirrt. „Und wem dienst du?" – „Denen, die uns gemacht haben, uns lenken und beschützen, den Göttern. Die Götter haben mich zu dir geschickt, um dir zu dienen." In Dieter beginnt es zu arbeiten, doch er beschließt, weitere Fragen erstmal zurückzustellen.

Beim Frühstück am nächsten Morgen hält es Dieter nicht mehr aus: „Chusi, du hast in der Nacht gesagt, du würdest irgendwelchen Göttern dienen und die hätten dich zu mir geschickt. Was hat das zu bedeuten?" Chusi errötet: „Oh, das. Ich wollte damit nur sagen, dass ich alles mit vollem Einsatz mache. Wir Hopis betrachten uns als individuelle Wesen, aber nicht als die Herren der Welt. Wir sind Diener auf diesem Planeten. Die wahren Herrscher sind Götter, die aus dem Himmel stammen und nun über die Erde wachen. Unsere Aufgabe ist es, den Planeten zu bewahren und achtsam zu behandeln. Vernachlässigen oder missachten wir diese Aufgabe, werden die Götter zornig und vernichten uns. Du wirst das lächerlich finden, aber für mich ist das sehr ernst."

„Nein, nein", stimmt Dieter zu. „Ich finde das auch gut und wichtig. Wir müssen unsere Umwelt schonen und bewahren. Aber du sagtest noch, du müsstest mir dienen. Was soll das denn?" – „Naja", antwortet Chusi kleinlaut, „du könntest ja auch was zur Rettung der Welt beitragen. Wenn ich dir diene, dann diene ich der Rettung der Welt." Dieter lacht: „Na, wenn du es so siehst! Nur erwarte bitte nicht zu viel Beitrag zur Weltenrettung von mir. Ich trenne Müll, kaufe Bio-Waren und esse wenig Fleisch, aber ich bin kein Umweltaktivist. Und ich wünsche mir auch keine SM-Beziehung oder sowas Ähnliches von dir."

Chusi schaut Dieter auffordernd in die Augen: „Was wäre, wenn du etwas wirklich Wichtiges für den Planeten tun könntest? Würdest du das machen? Auch wenn es vielleicht gefährlich ist?" – „Kommt drauf an, was es ist. Bist du etwa von Animal Peace? Mit illegalen Aktionen will ich nichts zu tun haben!" Chusi fuchtelt abwehrend mit den Händen: „Nein, nein, sowas nicht. Aber würdest du mit mir in meine Heimat fliegen und mein Volk unterstützen?" – „Das ist also des Pudels Kern", meint Dieter. „Du wirbst mich als Mitglied für deine Organisation an! Boah, das nenne ich Einsatz."

„Du bist blöd", sagt Chusi lachend. „Das war kein Anwerben, sondern eine Inbesitznahme und ich brauche keine Organisation. Ich möchte einfach nur mit dir zusammen in die USA reisen und die Welt retten." – „Ach so, wenn es sonst nichts ist! Mensch Chusi! Was hast du vor?"

„Du müsstest bei einem Ritual mitmachen, um die Götter zu besänftigen", sagt Chusi mit ernster Miene. „Vergiss es, sowas mache ich definitiv nicht!", antwortet Dieter. Chusi steigen Tränen in die Augen: „Auch nicht für mich?" – „So gern ich dich mag, aber sowas würde ich für niemanden machen. Wer weiß, was mir da alles passieren kann? Ich glaube an eure Götter und Rituale nicht und werde für so einen Unsinn kein Geld investieren und keine Risiken eingehen." – „Feigling!", brüllt Chusi, packt ihre Sachen und rauscht türknallend aus der Wohnung. Dieter schaut ihr völlig verdattert hinterher.

Erneut trifft sie sich mit Hania im Café zur Lagebesprechung und zur Kuchenschlacht. Anfangs ist sie trotz Gefühlsachterbahnfahrt betont cool, doch dann brechen ihre Tränen hervor. Hania hält sie im Arm und tröstet: „Mit dem Herzen können wir diese Menschen nicht gewinnen. Unsere Kultur, unser Denken ist ihnen so fremd, ihre Welt ist so Ego-bezogen, dass sie nicht auf ihr Herz hören und uns nicht verstehen. Wir müssen sie auf andere Weise, auf der Ebene ihres Verstandes und ihrer Ängste überzeugen. Diese Menschen führen kein selbstbestimmtes Leben. Sie verhalten sich wie Opfer, die sich selbst vorgaukeln, Herrscher über ihr Leben zu sein. Doch diese Herrschaftsphantasien sind gerade die Mauern, mit denen sie sich einschließen und selbst gefangen halten. Wenn die Realität irgendwann ihren Irrtum sichtbar werden lässt, wenn sie ihr Opferdasein vor sich selbst nicht mehr leugnen können, brechen sie zusammen. Dann flüchten sie in Drogen, in Konsumrausch oder lenken sich von ihrem Leben mit Spielen, Phantasiewelten, Internet und so weiter ab. Sie suchen das Gefühl, doch noch irgendwo irgendwie etwas manipulieren und bestimmen zu können. Sei es die Meinung der Mitmenschen oder nur die Fernbedienung des Fernsehers." Chusi schaut mit verweinten Augen Hania an und lächelt wieder etwas.

Ein Pärchen kommt an den Tisch und stört das Gespräch. „Dürfen wir uns zu Ihnen setzen? Es sind alle anderen Plätze besetzt und wir wollen nur kurz was trinken." Hania will schon ablehnen, aber Chusi ist schneller und bietet die Plätze an. Die junge Frau blickt immer wieder verstohlen zu Chusi und fragt schließlich, wo man so ein tolles Kleid bekommen könne. Der indianische Schnitt sei ja zum Verlieben. Chusi muss über diesen Ausspruch befreit lachen und kann sich kaum noch beruhigen. Das Eis ist gebrochen. Zwischen ihnen und dem Pärchen, sie stellen sich als Christa und Rahmid vor, entwickelt sich ein lebhaftes, interessantes Gespräch, das mit einer Einladung zum Abendessen endet.

Zu Hause angekommen, erklärt Hania, dass das die zweite Chance sei, die ihnen die Götter schicken. Diesmal sollten sie geschickter vorgehen. Am nächsten Tag bittet er die Götter in geheimen Ritualen um Eingebungen und Unterstützung.

„Wenn man einen Schatten binden will, braucht man einen Schattenstrick. Der Mann ist der Schatten seiner Seele und die Frau wird mein Strick sein", erklärt Hania. „Ich werde den Strick ergreifen, um mit ihm den Mann zu binden und zu führen. Ich werde Macht über die Frau erlangen und über das, womit sie ihn bindet. Der Schlüssel zu dieser Macht sind ihre Ängste, ihre Schmerzen und ihr Verlangen nach Liebe. Diese Gefühle will ich in mich aufnehmen und zu meinen eigenen machen, die Frau selbst mit mir verschmelzen, so dass sie zu einem Teil von mir wird." Chusi läuft es eiskalt den Rücken herunter: „Willst du so weit gehen?" – „Wir brauchen den Mann für die Götter", antwortet Hania.

Die Zuführung

Pünktlich erscheinen Chusi und Hania bei Christa zum Abendessen. Rahmid und auch ein gewisser Klaus, ein Freund des Paares, sind bereits anwesend. Der Abend beginnt in angenehmer, lockerer Atmosphäre mit netten Gesprächen.

Während überwiegend Chusi redet, registriert Hania deutlich Christas Angst, verlassen zu werden. Er spürt ihre innere Einsamkeit, ihre Sehnsucht nach dem Gefühl des Angenommenseins, ihren Hunger nach Liebe, ihre Flucht vor Verantwortung und ihre Opferhaltung. In seiner Schweigsamkeit erschafft er ein Feld für Christas Ängste und Sehsüchte. Er stellt sich als Projektionsfläche für ihre Bedürfnisse zur Verfügung, um diese aufnehmen und transformieren zu können. Christas Gefühlsentladung nach den provokativen Ausführungen von Chusi zum Thema Liebe und seinem Lachen hat ihn nicht im Geringsten überrascht oder gar beleidigt. Warum sollte er ihre Reaktion, aus Schmerz geboren, als Beleidigung werten? Sie hat sich lediglich selbst mit ihren Interpretationen und Gedanken zutiefst verletzt. Nun verletzt sie sich aufs Neue, weil sie sich für ihre Reaktion selbst verurteilt. Schmerz spielt in ihrem Leben eine zentrale Rolle. Schmerz ist ihr Lebensgefühl.

Als er am nächsten Morgen Christa abholt, nutzt er ihren Glaubenssatz, dass sie aus sich selbst heraus keinerlei Wert besitze, dass sie ihren Wert erschaffen müsse, indem sie anderen nützlich ist, indem sie dient und sich unterordnet. Die Höhe ihres Wertes bemisst sie am Grad ihres Dienens und der wiederum bemisst sich an der Intensität ihres Leidens und ihrer Schmerzen. Sie muss so dringend für andere wertvoll sein, um nicht verlassen zu werden. Gleichzeitig erlaubt ihr diese Opferhaltung, sich fallen zu lassen und Verantwortung abzugeben. Wer ein hilfloses Opfer ist, kann nicht verantwortlich gemacht werden für das, was geschieht oder was er versäumt zu tun. Der Hilflose fühlt sich unschuldig. Er glaubt, alle Handlungs- und Entscheidungsmöglichkeiten seien auf den Täter oder die Umstände übergegangen.

Bereitwillig fügt sie sich in ihre Opferrolle und überlässt Hania die Täterrolle. Er ergreift diese Rolle, indem er behauptet, er sei im Besitz ihrer Seele. Kann sich ein Mensch noch hilfloser, noch unschuldiger als bei dieser Ungeheuerlichkeit fühlen? Erlaubt dies nicht die totale Hingabe, so wie man sich auch Gott – der sogar über die Seele richtet – hingibt?

Auf dem Bauernhof angekommen, ist Christa wie in Trance. Sie gibt sich vollkommen hin. Ihre Gedanken sind blockiert und gleichzeitig durchdringt tiefer innerer Frieden ihren Körper. Ähnlich wie bei einem Alkoholrausch macht sie Urlaub von sich selber. Alles ist unwirklich, angenehm gedämpft, nichts muss bedacht oder beachtet werden. Hania ist ihr Herr und Meister. Er denkt für sie und sie denkt nur an ihn. Sie existiert nicht mehr als Individuum, sondern ist Teil von ihm. Sein Wert ist ihr Wert. Je mehr sie ihren Meister erhöht, desto mehr erhöht sie sich selbst. Das ist die Verschmelzung, die sie immer ersehnt hat.

Als Rahmid auftaucht, kniet sie sklavisch vor ihrem Herrn und ist glücklich. Verzweifelt fordert Rahmid sie auf, mit ihm zurückzukehren. Doch sie gehört nun ihrem Meister. Die Bitten, Forderungen, Drohungen und Anweisungen von Rahmid erzeugen nur Widerstand und verhallen im Nichts. Schließlich fleht er Hania an, seine Freundin freizugeben, ihr ein normales Leben zurückzugeben. Dafür will er jeden Preis zahlen und alles tun.

Das ist der Schattenstrick, den Hania nun ergreift: „Es gibt schon etwas, das du tun kannst, um Christa zurückzubekommen. Aber das könnte gefährlich für dich werden und sogar dein Leben kosten!" – „Ist mir egal!", erwidert Rahmid, „ich will sie wiederhaben!" – „Gut!", brummelt Hania zufrieden, „du müsstest in den USA etwas erledigen. Was das sein wird, erfährst du von Chusi im Flugzeug. Während du in die USA vorausfliegst, kümmere ich mich um Christa und versetze sie in einen normalen Zustand zurück. Ein paar Tage später werde ich nachkommen. Solltest du es dir doch noch anders überlegen oder versuchst du dich zu entziehen, komme ich oder einer meiner Stammesbrüder auf Christa zurück."

Schon am nächsten Tag beginnt die Reise. Auf dem Flug in die USA erklärt Chusi den Zweck der Aktion und welche Aufgaben auf Rahmid zukommen. Ihre Ausführungen über die menschheitsbedrohende Situation und die göttliche Unterstützung, die einen veränderten Menschen erfordere, nimmt Rahmid nicht sonderlich ernst. Für ihn sind Chusi, Hania und die anderen Hopis ein Haufen Irrer, die zu viel geraucht haben und nun Götter und Verschwörungstheorien halluzinieren. Die einzigen echten Gefahren, die ihm seiner Meinung nach begegnen werden, sind eine Überdosis Drogen und durchgeknallte Hopis, die ihn im Wahn womöglich verletzen oder gar verstümmeln wollen. Ansonsten wird das nur eine skurrile Ritualshow sein.

Nach zweitägiger Reise erreichen sie eines der Hopi-Dörfer und werden frenetisch empfangen. Obwohl Rahmid unwirsch gegenüber den Bewohnern auftritt und Kontakt meidet, kann er sich nur schwer der freundlichen Art und dem herzlichen Umgang der Indianer entziehen. Bei den Hopis wird ausschließlich über die mütterliche Linie vererbt. Entsprechend sind die Frauen die Clan- und Familienvorstände. Rahmid kommt in die Obhut von Chusis Familie und geht den Familienmitgliedern durch ständiges Gejammer auf die Nerven. Täglich löchert er Chusi und die anderen mit Fragen nach Christa und nach dem Ritual.

Endlich, eine Woche später, kommt Hania aus Europa zurück. Er berichtet, dass Christa wieder in ihr altes Leben gefunden habe und wohlauf sei. Nun sei es höchste Zeit, mit den Göttern Kontakt aufzunehmen.

Das ganze Dorf ist bereits in Aufruhr. Auch aus Nachbardörfern strömen Hopis herbei. Offenbar will das ganze Volk beim Ritual anwesend sein.

Ein paar Tage später ist es so weit. Der heilige Platz auf einer nahegelegenen Bergkuppe wurde bereits hergerichtet. Schon am Nachmittag laufen die meisten

Hopis in ihrer traditionellen Kleidung aufgeregt durch die Straßen. Das Dorf vibriert geradezu vor Anspannung. Rahmid soll ebenfalls indianische Hemden, Schlabberhosen, Ketten, Armreife und Umhänge anlegen. Nach anfänglicher Weigerung stimmt man ihn mit sanftem Nachdruck um. Er lässt sich von Hania hoch und heilig versprechen, dass er von den Priestern nicht verletzt, verstümmelt oder gar getötet werde. Gegen Abend fesselt man ihn auf einen mit Federn und Blumen geschmückten Stuhl, an dem Tragestangen befestigt sind. Dann tragen ihn vier Männer wie einen König durch die Straßen zur Bergkuppe. Begleitet wird die Prozession von Trommeln, Rasseln, Gesängen und der johlenden und klatschenden Menschenmenge. Rahmid wird seine Situation immer unheimlicher. Auf was hat er sich bloß eingelassen? Seine anfängliche Hoffnung, nur Stellvertreterfigur in einem alten indianischen Ritual mit Tänzen und bunten Masken zu sein, schmilzt wie Eis in der Sonne. Auf der Bergkuppe angekommen, ist der Lärm verschwunden. Hier dürfen sich nur Priester aufhalten. Das Volk muss ins Dorf zurückkehren.

Die heiligen Männer stellen sich im Kreis um die Feuerstelle und setzen den auf dem Stuhl gefesselten Klienten neben dem Feuer ab. Dann beginnt eine Zeremonie mit Trommeln, Rasseln und Instrumenten, die Vogelstimmen imitieren. Zum Rhythmus der Trommeln tanzen und singen sich die in bunte Gewänder gekleideten Priester allmählich in Trance. Immer wieder werden Räucherwerk, hölzerne Gegenstände und bestickter Stoff ins Feuer geworfen. Manche Priester haben sich als seltsame Puppen verkleidet und tragen Masken. Sie spielen fremdartige Begebenheiten und seltsame Geschichten nach. So geht das bis Sonnenuntergang.

Sternenklare Nacht taucht die Szene in fahles Licht und die Priester tanzen und singen unermüdlich. Weißer Rauch steigt aus dem Feuer wie eine Säule empor. Der Tanz und die Gesänge verändern sich allmählich. Der Kreis der tanzenden Priester rotiert immer schneller um das Feuer und die Trommeln werden immer fordernder. Die kompakte Rauchsäule steigt absolut senkrecht in den Himmel und verliert sich dort zwischen den Millionen Lichtpunkten der Milchstraße.

Rahmids Blicke folgen ihr, da sieht er, wie sich einer der Lichtpunkte plötzlich bewegt. „Eine Sternschnuppe!", ist sein erster Gedanke. „Jetzt darf ich mir was wünschen!" Seltsam, der Lichtpunkt wird langsamer und größer. Kommt etwa ein Asteroid auf ihn zu? Bevor Rahmid diesen Gedanken zu Ende denkt, wird der Lichtpunkt zu einer kleinen Scheibe, die genau über ihm stoppt. Was dann passiert, kann er nicht glauben. Sein Verstand weigert sich, das Gesehene zu akzeptieren. Aus der hellen Scheibe löst sich ein kegelförmiger Strahl, der langsam nach unten sinkt und einen Tunnel um ihn bildet. Er spürt, wie alles um ihn herum zu fließen beginnt, unsichtbar, geruchlos, aber zäh wie Honig. Es fühlt sich so an, als ob Millionen winziger Partikel ihn umhüllen würden. Dann saugt ihn diese seltsame Masse langsam nach oben. Immer höher und schneller steigt er, samt Stuhl, Richtung Scheibe. Er kann noch erkennen, dass die vermeintliche Scheibe eigentlich ein beleuchteter Einlass ist, dann fällt er in Ohnmacht.

Durch tiefes Schwarz jagen Gedankenfetzen wie Blitze. Sein Gehirn bootet neu und Stückchen für Stückchen meldet sich der Körper zurück. „Was für ein schlimmer Albtraum", denkt Rahmid. „Ich öffne jetzt die Augen, liege in meinem Bett und alles ist gut." Trotz dieser vermeintlichen Gewissheit muss er sich zwingen, die Augen zu öffnen. Um ihn ist es dunkel. Die Ohren melden leises Summen. Es riecht nach verbranntem Gummi und er hat einen Geschmack im Mund, als ob er an Metall lutschen würde. „O Gott, hatte ich einen epileptischen Anfall?", schießt es ihm durch den Kopf. Obwohl er kein Epileptiker ist, kennt er die Symptome, mit denen sich sogenannte „Auren" ankündigen. Dann hört er eine künstliche Stimme, die scheinbar aus dem Nichts kommt:

„Fürchte dich nicht! Wir sorgen für deinen Schutz."

Der Raum wird heller und füllt sich mit Flüssigkeit. Rahmid versucht aufzuspringen und bemerkt erst jetzt, dass er auf einer Liege fixiert ist. Nicht einmal seine Hand kann er bewegen. Egal, wie sehr er die Muskeln anspannt, sein Körper ist steif wie ein Brett. Die Flüssigkeit steigt rasch an und dringt in die Atemwege. Er hustet, bis sich sein Inneres vor Schmerzen krümmt. Luft! Keine Luft! Er versucht, die Luft anzuhalten, doch bald ist der Atemreflex stärker. Nach anfänglicher Panik bemerkt er, dass trotz Flüssigkeit in der Lunge kein Sauerstoffmangel auftritt. Offenbar kann seine Lunge diese Flüssigkeit wie eine sehr zähe Luft atmen. Allmählich gibt die anfängliche Todesangst seine Gedanken wieder frei. Inzwischen komplett von Flüssigkeit umgeben, schwebt er ein paar Zentimeter über der Liege. Etwas drückt auf seine Haut.

Nach einer gefühlten Ewigkeit wird die Flüssigkeit abgelassen und die künstliche Stimme spricht erneut. Sie erklärt, dass ihm eine zweite Haut, eine Art besonderer Raumanzug, angelegt wurde. Diese sei notwendig, da die Bakterien „ihrer" Biosphäre ihn innerhalb weniger Minuten töten würden und seine Bakterien wiederum „ihre" Biosphäre verseuchen würden. Begegneten sich zwei Biosphären, bekämpften sie sich, bis zur totalen Vernichtung. Sein symbiotisches Leben mit Bakterien verbiete es auch, seine Mikroorganismen zu entfernen oder auszutauschen. So ein Vorgehen hätte den baldigen Tod zur Folge. Mit dem Raumanzug, beziehungsweise der zweiten Haut, sei er hermetisch abgekapselt und sicher. Eingebaute Filter reinigten die Atemluft von allem Schädlichen. Lediglich zur Nahrungsaufnahme und zur Entleerung müsse er in Zukunft den speziellen Quarantäneraum aufsuchen.

Rahmid versteht nicht, was ihm erklärt wird. Für ihn ist der Umstand, dass allmählich seine Beweglichkeit zurückkehrt, viel wichtiger. Außerdem ist er immer noch davon überzeugt, dass das alles irgendwie ein böser Traum sein muss.

Erst als er die zweite Haut, die ihn vollständig umgibt, auch sehen und ertasten kann, beginnt diese Traumtheorie zu bröckeln. Die zweite Haut sitzt wie angegossen und überträgt Außentemperatur, Luftbewegungen und Berührungen. Trotzdem fühlt es sich an, als ob er in Gummi eingegossen sei, und das Atmen fällt schwer. Mit dem grauen, leicht schillernden, lederartigen Material kommt er sich selbst fremd vor. Dann öffnet sich eine Schleuse. Hinter dieser befindet sich ein Tunnel aus grellem weißem Licht. Unsicher und linkisch tastet er sich durch diese Lichtdusche und wird am Ende des Tunnels von drei Wesen empfangen. Ihr Aussehen erinnert nur entfernt an Menschen. Sie haben dünne Beine, noch dünnere Arme, einen großen Kopf, große schwarze Augen und kleine Hände mit jeweils drei Fingern. Die Wesen haben anscheinend auch eine zweite Haut angelegt.

„Hallo Rahmid!", sagen sie und verziehen seltsam die Gesichter. Ihre Köpfe wackeln leicht vor und zurück. Rahmid sehnt sich danach, endlich aufzuwachen. „Hallo!", erwidert er. „Wer seid ihr und was wollt ihr von mir?" Die Wesen schauen sich gegenseitig hilflos an, dann antwortet einer: „Komme mit und lebe in die Antwort."

Eines der Wesen streckt ihm die Hand entgegen und Rahmid ergreift sie zögerlich. Das ist also der erste körperliche Kontakt eines Menschen mit einem Außerirdischen. Er kann die Berührung durch den Schutzanzug spüren, aber trotzdem nicht wirklich glauben. Vorsichtig leitet ihn das Wesen durch illuminierte Gänge in einen anderen Raum. Rahmids Schritte sind unsicher. Offensichtlich ist hier die Gravitation um einiges geringer als gewöhnlich. Ist er nicht mehr auf der Erde?

In einem kahlen Zimmer angelangt, setzen sie sich einander gegenüber. Das Wesen gibt zunächst seltsame, singende Geräusche von sich. Eine Computerstimme übersetzt: „Mein Name ist Iniundi. Ich bin ein weibliches Wesen mittleren Alters und gehöre der Zivilisation der Tauris an. Es gab eine Zeit, da waren wir euch Menschen ähnlicher. Doch unser Entwicklungsvorsprung beträgt ungefähr fünftausend Jahre. Meine Aufgabe ist die Beobachtung und Erforschung der Menschheit und eurer Biosphäre." – „Ach", sagt Rahmid, „dann bin ich ein Versuchskaninchen?" – „Nein", antwortet Iniundi. „Wir würden ein Versuchstier niemals aus der gewohnten Umgebung entfernen. Dies würde die Resultate unserer Forschung verfälschen. Unsere Nanoroboter führen Untersuchungen so durch, dass ihr das niemals bemerken werdet. Wir haben dich geholt, weil wir deine Hilfe brauchen."

Rahmid überlegt: Womit soll ich denen helfen können und warum auch? Andererseits, wenn ich mich weigere, was machen sie dann mit mir? Also beschließt er, erstmal mitzuspielen: „Was soll ich tun?" Iniundi verzieht wieder seltsam ihr Gesicht und blickt mit den unendlich tiefen, schwarzen Augen in seine. Ihre Augen sind so dunkel wie das Universum selbst. Lichtreflexe funkeln darin wie Sterne in der Nacht. Auf Rahmid wirkt ihr Blick hypnotisch und Adrenalin überschwemmt seinen Körper. „Heißt das, du willst uns helfen?", fragt sie. „Moment!", antwortet Rahmid,

„zuerst will ich wissen, worum es geht und was dabei für mich rausspringt." Iniundi weitet die Augen, springt auf und läuft seltsam quietschend davon.

Eine viertel Stunde später kommt sie zurück. Inzwischen sichtlich entspannter, setzt sie sich erneut ihm gegenüber: „Womit du uns helfen kannst, werden wir dir später sagen. Die Belohnung, die du bekommst, ist Glückseligkeit." – „Na ja", sagt Rahmid, „ein Batzen Geld wäre mir lieber." Iniundi schaut zuerst fassungslos und schüttelt sich schließlich, was wohl Lachen sein soll. „Für mich ist das, als ob ein Hund sein Leben für eine Dose Hundefutter riskieren würde. Für den Hund ist das Futter das größte vorstellbare Glück, für dich ungenießbarer Abfall. Eure sogenannten Errungenschaften der Zivilisation, eure Konsumartikel, die ihr mit Geld kauft, sind für uns ebenso wertloser Abfall. Aber du sollst haben, was du dir wünscht."

Im ersten Moment denkt Rahmid: Ihr habt doch keine Ahnung von der Realität. Von Glückseligkeit kann sich keiner was kaufen. Doch dann beschleicht ihn das Gefühl, dass er einen Fehler gemacht hat. Nur welchen? Und was heißt hier „sein Leben riskieren"?

Iniundi bringt ihn in die Quarantänekammer zurück. Die zweite Haut wird mit einer speziellen Strahlung aufgelöst und die Rückstände werden unter einer Dusche entfernt. Mehrere Stunden später soll er wieder eine Schutzhaut anlegen. Die Prozedur mit der atembaren Flüssigkeit, dem Umhüllen und der Lichtschleuse am Ausgang des Quarantäneraums muss erneut komplett durchlaufen werden. Wieder empfängt ihn Iniundi zusammen mit zwei Tauris, die diesmal ebenfalls in das Zimmer folgen.

Auf einer Seite des Raums befindet sich nun ein großes Fenster oder ein dreidimensionaler Bildschirm. In dem Bildschirm ist die Erde zu sehen. Auf ihrer Oberfläche ziehen Wolkenwirbel ihre Bahnen und die Farben der Kontinente und Meere verändern sich rhythmisch. Anscheinend handelt es sich um eine Zeitrafferaufnahme, die auch ein rhythmisches Aufblähen und Zusammenziehen des Planeten selbst sowie die Verformung der unregelmäßigen Kugel durch Gezeitenkräfte erkennen lässt. Iniundi erläutert: „Auf der überzeichnet dargestellten Aufnahme von den Bewegungen und den Veränderungen der Erde kannst du erkennen, dass die Erde nicht nur ein Planet, sondern eine spezielle Art von Lebewesen ist. Ein Lebewesen, das dezentral, also ohne Leitzentrum organisiert ist und ebenso wie euer Körper aus einzelnen Zellen besteht. Nur sind die Zellen der Erde komplexe Einzellebewesen, die sich teilweise frei bewegen können und bis zu einem gewissen Grad auch ein individuelles Leben führen. Unser Planet beherbergt auf seiner Oberfläche ebenfalls eine ähnlich organisierte Lebensform. Wir nennen solche Lebensformen „intelligente hochvernetzte multiple Schwarmwesen" oder kurz „inthomsche Wesen". Du bist ein Bestandteil eures inthomschen Wesens und mit dessen Bewusstsein gekoppelt. Das habt ihr Menschen bloß nie bemerkt, weil ihr nichts anderes kennt. Fast jeder Planet, auf dem sich Leben gebildet hat, wird von so einem mehr oder weniger hochentwickelten inthomschen Wesen besiedelt. Es gibt im Universum auch inthomsche Wesen, die die Begrenzungen ihres Planeten verlassen haben. Wir bezeichnen solche Wesen als inthomsche Nomadenwesen. Diese kommen zum Glück nur sehr selten in unserer Galaxie vor."

Auf dem Bildschirm ändert sich die Szenerie abrupt. Eine riesige, schwach leuchtende Wolke erscheint. Sie sieht wie ein gewaltiger Kometenschwarm aus und scheint frei durch das Universum zu schweben. Die Wolke wird näher heran gezoomt und winzige Strukturen tauchen auf. Rahmid stockt der Atem. Je feiner die Auflösung, umso klarer ist zu erkennen, dass die vermeintliche Wolke aus Hunderttausenden oder gar Millionen von Raumschiffen, Kapseln, Ringstrukturen, feingliedrigen Waben oder Netzen, unförmigen meteoritenähnlichen Gebilden und Miniplaneten besteht. Zwischen all diesen Gebilden herrscht reges Treiben. Gegenstände, Fahrzeuge, Lichtstrahlen und Teilchen bewegen sich ständig zwischen den Objekten hin und her. Die ganze Wolke ist ein unentwirrbares Gewusel mit schummrigen bunten Lichtern. Rahmid starrt gebannt auf das faszinierende Gebilde und ruft mit verzückten Gesichtsausdruck: „Ist das schön! Ist das euer Volk?"

„Nein!", schallt es gleichzeitig aus allen drei Mündern. „Das sind unsere Feinde! Wir nennen sie Ogallas", erklärt Iniundi sichtlich erregt. „Sie sind die gefährlichsten Wesen, die wir kennen. Sie sind Teil dieses inthomschen Nomadenwesens, das durch das Universum zieht und eine Spur der Verwüstung hinterlässt. Ständig auf der Suche nach Rohstoffen, plündern die Ogallas alles, was sie finden können. Nicht nur Meteoriten, unbewohnte Planeten oder Gasriesen, auch vor bewohnten Planeten machen sie nicht Halt. Sie vernichten alles Leben oder nutzen die Lebewesen als Nahrungsquelle oder als Haustiere. Achtung gegenüber fremdem Leben oder anderen Zivilisationen ist ihnen unbekannt. Respekt haben sie nur vor sich selbst. Ihr Wirtschafts- und Gesellschaftssystem basiert auf ständigem Wachstum. Es klingt verrückt, aber ihre Wirtschaft bricht zusammen, wenn sie nicht mehr wächst. Inzwischen umfasst ihr Volk über hundert Milliarden Individuen und ihr weiteres Wachstum wird lediglich durch die zur Verfügung stehenden Rohstoffe begrenzt. Bisher konnten wir uns gegen sie verteidigen, aber sie lernen schnell. Ihr Handeln folgt meist nicht logischen Gesichtspunkten und ihr Denken ist uns fremd und unverständlich. Um wirksame Verteidigungsstrategien zu entwickeln, brauchen wir jemanden, der genauso verrückt ist wie diese Wesen, der sie versteht und der ihr Handeln voraussehen kann. Rahmid, wenn diese Wesen uns besiegen, fallen ihnen auch unsere Forschungen über die Erde und über die Menschen in die Hände. Dann wird es euch nicht mehr lange geben."

Rahmid blickt Iniundi in die schwarzen Augen: „Was soll ich denn gegen diese Wesen ausrichten können?" Iniundi antwortet aufgeregt: „Du bist wie sie! Ihr Menschen seid wie sie! Ihr habt die gleichen Strategien und die gleichen Lebensziele: Wachstum um jeden Preis und ohne Rücksicht! Ihr vernichtet dafür sogar eure eigenen Lebensgrundlagen, euer eigenes Ökosystem. Hättet ihr die Möglichkeit, fremde Planeten zu plündern und für eure Zwecke zu nutzen, würdet ihr das ohne jeden Skrupel tun. Wir brauchen dich als Berater in der Schlacht, die vor uns liegt!"

Die Schlacht

Was fühlt der Krieger vor der Schlacht?
Was besänftigt seine Angst?
Was verdrängt sein Wissen um Sterblichkeit?
Was bereitet ihn auf seine Schuld, sein Verbrechen,
auf sein Unrecht vor?
Was lässt ihn an den Sieg glauben?
Was lässt ihn vor dem Blutbad schlafen?

Der Tod kleidet sich in sein Sonntagsgewand und
kämmt sorgfältig das strähnige Haar.
Es riecht nach Verwesung und Verwandlung.

In den Kampf ziehen.
Feinde töten und verletzen.
Sterben lassen.
Siege erringen.
Richtiges Wollen, falsches Tun.
Sich Notwendigkeiten hingeben, sich verlieren.

Der Tod steht im Sturm mit stolzer Brust.
Panzerplatten schützen sein Herz.
Es duftet nach Blut und riecht nach Vergeltung.

Das Opfer soll groß genug sein.
Das Handeln soll gut genug sein.
Das Leben soll lang genug sein.
Er soll stark genug sein.
Es soll genug sein.

Der Tod fließt wie flüssiges Pech über Steine
in Erdspalten.
Er verklebt das Land, vergiftet das Wasser, verpestet
die Luft.
Es stinkt nach Wunden, die das Feuer der Wut und des
Verlustes einbrennt.

Der Krieger ist Stachel im Fleisch.
Er verliert den Sieg.
Er stirbt ins Vergessen.
Er wird zur Illusion.

Der Tod ist ein alter Mann, gebrechlich, einsam und
vergesslich.
Er berichtet peinliche Geschichten aus vergangenen
Tagen, die uns nichts angehen.
Doch seine Taten leben weiter, bis die Schlacht erneut
beginnt.

In den folgenden Wochen sitzen Rahmid und die Tauris stundenlang zusammen und beraten, wie man die Ogallas besiegen könnte. Verhandlungen brachten bisher nur Scheinerfolge, da deren Bevölkerung die Vereinbarungen der eigenen Anführer nicht einhielt. Ihre Gier nach Rohstoffen und Reichtum ist übermächtig. Auch militärische Erfolge der Tauris brachten bisher nur kurzfristigen Frieden. Schnell entwickelten die Ogallas schlagkräftigere Waffen und wirksamere Verteidigungsanlagen. Der Umstand, dass in den bewaffneten Konflikten manchmal Millionen von ihnen umkamen, schreckt sie nicht. Die Hinterlassenschaften ihrer Toten werden von den Überlebenden freudig entgegengenommen. Ogallas suchen kein Gleichgewicht mit ihrer Umwelt oder mit anderen Zivilisationen. Sie betrachten ihre Produktion, ihren Lebensstandard und sich selbst als niemals ausreichend oder fertig. Für sie gibt es nur Durchlaufzustände zum „Noch mehr" und „Noch Besseren". Deshalb erwarten sie auch nicht, dass ihre Bedürfnisse und Ängste jemals ausgeräumt und ihre Gier jemals befriedigt sein könnten. Das Wachsen selbst ist für sie der anzustrebende Wert. Gleichzeitig geben ihnen technische Errungenschaften genug Möglichkeiten und Macht, um das Universum wie ein Schlaraffenland auszubeuten. Sie sind der festen Überzeugung, dass alles, was sie finden, was sie irgendwie in Besitz nehmen oder kontrollieren können, ihnen zur freien Verfügung stehe – dass sie sogar ein Anrecht darauf hätten und nur zugreifen müssten.

„Rahmid, was würde dich im Schlaraffenland zu einem Asketen machen? Was würde dich zum Verzicht veranlassen?", fragt Iniundi mit flehender Stimme.

Rahmid erwidert: „Da müsste vieles zusammenwirken. Zuerst müsste es mir von dem vielen Essen richtig schlecht werden, damit ich überhaupt mal anfinge nachzudenken. Dann bräuchte ich einen Ersatz, der mir genauso viel oder noch viel mehr Befriedigung verschafft wie Essen. Ich müsste erkennen, wie abhängig ich von all den Nahrungsmitteln bin. Tja, schließlich bräuchte ich eine große Portion Angst vor dieser Abhängigkeit." Iniundi schaut ungläubig: „Du bleibst also beim ‚Mehr haben Wollen'? Du suchst das ‚Mehr' nur an anderer Stelle? Deine größte Angst ist es, mit ‚Weniger' auskommen zu müssen?" Rahmid fühlt sich ertappt: „Äh, wenn du es so siehst. Aber ist das nicht ein Lebensprinzip?" – „Auf den ersten Blick mag es so aussehen", erwidert Iniundi. „Die inthomschen Wesen erobern jeden Lebensraum, der besiedelt werden kann, was zunächst Wachstum zur Folge hat. Doch sehr bald steuert ihr Wachstum in ein Gleichgewicht mit den vorhandenen Ressourcen. Das ‚Mehr' weicht einem ‚Sich besser Einfügen oder besser dazu Passen'. Es entstehen Kreisläufe, bei denen alles, was im Überfluss vorhanden ist, verstärkt genutzt wird, und was selten vorkommt, geschont wird. Ein Prinzip, das zeitweise Selbsteinschränkung erfordert, weil erst Wege und Möglichkeiten für die Nutzung des Vorhandenen und für partielle Ressourcenschonung gefunden werden müssen. Aber nur auf diese Weise konnte euer inthomsches Wesen viele Millionen Jahre überleben. Stell dir eine Menschheit vor, die ähnliche Prinzipien verfolgen würde. Alle Abfallstoffe – auch gasförmige und flüssige – würden in einem Kreislaufprozess zu neuen Rohstoffen recycelt und der Rohstoffverbrauch würde an die Recyclingquote angepasst. Langfristig

würde das in allen Bereichen zu einem Verteilungs-
gleichgewicht führen. Derzeit verbrauchen 20 Prozent
eurer Bevölkerung 80 Prozent der weltweit vorhandenen Rohstoffe. Das bedeutet, dass 80 Prozent der
Menschheit jetzt schon mit einem sehr geringen
Rohstoffverbrauch auskommen. Trotzdem ist die
Glücksquote der Menschen weltweit ungefähr gleich
verteilt. Es gibt folglich keinen Zusammenhang zwischen Verbrauch und Lebensglück. Leider hat sich
diese Erkenntnis bei den meisten Menschen noch
nicht durchgesetzt. Aber solche Überlegungen muss
deine Spezies sehr bald anstellen, wenn sie überleben
will."

Rahmid setzt seine theoretischen Erwägungen fort:
„Was würde mich noch davon abhalten, das Schlaraffenland zu plündern? Einsicht reicht nicht aus, um
eine dauerhafte Verhaltensänderung zu bewirken.
Freiwillige Selbstbeschränkung entspricht auch nicht
meinem Naturell. Äußere Bedrohungen würden mich
nur zu Aufrüstung und Kampf motivieren. Es müsste
etwas sein, das nicht als von außen kommend von mir
wahrgenommen wird. Zum Beispiel Streitigkeiten mit
Nachbarn oder mit anderen Staaten, die zur gegensei-
tigen Vernichtung führen. Ist das Denken der Ogallas
nicht auf Konkurrenz ausgerichtet? Eine Schwäche,
die man nutzen sollte. Wie sind die Ogallas organisiert? Was ist ihnen wichtig? Kann man sie kaufen
oder bestechen?" Iniundi lässt ihr gruseliges Lachen
ertönen. „Womit würdest du sie bezahlen? Das einzige, was sie interessiert, sind Rohstoffe und ihr Bedarf
ist unersättlich. Sobald du nicht mehr lieferst oder der
Preis zu hoch wird, wenden sie Gewalt an. Außerdem
haben sie eine Organisationsstruktur gefunden, die

verhindert, dass sie sich gegenseitig bekriegen oder töten. Ohne diese Struktur hätten sie sich schon vor tausenden Jahren selbst ausgelöscht. Übrigens auch etwas, was deine Spezies noch lernen muss."

Plötzlich springt einer der Tauris von seinem Platz auf und ruft: „Die Schlacht hat begonnen!" Wie elektrisiert schnellen alle aus den Sitzen. Iniundi packt Rahmid am Arm und zerrt ihn zu einer Öffnung an der Wand, die in eine Rettungskapsel führt. Die Kapseln, die sich jeweils zwei Tauris teilen, sind gleichzeitig Steuerungseinheiten des Raumschiffs. Sobald Iniundi und Rahmid Platz nehmen, wird eine dreidimensionale Projektion initialisiert, die den sehr realistischen Eindruck erzeugt, dass die gesamte Raumschiffbesatzung in einem einzigen großen Kommandoraum mit Konsolen, Bildschirmen und Steuerungseinheiten versammelt sei. Um einen der Tauris wird ein freier Blick in den Weltraum projiziert. Er scheint im Weltraum zu schweben und das Raumschiff folgt den Bewegungen seines Körpers. Über die Projektionen kann man erkennen, dass ihr Schiff von circa einhundert weiteren Tauris-Schiffen umringt ist. Ähnlich einem Fischschwarm vollführen die Schiffe koordinierte Richtungsänderungen und Bewegungen. Eigentlich ein faszinierender, wundervoller Tanz, wenn nicht feindliche Schiffe der Ogallas in Angriffsformation auf sie zukämen. Die Formationen verändern sich, lösen sich auf und die Schlacht beginnt. Lautlos zucken Blitze durch das Dunkel und gewaltige Explosionen schleudern Trümmer umher. Umherfliegende Teile prasseln wie Hagel auf die Schiffshaut und erfordern abrupte Ausweichmanöver. Hektisch brüllen sich die Tauris Befehle und Warnungen zu. Die Projektionen der Energieblitze, Teilchenstrahlen und Explosionen zucken um sie herum und die Hände und Beine der Tauris hüpfen reflexartig und hektisch über Konsolen. Auf beiden Seiten steigen die Verluste. Die Lücken zwischen den noch intakten Raumschiffen werden immer größer. Wie Fackeln stecken die brennenden Schiffe das Kampfgebiet ab. Der Weltraum füllt sich mit frei umherschwebenden Trümmerteilen, Leichenteilen und Rauchschwaden. Ein gespenstischer dreidimensionaler, langsam expandierender Friedhof. Plötzlich bildet sich vor ihnen ein Feuerring, hell wie eine Sonne. Für einen winzigen Moment verstummt die gesamte Besatzung. Gespenstische Stille, als ob die Zeit angehalten worden wäre, dann durchdringt Rahmid ein unerträglich heißer Energiestoß. Im selben Moment ein Schlag wie ein Aufprall, dann Schwärze ..., Stille ...

Als er wieder zu Bewusstsein kommt, umgibt ihn dichter Rauch. Beißende Dämpfe rauben trotz der Filter in seinem Raumanzug den Atem, lassen ihn husten und nach Luft japsen. Langsam kehrt Orientierung zurück und er sieht im diffusen Licht der Notbeleuchtung die Umrisse von Iniundi, die regungslos im Sessel sitzt. Ihr Kopf hängt schlaff vornüber. „Iniundi, Iniundi", presst Rahmid hustend hervor und rüttelt vorsichtig an ihrem Arm. Die Kapsel vibriert. Offenbar ist irgendein Notfallsystem angesprungen. Vereinzelte Lichter und Lampen flackern auf, es wird heller, der Rauch verzieht sich und die Luft wird atembarer. Aus der Rückenlehne von Iniundis Sessel kommt ein kleiner Roboterarm mit Spritze und injiziert ihr eine Flüssigkeit. Sie erwacht, hebt benommen den Kopf und ihre Augen werden klarer. Als sie Rahmid erblickt, huscht ein seltsames Lächeln über ihr Gesicht. Sogleich beginnt sie Zahlenreihen und Symbolketten, die der Computer in die Luft projiziert, zu durchmustern und fragt währenddessen: „Wie geht es dir?" – „Ich lebe noch", antwortet Rahmid. „Aber wie sieht es bei dir aus?" – „Ob ich noch lebe, weiß ich nicht so recht, aber mein Körper scheint zu funktionieren. Es ist ein wahres Wunder, dass die Rettungskapsel die Bombe überstanden hat. Aber wir sind nicht in Sicherheit. Wenn uns die Ogallas finden, werden sie uns töten oder noch Schlimmeres machen. Wir müssen unauffällig bleiben und abwarten."

Die nächsten Stunden sind die wohl längsten Stunden, die Rahmid je erlebt hat. Ihre Körper können die Zeit gut brauchen, um sich von der Explosion zu erholen, aber die quälende Ungewissheit, wer die Schlacht gewinnen wird, ob sie jemand finden wird und wer, was als Nächstes auf sie zukommen wird, lässt Minuten zu Stunden gerinnen. Notsignale dürfen nicht gesendet werden. Das wäre eine Einladung an die Kampfdrohnen der Ogallas. Erst wenn das Gebiet gesichert ist, dürfen sie wieder in Erscheinung treten. Iniundi konfiguriert in der Zwischenzeit die Funktionen der Rettungskapsel. Die Technik der Tauris ist faszinierend. Sie bauen keine einzelnen Geräte oder Komponenten mit festgelegten Funktionen, sondern verwenden winzige staubkorngroße Partikel, die miteinander kommunizieren und unterschiedlichste Funktionen erfüllen können. Diese „Staubkörner" ordnen und verbinden sich mit Adhäsionskräften zu massiven Objekten beliebiger Form und Größe. Die elektrischen, mechanischen und chemischen Eigenschaften ihrer Oberflächen sind veränderbar und erzeugen so gewünschte Materialeigenschaften und Oberflächeneigenschaften. Im Inneren der Teilchen befinden sich Nanospeicher und Quantenrechner, die im Verbund holographisches Speichern ermöglichen und frei konfigurierbare informationsverarbeitende Netzwerke bilden, die sich selbst steuern können. Eine nahezu unverwüstliche Technik, die immer auf dem neuesten Stand gehalten werden kann, sich selbst repariert und beliebig neu strukturiert werden kann.

Nach einigen Stunden intensiver Arbeit darf sich Iniundi endlich entspannt zurücklehnen und schlafen. Zumindest hält Rahmid ihren meditativen Zustand für so etwas wie Schlaf. Er selbst begibt sich nun auch in die für ihn vorgesehene sargähnliche Quarantänekapsel und gönnt sich eine Auszeit.

Unsanft reißt ihn atembare Flüssigkeit aus den unruhigen Träumen. Die Zeit, bis die zweite Haut angelegt und die Flüssigkeit abgelassen ist, kommt ihm quälend lange vor. Er weiß, es muss etwas vorgefallen sein.

Als sich die Quarantänekapsel öffnet, empfängt ihn Iniundi mit verzweifeltem Gesichtsausdruck. „Ich habe die Mitteilung erhalten, dass wir entdeckt wurden. Mein Volk kann uns nicht helfen. Die Schlacht ging verloren und der Raumsektor ist unter der Kontrolle der Ogallas. Wenn sie uns gefangen nehmen, werden sie alles, was wir wissen, aus unseren Gehirnen herauspressen. Dagegen können wir uns nicht wehren. Sie werden unser gesamtes Wissen über die Tauris und über die Menschen auslesen. Das wäre eine

Katastrophe, vielleicht sogar das Ende unserer beiden Zivilisationen. Uns bleibt nur die Selbsttötung … oder eine vollständige Gedächtnislöschung. Entscheide, was dir lieber ist, aber beeile dich. Sie sind gleich da."

Rahmid schaut Iniundi hilflos in die tiefschwarzen Augen. Das ist jetzt also das Ende. Iniundi sagt zögerlich: „Eine Gedächtnislöschung verändert die Persönlichkeit, sie vernichtet dein Ego, aber du bleibst trotzdem bis zu einem gewissen Grad du selbst. Die Erinnerung an dein bisheriges Leben wird allerdings komplett weg sein. Und was die Ogallas mit uns machen werden, wage ich nicht zu denken. Trotzdem werde ich mich nicht selbst töten, egal wie schlimm die Qualen sein werden, wie sehr sie mich zerstören werden."

„Das sehe ich auch so", antwortet Rahmid. „Ich habe eine Scheißangst und werde mir wahrscheinlich irgendwann wünschen, endlich sterben zu dürfen, aber ich stehe das mit dir gemeinsam durch."

Die beiden setzen sich in die Sessel und Roboterarme mit hauchdünnen Nadeln klappen aus der Rückenlehne. Rahmid schaut Iniundi in ihre tiefschwarzen glänzenden Augen, in diese perfekten Sternenspiegel. Tränen laufen über seine Wangen und er spürt tiefe Verbundenheit und Zuneigung. „Schade, dass unsere Begegnung so kurz war", sagt er. „Ich hätte so gerne gewusst, wie du bist, wie du aussiehst, wie du dich anfühlst, wie du lebst und wovon du träumst, Iniundi." Sie schaut überrascht und lächelt. Dann schieben sich die Nadeln in ihre Gehirne.

Ogallas

Als Rahmid erwacht, sitzt er vor zwei Wesen, die ihm in gewisser Weise ähnlich sehen, aber nicht aus Fleisch und Blut zu bestehen scheinen. Neben ihm sitzt ein anderes Wesen, das aus biologischer Materie bestehen könnte, dafür aber fremdartig aussieht. Er ist vollkommen nackt und der Raum ist eiskalt und kahl. Er zittert und friert. Das auf dem Stuhl neben ihm kauernde Wesen schlottert ebenfalls am ganzen Körper. Alle drei Wesen geben seltsame Geräusche von sich. Dann verbindet eines der vor ihm sitzenden Wesen einen Helm, der zuvor am Boden lag, mit Kabeln und setzt ihm den Helm auf den Kopf. Nun nimmt er Wörter und Töne wahr, die irgendwie vertrauter klingen. Verstehen kann er allerdings immer noch nichts, allenfalls Bedeutungen erahnen. „Wenn ich mich doch nur erinnern könnte! Wie komme ich hierher? Wer bin ich, wo bin ich und wer sind die?" So sehr sich Rahmid anstrengt, er kann sich keinen Reim auf all das machen. Sein Gegenüber scheint die gleichen Fragen an ihn zu haben, die er sich selber stellt. Dem seltsamen Wesen neben ihm, das eine ganz andere Sprache zu sprechen scheint, geht es offensichtlich genauso schlecht wie ihm. Alle Versuche zu kommunizieren erweisen sich als völlig sinnlos.

Irgendwann betritt ein weiteres künstliches Wesen den Raum und führt ihn in eine Zelle mit Liege. Er muss sich darauflegen und ein haubenförmiges Gerät senkt sich auf sein Haupt. Unglaublich intensive Schmerzen durchzucken seinen Schädel und er hat das Gefühl, dass sich die Nervenverbindungen im Hirn auflösen.

Die Gedanken frieren ein. Gefühle und Wahrnehmungen kommen zum Stillstand. Auch der Schmerz verschwindet und weicht absoluter Stille. Nach einer zeitlosen Unendlichkeit kehrt er aus dieser dunklen Dimension zurück. Widerwillig, denn mit der Rückkehr in den Körper kehrt auch der Schmerz zurück. Allerdings kommt ihm der Körper völlig fremd und unnütz vor. Er weigert sich, all den Schmerz, der von fast allen Teilen dieser Hülle zu kommen scheint, anzunehmen. Nun haben auch Fieber und Krankheit die Hülle befallen. Kalter Schweiß läuft in kleinen Rinnsalen über die Haut und der ganze Leib zittert. Das fremde Wesen, das immer noch neben ihm steht, reicht Wasser und spricht eher zu sich selbst: „Du kannst dich wirklich an nichts erinnern. Deine Erinnerungen sind vollständig gelöscht. Woher kommst du nur? Noch nie haben wir jemanden wie dich gesehen und wir kennen viele fremde Lebensformen."

Rahmid ist überrascht, dass der Fremde plötzlich seine Sprache beherrscht, kann aber weder einordnen, was das Gesagte bedeuten soll, noch wo er ist und wer er ist.

Der Fremde setzt sein Selbstgespräch fort: „Die Tauris hilft uns nicht weiter, da ihr Gedächtnis ebenfalls gelöscht ist. Wo haben die dich bloß aufgegabelt und was wollen die Tauris mit dir? Als Nutztier oder Schoßtier halten sie dich wohl nicht. Dann wärst du nicht in die Schlacht mitgenommen worden. Außerdem reagiert dein Körper sofort auf ihre Bakterien und die Tauris erkranken an deinen. Sie können dich also auch nicht essen oder als Spielzeug verwenden. Welchen Nutzen hast du mit deinem schwachen Körper und der geringen Intelligenz? Wir müssen Tests durchführen."

Obwohl Rahmid völlig verwirrt ist, dämmert ihm, dass das seltsame Wesen mit drei Fingern wohl auf seiner Seite steht. Doch was ist eigentlich los, worum geht es und welche Rolle spielt er?

In der Folgezeit unterziehen die Ogallas die Gefangenen einer Immuntherapie. Sie wollen die unterschiedlichen Spezies zusammenbringen und testen, was passiert. Die Ogallas selbst haben mit Bakterien keine Probleme. Ihre Organismen basieren nicht auf Kohlenstoff, sondern auf Silizium. Ihre Mikroorganismen sind so anders, dass eine gegenseitige Ansteckung oder Besiedlung nicht möglich ist.

Nach der Immuntherapie werden Rahmid und Iniundi ohne Schutzanzug zusammen in eine Zelle gesperrt und Verhaltensbeobachtungen durchgeführt. Wie bei Labortieren werden mit ihnen alle möglichen Versuche und Tests durchgeführt und sie sollen Aufgaben bewältigen. Teilweise sind die Tests sehr schmerzhaft, peinlich, demütigend und grenzüberschreitend. Die Nerven der beiden werden aufs Äußerste strapaziert und Rahmid reagiert immer wieder übertrieben aggressiv. In diesen Grenzsituationen treten die Unterschiede zwischen den Spezies deutlich zutage. Während Rahmids Verhalten meist eindimensional, egoistisch, bewertend und vorverurteilend ist, zeigt Iniundi kooperatives, komplexes und vernetztes Denken, eine hohe Bereitschaft, altruistisch zu handeln, neue Ideen

aufzunehmen und auf Dauer ausgerichtete Gleichge-
wichtszustände anzustreben. Für Rahmid sind ihre
Reaktionen meistens beschämend. Er fühlt sich überfordert, moralisch unterlegen und schuldig, was
zusätzliche Aggressionen in ihm auslöst. Er greift
nicht nur die Testleiter, sondern auch Iniundi immer
wieder verbal und sogar physisch an. Manchmal
müssen die Testleiter eingreifen, um Schlimmeres zu
verhindern.

Aus den Tests schlussfolgern die Ogallas, dass eine
Kreuzung der intelligenten, technologisch hochste-
henden Tauris mit der aggressiven, emotional gesteu-
erten und unberechenbar agierenden fremden Spezies
einen äußerst gefährlichen, erbarmungslosen und
grausamen Gegner ergeben würde. Einen Gegner,
dessen unersättliches Streben nach Macht, Ruhm und
Wohlstand sie sehr gut nachvollziehen können. Wollen
die Tauris etwa eine Hybriden-Armee züchten? Gibt
es bereits diese Armee?

In der Bevölkerung macht das Gerücht der Hybriden-
Armee bereits die Runde. Die Regierung der Ogallas
gerät zunehmend unter Druck. Die Medien und die
Bevölkerung verlangen nach Aufklärung, nach Antworten und Lösungen. Die Ogallas rufen daher den
Rat zusammen. Um Ängste zu beruhigen und um Zeit
zu gewinnen, beschließt der Rat, vorerst die Kriegs-
handlungen einzustellen und mit den Tauris Friedensverhandlungen aufzunehmen. Vielleicht können auf
diese Weise genauere Informationen über die Existenz
dieser Hybriden-Armee und deren Fähigkeiten gewonnen werden. Als Verhandlungsangebot und Zei-

chen des guten Willens geben sie Iniundi, die ihnen sowieso keinen Nutzen bringt, samt Rettungskapsel an die Tauris zurück. Rahmid muss hingegen bei den Ogallas in Gefangenschaft ausharren.

Allmählich beginnt er sich in die Situation einzufügen. Allmählich identifiziert er sich sogar mit seinen Wächtern. Er hat ja keinerlei Erinnerungen an sein früheres Leben oder eine Heimat. Selbst von dem Krieg gegen die Tauris erfährt er nur aus Erzählungen der Wächter. Für ihn sind die Ogallas alles, was er kennt und was er hat. Wie selbstverständlich versucht Rahmid, die vermeintlichen Erwartungen der Wächter so gut wie möglich zu erfüllen. Man schätzt ihn als harmlose, minderbemittelte Spezies ein und bald schon gewinnt er das Vertrauen der Wächter. Gelegentlich darf er in seiner Gefängniszelle über Kameras und Monitore sogar Kontakt zur Außenwelt, also zum Volk der Ogallas, aufnehmen. Medienvertreter führen mit ihm Interviews, in denen er wie ein seltenes Tier der Öffentlichkeit präsentiert wird. Sein hilfloses, tollpatschiges, emotional instabiles Verhalten kommt in der Bevölkerung gut an. Sein Bekanntheitsgrad, seine Beliebtheit und das öffentliche Interesse steigen rasant. Schon bald lässt man ihn – unter Bewachung – in Talkshows auftreten oder präsentiert ihn auf wissenschaftlichen Symposien. Artig spielt er die Rolle des geistig minderbemittelten, unberechenbaren Tollpatsches mit Gefühlsausbrüchen oder des bemitleidenswerten, weinenden E.T., der nur nach Hause will. Die Regierung nutzt inzwischen die Ängste der Bevölkerung, die von den Medien mit Spekulationen über die angebliche Hybriden-Armee der Tauris fleißig geschürt werden, um die Militärausgaben kräftig anzuheben. Eine sogenannte Win-win-Situation, bei der Rahmid zum Star avanciert.

Für die Tauris, die vorausschauend schon beim ersten Anlegen der zweiten Haut in Rahmid Nanowanzen implantiert haben, ist das ein wahrer Segen. Die Wanzen ermöglichen ihnen, die Ogallas und deren Gesellschaftssystem auszuspähen. So gewonnene Erkenntnisse sind bei den Friedensverhandlungen eine wertvolle Hilfe und können geschickt eingesetzt werden. Zum Beispiel lassen die Tauris etwas von einer angeblich streng geheimen „Hybriden-Armee" durchdringen, um die Ogallas in ihren Vermutungen und Ängsten zu bestätigen und eine Drohkulisse zu errichten. Die Ogallas wagen, solange sie ihren Gegner nicht einschätzen können, vorerst keine neuen Angriffe. Doch wie lange wird die Lüge funktionieren? Niemand kann auf Dauer die Nichtexistenz einer ganzen Armee verschleiern.

Im gleichen Maße, in dem Rahmids Bekanntheitsgrad und Freiheiten zunehmen, fühlt er sich auch zunehmend den Ogallas zugehörig. Für ihn sind sie Spiegel seines Selbst. Schon denkt er wie sie, verhält sich wie sie und übernimmt ihre Werte. Er lernt, mit ihrer Technik umzugehen, ihr Verhalten und ihre Kommunikationsweise zu imitieren. Er wird einer von ihnen und erhält immer mehr Freiheiten und Zugang zu ihrer Gesellschaft. Rahmids Integration in die Gesellschaft ermöglicht den Tauris, mehr Erkenntnisse über Denkmuster, Überlebenstaktiken, technische Möglichkeiten und Schwächen der Ogallas zu erhalten. Ihnen wird nun auch bewusst, dass die Zeit ihr Verbündeter ist. Die Ogallas, angetrieben von ihrem nomadischen inthomschen Wesen, müssen, um den immensen Rohstoffbedarf befriedigen zu können, unaufhaltsam durch die unendlichen Weiten des Universums weiterziehen. Irgendwann ist der Planet der Tauris von der Wolke der Ogallas zu weit entfernt, um noch ein lohnenswertes Ziel für Rohstoffgewinnung zu sein.

Iniundi

Als Iniundi an die Tauris zurückgegeben wird, ist sie vollkommen hilflos und verwirrt. Erinnerungen an ihr Volk und an ihr früheres Leben fehlen. Sie kennt nur Rahmid und die Wächter der Ogallas. In einer speziellen Klinik werden alle greifbaren Informationen, die von ihr selbst oder von ihren Bezugspersonen gespeichert wurden, als Erinnerungen in ihr Gedächtnis implantiert. Auch ihre Persönlichkeitsmuster werden, soweit rekonstruierbar, wiederhergestellt. Aber sie wird niemals wieder die Persönlichkeit sein, die sie einmal war. Erinnerungen ersetzen nicht einmal ansatzweise echte Erfahrungen. Sie ist sich selbst fremd. Die alte Iniundi ist tot. Nun beginnt ein neues Leben. Wie ein Neugeborenes beginnt sie ganz von vorn.

Ein „neues Leben" zu beginnen, wenn man eigentlich schon mal da war, ist mit einigen Schwierigkeiten verbunden. Nicht nur für einen selber, sondern auch für die anderen. Für andere ist man ja noch dieselbe wie früher. Sie haben unverändert dieselben Gefühle, Bindungen und Erwartungen wie früher. Iniundi ist Mutter zweier Kinder. Obwohl sie von ihren Kindern und allen anderen Bezugspersonen mit Liebe und Mitgefühl überschüttet wird, fehlen ihr zunächst eigene Bindungsgefühle. Sie weiß nur, was in ihr Gedächtnis implantiert wurde. Vorerst spielt sie lediglich ihre Mutterrolle, in der Hoffnung, dass echte Muttergefühle wieder entstehen werden. Auch anderen Personen gegenüber vollbringt sie schauspielerische Höchstleistungen. Gleichzeitig muss sie bei jeder und jedem neu definieren, wie viel Nähe und welche Art von Zuneigung sie dieser Person entgegenbringen will. Dies verunsichert die Personen in ihrer Umgebung zunehmend. Da die Kinder der Tauris immer mehrere Bezugspersonen gleichzeitig haben, sind sie trotz des seltsamen Verhaltens ihrer Mutter gut versorgt und aufgehoben. Andere hingegen fordern einen anderen Umgang ein und bei manchen kommt es zum Beziehungsabbruch. Außerdem ist sich Iniundi bei den implantierten Erinnerungen, die auf Aufzeichnungen und Erzählungen beruhen, nicht sicher, was davon echt war, was vielleicht nur gespielt war, was eventuell ganz anders war, als es ihr implantiert wurde. Implantate sind keine wirklichen, persönlichen Erinnerungen. Sie hat vielmehr den Eindruck, ein fremdes Leben mit fremdem Umfeld übernommen zu haben. Es dauert geraume Zeit, bis sich ihre Beziehungen zu den Kindern, Freundinnen, Freunden und Verwandten so weit stabilisiert haben, dass sie wieder ein Gefühl von Geborgenheit und Angebundensein vermitteln können.

Das Volk der Tauris bringt ihr Dankbarkeit und Hochachtung entgegen. Der heldenhafte Einsatz wird als gutes Beispiel in die Geschichte eingehen. So könnte sie den Rest ihres neuen Lebens nun in Sorglosigkeit und Anerkennung genießen. Aber die Erlebnisse als Versuchskaninchen der Ogallas und die Erinnerung an Rahmid lassen sie nicht los. Immer wieder hat Iniundi schlimme Albträume, immer wieder tauchen in ihrem Kopf Bilder von den Folterungen und den traumatisierenden Experimenten auf, die sie in tiefe Depression und Verzweiflung stürzen. Seit der Gedächtnislöschung breitet sich auch ein Gefühl innerer Leere wie eine Krankheit aus. Nur die Erinnerungen an Rahmids emotionales Wesen und seine Verletzlichkeit geben ihr noch den Eindruck, etwas Echtes, etwas Berührendes wahrzunehmen. Das gemeinsame Trauma hat zwischen dem fremden Menschenwesen und ihr eine unsichtbare Verbindung geschaffen.

Aus den Daten der Nanowanzen ist ihr bekannt, dass Rahmid derzeit keine Demütigungen erfahren muss, sogar eine gewisse Popularität bei den Ogallas genießt. Dennoch ist der Gedanke, dass er dort immer als minderwertiges Wesen ohne Rechte behandelt werden wird, für sie unerträglich. Außerdem ist ihr Volk auch ihm zu großem Dank verpflichtet. Durch ihn konnten letztendlich die Ogallas in Schach gehalten werden. Und es ist allen klar, dass die Ogallas nicht ruhen werden, bis sie den Heimatplaneten dieses Menschen gefunden haben. Menschen sind für sie perfekte Sklaven. Ausreichend intelligent, um ihre Technik zu bedienen und einfache Arbeiten erledigen zu können, gleichzeitig dumm genug, um ihnen nicht gefährlich werden zu können. Und sie können mit minimalem Kostenaufwand gezüchtet werden. Diese Spezies darf einfach nicht in die Hände der Ogallas fallen.

Doch was soll und kann sie tun? Nachdem aus der militärischen Pattsituation heraus Frieden geschlossen wurde und zwischenzeitlich eine ausreichend große räumliche Trennung zwischen den Völkern entstanden ist, vermeiden die Tauris jeden weiteren Kontakt. Es darf kein neuer Konflikt riskiert werden.

Iniundis Gewissen lässt sich nicht beruhigen und sie beschließt, entgegen aller Logik, auf eigene Faust eine Rettungsmission zu wagen. Offenbar hat der Mensch irgendwie auf sie abgefärbt. Dem Zureden und den Warnungen ihrer Bezugspersonen, Berater und Therapeuten zum Trotz will sie das Risiko eingehen, erneut in Gefangenschaft zu geraten oder gar zu sterben. Ihr jetziges Leben fühlt sich sowieso nicht echt an. Vielleicht kann sie auf diese Weise wieder ein erfüllteres Leben finden.

Die Tauris und Iniundi selbst gehen davon aus, dass man sie bei einer erneuten Gefangennahme töten würde. Für die Ogallas hätte eine Geisel nach Beendigung des Kriegs keinerlei Nutzen. Deshalb sollen diesmal nicht ihre Erinnerungen als Sicherheitsmaßnahme gelöscht werden, sondern sie wird mit einem Selbsttötungsmechanismus ausgestattet. Sobald jemand in ihr Gedächtnis gewaltsam einzudringen versucht, wird ein tödliches Gift aktiviert. Außerdem stellt man ihr ein Miniraumschiff älterer Bauart zur Verfügung, das über künstliche Intelligenz, einen Avatar und Waffen verfügt. Der Avatar ist in der Lage, beliebige Formen anzunehmen. Die „Mission Impossible" kann beginnen.

Zwischenzeitlich ist die Reise zur inthomschen Wolke der Ogallas auch für ein Tauris-Raumschiff recht lang. Als sich das Raumschiff der Wolke nähert, aktiviert es seine Tarnvorrichtung, um unbemerkt weiträumig die Wolke überholen zu können. Iniundi will sich auf der Oberfläche eines unbewohnten Planeten verstecken, der sich in Bewegungsrichtung der Wolke im nächsten

Sonnensystem befindet. Die künstliche Schiffsintelligenz hat einen geeigneten Planeten, der wegen seiner Platinvorkommen mit Sicherheit von den Ogallas als lohnenswertes Ziel betrachtet wird, entdeckt. Von einem Versteck auf dem Planeten kann Iniundi die Plünderung des gesamten Sonnensystems durch die Ogallas, beginnend bei den äußeren Planeten und Meteoriten, mitverfolgen. Schon bald landen gewaltige Bergbaumaschinen auch in ihrer Nähe und durchpflügen die Oberfläche nach Platin. Stellenweise graben die Maschinen bis zum flüssigen Gestein und hinterlassen tiefe Wunden. Raumfrachter transportieren unablässig platinhaltiges Material zur Wolke.

Dann bringt sie den Avatar in Stellung. Er hängt sich an das Landegestell eines Raumfrachters und gelangt als blinder Passagier zur Wolke. Da der Avatar weder biologisches Leben noch Leben auf Siliziumbasis ist, wird er von den Scannern der Ogallas als Schmutz eingestuft und nicht weiter beachtet. Der Rohstofftransporter landet auf einem Industrieminiplaneten. Von dort aus kann der Avatar die in Rahmid implantierten Nanowanzen in einer zweitausend Kilometer entfernten Ringstation orten. Von Iniundi ferngesteuert nimmt er das Aussehen eines Ogallas an und bittet einen vorbeieilenden Arbeiter um Hilfe. Er fabuliert, dass sein Navigationssystem eine Fehlfunktion habe und er sich total verirrt habe. Genervt leiht ihm der Arbeiter seinen Ersatznavigator unter der Auflage, hierfür eine Belohnung zu erhalten. Der Avatar verspricht ihm eine große Überraschung.

Um möglichst unauffällig zur Ringstation zu gelangen, benutzt der Avatar, in seiner Gestalt als Ogalla, die öffentlichen Transportkabinen. Während er in der Kabine sitzt, werden zur Unterhaltung der Fahrgäste die neuesten Nachrichten und Werbungen in die Augen projiziert. In einem der Werbespots taucht plötzlich Rahmid auf. Mit theatralischer Stimme berichtet ein Sprecher über fremde Planeten. Dazu werden prächtige Landschaften und großartige Gebäude gezeigt, in denen sich Ogallas entspannt lächelnd auf bequemen Liegen räkeln und von Sklaven bedient und massiert werden. Die Sklaven sehen Rahmid alle sehr ähnlich. Die Stimme überschlägt sich fast und schmettert: „Das Paradies erwartet dich! Erwerbe schon jetzt Optionsscheine auf die neuen Sklaven von Beastcloning!"

Die Flucht

Iniundi ist entsetzt. Selbst wenn die Ogallas die Erde nicht finden können, so werden sie diese Lebensform klonen und für ihre Zwecke missbrauchen. Wie viele Rahmids gibt es bereits? Hier bahnt sich eine ethische Katastrophe an!

Der Avatar folgt weiter den Positionssignalen von Rahmids Wanzen und gelangt vor den Haupteingang von Beastcloning. Vorerst setzt Iniundi den Avatar in ein Bistro auf der gegenüberliegenden Straßenseite. Er soll unauffällig das Gebäude beobachten, während sie mit der künstlichen Schiffsintelligenz einen Befreiungsplan ausarbeitet. Aus früheren Spähaktionen ist ihr bekannt, dass alle wichtigen Gebäude der Ogallas von intelligenten Sicherheitssystemen überwacht werden. Jede Person und jeder Gegenstand wird von diesem Sicherheitssystem auf Unregelmäßigkeiten, Unstimmigkeiten oder Gefahrenpotenziale hin überprüft. Es ist unmöglich, in so ein Gebäude unbemerkt hinein- oder aus ihm hinauszugelangen. Außerdem hat Rahmid keine Ahnung von seinem „Glück". Wie wird er reagieren? Er hat schließlich keine Erinnerung an sein früheres Leben oder an ein Leben in Freiheit. Er fühlt sich als Ogalla – zumindest als Ogalla zweiter Klasse. Wird er gehen wollen? Wird er kooperieren?

Der Zufall kommt zu Hilfe. Zwei Arbeiter betreten das Bistro, setzen sich an den Nebentisch und diskutieren über eine Lieferung Sitzmöbel für Beastcloning. Das ist die Gelegenheit. Während die Arbeiter speisen, sucht der Avatar nach dem Möbeltransporter. Schon in der nächsten Seitenstraße wird er fündig. Das Öffnen des Schlosses bereitet keine Schwierigkeiten und die vier Sessel werden im nächsten Müllcontainer entsorgt. Dann trennt sich der Avatar in vier Teile auf und verwandelt sein Äußeres in exakte Kopien der Sitzmöbel. Nach dem Essen bringen die Arbeiter ihre Lieferung ins Gebäude von Beastcloning. Die Scanner des Sicherheitssystems registrieren nichts Auffälliges. Der als Sessel getarnte Avatar wird in einem Wartezimmer abgestellt. Nachdem alle Personen den Warteraum verlassen haben, trennt er eine weitere Einheit ab, die klein genug ist, um vom Gebäudescanner nicht beachtet zu werden. Der abgetrennte Teil nimmt die Form eines Käfers an und krabbelt in Richtung des Positionssignals von Rahmid. Aus Käferperspektive ist die Welt ein äußerst gefährlicher Ort. Iniundi hat Mühe, den Käfer an Personen, Fahrzeugen und sonstigen Geräten so vorbeizusteuern, dass er von den Riesen nicht zerquetscht oder zertrampelt wird. Türen, Absätze und Gitterroste stellen besondere Anforderungen an Beweglichkeit, Koordination und Reaktion. Der Perspektivenwechsel vermittelt ihr den Eindruck, als ob die Welt plötzlich nach anderen Gesetzmäßigkeiten funktionieren würde, als ob ihre Welt nun ganz andere Gefahren bergen und andere Möglichkeiten bereitstellen würde. Erst jetzt wird ihr bewusst, wie sehr die Wahrnehmung der Umwelt von Größenverhältnissen abhängt, wie sehr die Bedeutung und Bewertung von Fähigkeiten und Eigenschaften in Relation zur Umgebung gesetzt werden müssen.

Nach dem abenteuerlichen Spießrutenlauf durch das Gebäude gelangt der Käfer in Rahmids Zelle. Rahmid hat sich inzwischen einige Annehmlichkeiten und Freiheiten erarbeitet. Die Ausstattung der Zelle erinnert fast schon an ein Hotelzimmer. Er empfängt Besucher und kommuniziert manchmal stundenlang über holographische Projektionen mit äußerst wichtigen Personen über noch wichtigere Projekte. Eigentlich macht er einen zufriedenen und aktiven Eindruck.

Erst nach Stunden beginnt seine Ruhezeit. Er schaltet die Kommunikatoren ab, dämpft das Licht und legt sich schlafen. Der Käfer krabbelt an sein Ohr und Iniundi aktiviert den Lautsprecher: „Rahmid! Rahmid! Bist du wach? Aufwachen! Wach auf, Rahmid!" Rahmid schnellt im Bett hoch und sitzt aufrecht: „Wer ist da? Was wollt ihr?" – „Ich bin es, Iniundi!" Rahmid ist fassungslos: „Iniundi! Wo bist du? Ich glaube, ich träume schon." Nun projiziert der Käfer ein kleines Bild von Iniundi auf Rahmids Bettdecke und er begreift allmählich die Situation. Er setzt den Käfer auf seine Hand und hält ihn vors Gesicht: „Geht es dir gut, Iniundi? Ich habe gehört, dass man dich freigelassen hat und Frieden mit deinem Volk geschlossen wurde. Wieso bist du wieder hier?" – „Ich bin hier, um dich zu befreien. Ich bringe dich zu deinem Volk zurück!" Zuerst stutzt Rahmid, dann lacht er: „Jetzt hättet ihr mich beinahe drangekriegt. Ich habe keine Lust mehr auf eure Experimente! Es reicht!" Er feuert den Käfer gegen die Wand und legt sich wieder schlafen.

Der Käfer krabbelt in Rahmids Bett zurück: „Rahmid! Das ist kein Experiment! Ich setze mein Leben für dich ein. Ich hole dich hier raus oder ich sterbe!"

Rahmid öffnet die Augen. Eines hat er bei all den damaligen Experimenten, die mit ihm und Iniundi veranstaltet wurden, gelernt: Ein Ogalla könnte so einen Satz nicht mal denken. Das kann nur von einem Tauris stammen. Sein Herz jubiliert: Die Erinnerungen an Iniundis liebevolles, mitfühlendes Wesen und ihre Weisheit haben ihn getröstet, ihm Kraft gegeben, wenn er von den Ogallas gedemütigt und gefoltert wurde. Für ihn war sie der Fels, an den er sich klammern konnte. In Momenten größter Verzweiflung überlegte er, was *sie* jetzt tun oder sagen würde, und konnte wieder Mut fassen. So viele Tage und Nächte hatte er sich gewünscht, sie wiederzusehen, um ihr zu sagen zu können, wie wichtig und bedeutend sie für ihn war und ist, um sie für alles, was er ihr angetan hat, um Verzeihung zu bitten. Jetzt ist sie da. Einfach aus dem Nichts aufgetaucht. Er muss sich beherrschen, um keinen Freudenschrei auszustoßen. Das würde womöglich Aufmerksamkeit erregen. „Iniundi!", flüstert er aufgeregt, „Iniundi, wie kommst du hierher?" Sie fährt fort: „Dich rauszuholen, wird sehr gefährlich! Du musst womöglich den Weg sogar freikämpfen! Versuche in ein paar Stunden in den Wartebereich zu gelangen. Dort stehen vier Sessel. Wundere dich nicht, wenn die Sessel dich anspringen, es ist ein formwandelnder Avatar, der eine Rüstung um dich bilden wird. Dann verlasse das Gebäude, so schnell du kannst. Ich kümmere mich um die automatischen Türen. Draußen wird ein Fahrzeug auf dich warten, dessen einprogrammierter Kurs dich zu mir bringt."

„Das wird sicher ein Spaziergang!", sagt Rahmid lachend, „stell schon mal die Getränke kalt!"

Rahmid muss nicht lange überlegen, ob er das Flucht-angebot annehmen soll. Er hat keine Ahnung, was ihn in der Freiheit erwarten wird, aber das Angebot, zu seiner eigenen Spezies zurückzukehren, was ihm nur die Tauris ermöglichen können, kann er nicht ableh-nen.

Nach der Ruhephase bestellt er ein Presseteam in den Wartebereich. Er lockt sie mit dem Versprechen, dass ihm was eingefallen sei, was er exklusiv nur ihnen, natürlich gegen angemessene Entlohnung, verraten würde. Eine „Hammermeldung", die strengste Ge-heimhaltung erfordere. Kurze Zeit später führt ihn ein Wächter in den Wartebereich. Das Presseteam springt aufgeregt von den Sitzen und stürmt auf ihn ein. Tatsächlich befinden sich in dem Raum außer Stühlen auch vier Sessel, die um einen Tisch gruppiert sind. Er geht auf die Sessel zu und wird von ihnen angesprun-gen, als ob Federn in den Beinen wären. Gleichzeitig verändern sie ihre Konsistenz. Sie werden zu einer puddingartigen Masse, die auf seinen Körper klatscht und ihn vollständig umhüllt. Die Anwesenden erstar-ren vor Überraschung und Schreck. Der Pudding verändert sich und verwandelt seine Oberfläche zu einem gepanzerten Schutzanzug mit Helm. Ein Visier gibt den Blick frei und Rahmid rennt zur Tür. Wie durch Zauberei öffnen sich sämtliche Türen im Ge-bäude. Rahmid stürmt zum Hauptausgang, während Wächter auf ihn feuern, was ihre Waffen hergeben. Die Schüsse prallen ab, die Rüstung hält. Vor dem Haupttor steht ein Fahrzeug mit geöffneter Tür, in das er hineinspringt. Sofort beschleunigt es, zieht steil nach oben und passiert die Schleuse in den Weltraum. Offenbar ging alles so schnell, dass die automatische

Schleuse zum Weltraum nicht rechtzeitig verriegelt werden konnte. Der Antrieb seines Fahrzeugs gibt alles, um möglichst schnell die inthomsche Wolke zu verlassen. Als Rahmid bereits den Randbereich erreicht hat, holt ihn ein Jäger ein. „Das war's", denkt er und bereitet sich auf sein Ende vor. Der Jäger kommt in Schussposition, ein Blitz gefolgt von einem Feuerball leuchtet auf. Trümmerteile treffen sein Gefährt und er wird ins All geschleudert. Neben ihm taucht ein Raumschiff scheinbar aus dem Nichts auf und saugt ihn wie eine Schneeflocke ein.

Unsanft landet er in einer Schleusenkammer. Die Wände um ihn herum vibrieren und lautes Summen lässt ungeheure Energien und Kraftfelder vermuten. Dann öffnet sich die andere Seite der Schleuse und er blickt direkt in den Kommandoraum. Dort sitzt Iniundi hektisch auf Konsolen herumhackend und ruft: „Hallo Rahmid, jetzt geht der Tanz erst richtig los!"

In der holographischen Projektion tauchen Kampfschiffe der Ogallas auf. Iniundi fügt hinzu: „Der Abschuss des Jägers hat das Militär aufgeweckt! Jetzt kann uns nur noch ein Wunder helfen!" Das Wunder geschieht! Ein Kampfschiff der Tauris enttarnt sich zwischen ihnen und den herannahenden Ogalla-Schiffen. Dann ein Feuerring. Als das blendende Licht verschwunden ist, sind von den Ogalla-Schiffen nur noch Trümmer und eine schwach leuchtende Gaswolke zu sehen. Im Hologramm erscheint das Gesicht eines Tauris: „Iniundi, der Rat hat deinen Schutz beschlossen. Wir haben dich schon einmal verloren.

Ein weiteres Mal wäre in Anbetracht deiner Verdienste unverantwortlich."

Iniundi lehnt sich entspannt lachend zurück: „Rahmid, du kannst deine Rüstung ablegen. Wir sind in Sicherheit." Der Avatar gibt Rahmid frei und nimmt die Form eines Sessels an.

Glücklich lächelnd und mit rotem Kopf wendet sich Rahmid an Iniundi: „Endlich habe ich die Gelegenheit, es dir zu sagen! Ich liebe dich!"

Iniundi schaut ihn überrascht, gleichzeitig aber zärtlich und liebevoll an. Aus der unermesslichen Tiefe ihrer großen schwarzen Augen funkelt die Quelle ihres Seins in tausend Farben wie ein Diamant. Als ob das Universum selbst die Quelle wäre. Wenn es ein Paradies gibt, dann ist es dort zu finden. Rahmid stammelt: „Ohne dich bin ich nur ein dummer stacheliger Stiel und du bist eine wunderbare Blüte. Zusammen ergeben wir eine perfekte Rose. Iniundi, willst du mit mir leben?"

Iniundi erhebt sich und kommt auf ihn zu. Seine Knie werden weich. Sie ist so fremd, so anders, so unwiderstehlich in ihrer anmutigen Präsenz, in ihrer Eleganz und Würde, in ihrer strahlenden Aura. Kann ich ihr jemals genügen? Darf ich so ein Wesen lieben? Iniundi öffnet zuerst ihre, dann mit geschickten Fingern seine Kleidung. Auf der Oberfläche ihrer Haut befinden sich tausende winzige Noppen und kleine Arme wie bei einer Seeanemone mit weißen und orangen Enden. Sie umarmt ihn und er spürt weiches, sanftes

Tasten und Kribbeln auf seiner Haut. Sie schmiegt sich eng und fest an jede seiner Körperformen und küsst ihn. Vorsichtig ertastet er mit seiner Zunge ihre scharfen Kanten und spitzen Zähne, umgeben von sich bewegenden kleinen Tentakeln. Anfangs spürt er in sich Widerstand gegen das Unbekannte und Fremde, doch dann nimmt er sie an, wie sie ist. Mit allem, was er nicht kennt oder ahnt. Egal, was sie mit ihm machen wird oder haben will. Er ist sie und sie ist er. Gemeinsam verschmelzen sie zu einem neuen Wesen, zu neuem Sein, zu einer perfekten Rose. Die bis an die Schmerzgrenze gesteigerte Lust und der Glücksrausch machen vergessen, wer und was sie sind. Sie tauchen in die Einheit, wie ein Anker, der auf den Grund des Meeres sinkt.

So verbringen sie die lange Rückreise im Rausch der Liebe und erreichen nach einer zeitlosen Zeit den Heimatplaneten der Tauris.

Tauris

Im Raumschiff war alles einfach, doch um ein Leben auf dem Planeten der Tauris führen zu können, müssen viele Schwierigkeiten gelöst werden. Rahmid wurde zwar durch die Immuntherapie für Iniundis Bakterien unempfindlich und sie für seine, doch die Bakterien auf dem Planeten sind nach wie vor tödlich. Umgekehrt ist auch er eine Gefahr für das Ökosystem. Bis es hierfür eine Lösung gibt, darf er den Planeten nur im Schutzanzug betreten und mit Iniundi nur im Quarantäneraum intimen Kontakt aufnehmen. Er hat die Gefängniszelle der Ogallas lediglich gegen einen Quarantäneraum getauscht und fühlt sich nach wie vor eingesperrt. Natürlich ist es keine wirkliche Gefangenschaft. Mit Schutzanzug darf er sich frei bewegen.

Das Leben bei den Tauris ist für ihn schwerer, als er vermutet hat. Ihre Gebäude bestehen aus einem einzigen großen Raum, der individuell an die momentanen Bedürfnisse, Stimmungen oder Ideen des jeweiligen Bewohners angepasst werden kann. Der Raum ist auch beliebig in kleinere Räume oder Stockwerke unterteilbar und lässt sich mit beliebigen Funktionseinheiten, zum Beispiel für Nahrungszubereitung, Körperpflege, mit Sauna, Schwimmteich, Musikzimmer und so weiter, ausstatten. Fenster, Terrassen, Balkone und Gartenanlagen sind frei wählbar und können, ebenso wie die Zimmer, vom Bewohner selbst entworfen und gestaltet werden. Anfänglich wird Rahmid bei Iniundi wohnen. Sobald er mit der Technik vertraut ist, erhält er ein eigenes Gebäude.

Die Eingewöhnung in das Lebensumfeld ist schwierig. Er hat große Probleme mit der Veränderbarkeit seines Heimes. Als er neulich von einem Ausflug zurückkam, hatte Iniundi in der Zwischenzeit eine neue Designidee und er konnte sein Zuhause nicht mehr wiedererkennen. Er suchte eine Stunde lang, bis er schließlich entnervt Anwohner um Hilfe bat. Die gaben ihn amüsiert bei Iniundi wie eine entlaufene Katze ab. Auch nach dem Aufwachen oder dem Verlassen des Quarantäneraums ist die Wohnung oft neu gestaltet und strahlt in anderen Farben. Inzwischen ist sein wichtigstes Werkzeug ein Ortungs- und Navigationsgerät, das er manchmal sogar im Inneren des Hauses benötigt. Iniundi hat eine Vorliebe für organische Formen, kräftige Farben, symbolhafte kunstvolle Gebilde und für Neues. Ein künstlerisches Highlight jagt das nächste. Ihn überfordern all die Pracht und der dauernde Wandel. Das Gefühl von „Daheimsein", von Heimat und Geborgenheit, will sich einfach nicht einstellen. Auch begegnen ihm ab und zu unbekannte Tauris in der Wohnung. Meist sind sie freundlich, hilfsbereit und stellen sich als Familienmitglieder, Freunde oder Lebenspartner vor. Als ihn ein Kind fragt, ob er nun auch ein Papa sei, ist er sehr überrascht, als es ihn darüber aufklärt, dass er Iniundi derzeit mit drei weiteren Papas teilt. Obwohl Rahmid keinerlei Erinnerung an sein früheres Leben hat, fühlt er sich bei dem Gedanken, seine Partnerin mit anderen zu teilen, nicht wirklich glücklich und beschließt, mit ihr darüber zu reden.

Iniundi plant für den Abend ein Begrüßungsfest, auf dem sie Rahmid offiziell in ihre „Gemeinschaft" einführen will. Ein Tauris ist immer Teil einer engen sogenannten „Gemeinschaft" aus Eltern, Kindern, Partnern, Freunden, Mentoren und Lehrmeistern. Obwohl jedem Tauris ein Haus für ihn alleine zugeordnet ist, verbringen sie viel Zeit gemeinsam und wohnen auch zeitweise zusammen. Kinder wohnen anfangs bei der Mutter, später leben sie wahlweise bei der Mutter, einem der Väter, sonstigen Bezugspersonen oder wechseln hin und her. Sobald die Kinder dazu in der Lage sind, ziehen sie in ein eigenes Haus um, haben aber weiterhin intensiven Kontakt zu den Eltern. In dieser Lebensphase suchen sie sich auch eine eigene „Gemeinschaft".

Partnerschaften bestehen auf männlicher und auch auf weiblicher Seite meist mit mehreren Personen gleichzeitig. Der Übergang von Freundschaft zu Partnerschaft und wieder zurück ist fließend und im ständigen Wandel. Mentoren, die fester Bestandteil jeder „Gemeinschaft" sind, haben eine Sonderstellung. Sie sind psychologisch geschulte Berater mit umfangreichen Erfahrungen in nahezu allen Lebensbereichen. Sie vernetzen sich untereinander, nehmen im Bedarfsfall Kontakt mit Spezialisten und Supervisoren auf und pflegen zu den übrigen Gemeinschaftsmitgliedern keine emotionalen oder freundschaftlichen Bindungen. Obwohl sie jederzeit austauschbar sind, begleiten sie ihre Gemeinschaft oft über viele Jahre, manchmal das ganze Leben. Weitere Gemeinschaftsmitglieder sind spezialisierte „Lehrmeister", die für Ausbildung und Wissen sorgen. Ein Tauris wird ein Leben lang unterrichtet und in seinem Denken geschult. Trotz oder gerade wegen dieser engen Einbindung in eine Gruppe legen die Tauris größten Wert auf Individualität, Selbständigkeit und Authentizität. Je einmaliger und individueller eine Person in ihrem Denken und Handeln ist, desto wertvoller sind die Ideen und Handlungsalternativen, die sie den anderen zur Verfügung stellt, desto bunter und vielschichtiger wird der Kreativitätspool der gesamten Bevölkerung.

Um ein ansprechendes Ambiente zu schaffen, bringt Iniundi gegen Abend das Gebäude in die Form einer großen auf den Blütenblättern stehenden Blume. Im Haus sorgen Wasserspiele, Brunnen, Tische, Sitzmöbel und Kanapees für eine gemütliche Atmosphäre. Stufen und Podeste bilden mehrere Ebenen und lassen über Brücken die Gäste in den Garten gelangen. Der Garten ergänzt die Partylandschaft mit exotischen Pflanzen, lauschigen Plätzen und einem Heckenlabyrinth. Androiden beladen Tische mit Speisen und Getränken und bedienen die Gäste. Die anderen Lebenspartner von Iniundi sind bereits anwesend und helfen gut gelaunt bei den Vorbereitungen. Sie bilden ein eingespieltes, fröhlich scherzendes Team. Rahmids Laune hingegen sinkt immer tiefer. Dabei ist es doch auch sein Willkommensfest. Irgendwann wendet sich einer von Iniundis Partnern an Rahmid: „Hallo, ich bin Taros, Iniundis längster Gefährte und bester Freund. Du bist so zurückhaltend. Geht es dir nicht gut, oder brauchst du etwas?" – „Nein, passt schon", antwortet Rahmid. „Wie lange kennt ihr euch?" Taros antwortet mit verklärtem Lächeln: „Oh, wir haben uns als Jugendliche kennengelernt und lieben uns noch immer. So etwas ist eine Seltenheit. Und du? Kannst du dich an jemanden aus deinem Volk erinnern, den du liebst?" – „Leider nicht", sagt Rahmid traurig. „Ich habe keinerlei Erinnerungen, nur unbestimmte Sehnsüchte und Gefühle. Ich weiß nicht mal, ob die Gefühle, die ich jetzt habe, die gleichen sind wie vor meiner Gedächtnislöschung. Bleiben Gefühle immer gleich oder sind sie etwas Erlerntes, Veränderliches?"

„Bei uns", sagt Taros, „sind nur wenige grundlegende Gefühle biologisch angelegt und damit unveränderlich. Die meisten Emotionen werden aus diesen biologischen Grundgefühlen zusammengesetzt und sind erlernt. Das Neugeborene verbindet seine Emotionen mit einem Reiz und reagiert entsprechend. Später lernt es für diese Emotion-Reiz-Kombination das zugehörige Wort, aber jedes Kind kombiniert ein bisschen etwas anderes miteinander. In der Folgezeit orientiert sich das Kind an dem, was die Eltern von ihm erwarten. Die Konsequenz ist, dass Emotionen bei verschiedenen Individuen zwar ähnliche Körperreaktionen auslösen, diese Körperreaktionen aber mental unterschiedlich beantwortet und verarbeitet werden. Zum Beispiel kennt jeder Wut, ein zusammengesetztes Gefühl aus Trauer und Ohnmacht. Aber was Wut auslöst, ob und wie jemand Wut auslebt, ist individuell unterschiedlich. Da spielen erlernte Muster eine entscheidende Rolle."

Rahmid fragt nun interessierter: „Was kannst du mir über menschliche Liebe und über den Umgang mit ihr erzählen?" – „Bei Menschen kann ich nur unsere Forschungsergebnisse wiedergeben." Bevor Taros weiterspricht, ziehen sie in eine ruhig Ecke um, in der sie ungestört philosophieren können.

„Also", legt Taros los, „soweit wir wissen, ist das grundlegende Gefühl der Liebe bei allen Menschen ähnlich. Aber die Vorstellungen, was Liebe auslöst, was als Liebe bezeichnet wird, was liebenswert ist oder was man von der Liebe erwartet, sind sehr verschieden. Noch unterschiedlicher sind die Handlungen, die aus Liebe geschehen. Was Menschen angeblich alles aus Liebe tun, ist für mich meistens nicht nachvollziehbar. Es gibt Menschen, die unterdrücken oder opfern sich und andere oder töten sich und andere wegen der Liebe. Die Vorstellungen und Handlungen sind bei einzelnen Individuen entwicklungsbedingt verschieden und auch in verschiedenen Kulturkreisen sehr unterschiedlich. Sie ändern sich auch von Zeit zu Zeit. Von deiner Kultur ist mir bekannt, dass ihr überwiegend monogam und in kleinen Familien lebt. Bezüglich eurer Vorstellungen über die Dauer einer partnerschaftlichen Beziehung, oder über die Dauer des Zusammenlebens von Kindern und Eltern, sind in eurem Kulturkreis bereits Änderungen eingetreten. Viele Paare trennen sich nach einigen Ehejahren und fast jeder hat im Laufe seines Lebens mehrere Beziehungen. Auch das Verhältnis zu euren Kindern ist anders geworden. Obwohl anfangs eure Kinder immer noch allein den Eltern zugeordnet sind, verlassen sie nach der Geschlechtsreife den elterlichen Bereich und führen ein eigenes Leben. Früher sind die Kinder nach der Geschlechtsreife geblieben. Familien waren früher eine generationsübergreifende lebenslange Gemeinschaft.

Mir fällt besonders auf, dass eure Kultur immer noch an zeitlichen Reihenfolgen festhält. Bei uns wurde dieses zeitliche Nacheinander aufgegeben. Wir gehen Beziehungen nicht nur nacheinander, sondern auch gleichzeitig und nebeneinander ein. Dies betrifft nicht nur partnerschaftliche Beziehungen, sondern auch das Verhältnis zu den Kindern. Unsere Kinder verbringen ihre Kindheit gleichzeitig mit Eltern und Bezugspersonen ihrer Wahl. Meist sind das Freunde, andere Partner, ehemalige Partner, manchmal sogar Verwandte. Ihre Eltern werten das nicht als Zurückweisung, sondern erwarten sogar von den Bezugspersonen die Übernahme von Mitverantwortung. Die Hauptverantwortung bleibt aber bei den Eltern bestehen."

Rahmid überlegt: „Die Art und Weise eures Zusammenlebens begünstigt die Entwicklung von Freiheit und Selbständigkeit. Aber entstehen nicht auch Unsicherheit, Ungewissheit und Reibereien? Wird die Konkurrenz der Beteiligten untereinander nicht unerträglich? Man weiß doch nie, wie die Kinder beeinflusst werden, was ihnen noch so erzählt wird oder welche Ideen ihnen eingeimpft werden. Beim Partner oder bei der Partnerin ist man auch nie sicher, ob und wie sehr man noch geliebt wird und wen man im Bett vorfinden wird."

Zuerst reagiert Taros überrascht, dann muss er lachen: „Offensichtlich hast du eine Sache nicht vergessen: Konkurrenzverhalten und Besitzdenken. Wenn du so programmiert bist, ist unsere Form des Zusammenlebens die reinste Hölle für dich. Wenn du deine Partnerin besitzen willst, wird es sehr stressig, sich gegen die anderen durchzusetzen. Aber glaubst du wirklich, dein Glück durch Besitz erlangen zu können? Glaubst du wirklich, dass du nicht nur Gegenstände, sondern auch Anerkennung, Zuneigung, Achtung, Wertschätzung, Respekt und Liebe dir einverleiben und kontrollieren kannst? Denkst du, dass dieser Besitz dir Eigenschaften verleiht, die dann deine Persönlichkeit ausmachen? Hältst du dich für eine beachtenswertere Person, wenn dich beispielsweise mehr Individuen beachten als jemand anderes? Besitzt du dann auch mehr Selbstachtung? Wenn du so denkst, lösen Achtung und Anerkennung durch andere angenehme Gefühle in dir aus. Und diese Gefühle verstärken die Illusion des Besitzes. Du meinst etwas zu besitzen oder zu kontrollieren, und das fühlt sich gut an. Verlierst du den Besitz, spürst du Schmerz und Leid. Dadurch hast du den Eindruck, dass Besitz etwas real Existentes sei. Doch deine Gefühle kommen nicht vom Besitz selbst, sondern von deinen Vorstellungen, die du mit ihm verknüpft hast. Vorstellungen sind nicht real, es sind Illusionen. Verlierst du diese Vorstellungen, verlierst du auch die verknüpften und vermeintlich verliehenen, also nur vorgestellten Eigenschaften deiner eigenen Persönlichkeit. Verlierst du zum Beispiel wertvolle Gegenstände – Haus, Grundstück, Schmuck und so weiter –, verlierst du die vermeintlich damit verbundene Achtung, gesellschaftliche Anerkennung, Wertschätzung und so weiter. Du verlierst mit dem Wert der Gegenstände deinen eigenen Wert und fühlst dich arm. Das ist die Falle! Alles, was du dir über andere einverleibst, kann dir von anderen auch wieder genommen werden. Im Lauf der Zeit entfernen sich diese illusionären Vorstellungen dessen, was oder wer man ist oder nicht ist, immer mehr von der Realität und du fühlst dich als Opfer der Umstände.

Das gilt auch für die Vorstellungen in der Liebe. Kann mich ein Mensch durch seine Liebe ‚besonders‘ oder

‚wertvoll' machen? In Wahrheit erhöht sich mein Wert in keiner Weise, wenn mich ein anderes Wesen liebt. Ebenso wird auch der andere durch meine Liebe nicht wertvoller. Dennoch sind die Menschen süchtig danach, geliebt zu werden. Sie unterscheiden nicht zwischen Liebe und der Illusion, sich durch die Liebe eines anderen einen Wert zu verschaffen. In Wahrheit erhöht die Liebe nur den Liebenden selbst. Dieses Gefühl des ‚Erhöhtseins' wird auf den Geliebten projiziert und von ihm gespiegelt. Der Liebende sieht also nur seine eigene Liebe im Gegenüber und glaubt, dies sei auch mit einer eigenen Werterhöhung gekoppelt. Der Partner unterstützt diese Illusion der Werterhöhung, indem er oder sie genau das behauptet.

Wird der oder die Liebende vom anderen nicht mehr geliebt und beendet dieser die Beziehung, kann der immer noch Liebende nicht verstehen, dass der andere nicht leidet. Der immer noch Liebende hingegen leidet wie ein Hund, weil nun seine Liebe nicht mehr reflektiert wird und die Illusion der eigenen Werterhöhung verschwindet. Er oder sie hat ja nie gelernt, die eigene Liebe ohne ein Gegenüber wahrzunehmen. Er oder sie fühlt sich daher minderwertig, zurückgewiesen und entwickelt deswegen Hass gegen den anderen. Verschwindet irgendwann die eigene Liebe oder der Hass auf den ehemaligen Partner, verschwindet auch das unbewusste Gefühl des ‚Erhöhtseins'. Die Folge ist der Eindruck, in ein tiefes Loch zu fallen und innere Leere zu spüren."

Rahmid erwidert verzweifelt: „Ich will Iniundi nicht besitzen, aber ich will sie auch nicht verlieren oder teilen!" Taros sagt in strengem Ton: „Deine Worte und dein Denken unterscheiden sich. Man kann nur verlieren oder teilen, was man zu besitzen glaubt. Du willst offensichtlich dein eigenes Denken nicht wahrhaben. Du kannst die Identifikationen nicht aufgeben."

Rahmid muss ein sehr verzweifeltes Gesicht gemacht haben, denn Iniundi kommt herbeigeeilt: „Jetzt muss ich doch mal euer Männergespräch stören. Was ist los, Taros?" Taros schaut betreten: „Ich glaube, dein Mensch hat eine Krankheit. Die Menschen nennen sie Eifersucht. Er leidet, weil er dich nicht für sich alleine haben kann."

Iniundi muss sich setzen: „Ist das wahr, Rahmid?" Rahmid schaut ihr mit hochrotem Kopf in die Augen und stammelt: „Ich kann nichts dagegen tun, dass ich dich so liebe." – „Dagegen sollst du auch nichts tun", sagt Iniundi. „Das ist doch wunderbar!" – „Ja, schon, stammelt Rahmid, „aber ich will auch, dass du mich liebst." – „Das tue ich, sonst wären wir nicht zusammen." – „Und", ergänzt Rahmid, „ich halte die Vorstellung nicht aus, dass du einen anderen genauso oder vielleicht sogar noch mehr als mich liebst, obwohl das bei euch ganz normal zu sein scheint." Iniundi ist verblüfft. Ihr sind solche Gedanken noch nie begegnet. Für sie ist das ähnlich fremd, wie wenn ein Kind von seiner Mutter verlangen würde, dass alle Geschwister entfernt oder getötet werden sollen, damit es die Mutter für sich ganz alleine haben kann.

„Verstehe ich richtig? Du willst mich von meinen Freunden und Partnern trennen, damit ich nur noch dich zum Lieben habe?" – „Natürlich nicht", antwortet Rahmid, „es geht mir nur um die männlichen Partner." – „Ah, es geht um Sexualität!", sagt Iniundi. „Von den Menschen ist mir bekannt, dass euer Instinkt sicherstellen will, dass nur das jeweils eigene Erbgut weitergegeben wird. Deshalb ist jeder andre ein Konkurrent, der bekämpft und ausgeschaltet werden muss. In unserem Fall ist das mit dem Erbgut zwar irrelevant, aber die Programmierung arbeitet offenbar trotzdem. Nun soll ich auf dein biologisches Programm Rücksicht nehmen? Zur Verdeutlichung erzähle ich dir etwas von unseren Instinkten. Vor Tausenden von Jahren hatten die Tauris-Frauen den Instinkt, ihren Geschlechtspartnern nach dem Sexualakt das Geschlechtsteil abzubeißen. Auf diese Weise stellten sie sicher, dass der Mann keine andere Frau mehr schwängert. Ist das nicht auch eine sehr wirksame Methode, um Konkurrentinnen aus dem Feld zu schlagen? Der Trieb ist heute noch bei uns Frauen vorhanden, aber du hast Glück! Inzwischen können wir uns beherrschen!" Während Rahmid nur mit Mühe ein kühles Lächeln zustande bringt, kann sich Taros kaum noch auf dem Sitz halten: „Was für ein Glück für uns alle!", brüllt er und schüttelt sich am ganzen Körper.

Der restliche Abend verläuft in lockerer, fröhlicher Atmosphäre. Obwohl der Humor und die Gesprächsthemen für Rahmid meist befremdlich und schwer verständlich sind, wird er offen, respektvoll und liebevoll aufgenommen. Nur, ein echtes Gemeinschaftsgefühl stellt sich nicht ein. Das liegt daran, dass er nicht nur sehr individuell ist – das sind die meisten Gäste –, sondern dass er grundsätzlich anders im

Aussehen, Verhalten und Denken ist. Seiner Meinung nach interessieren sich die anderen nicht für ihn, sondern nur für sein „Anderssein". Manchmal ertappt er sich, dass er diese Annahme auch Iniundi unterstellt.

Es ist schon spät und Iniundi kommt mit einer Freundin eng umschlungen auf ihn zu. Die beiden lachen und scherzen miteinander und wirken wie betrunken oder enthemmt. Auf jeden Fall sind sie in einem besonderen emotionalen Zustand. „Das ist meine Freundin Akitta", gluckst und lacht Iniundi ausgelassen. „Sie will unbedingt wissen, wie es ist, mit einem Menschen Sex zu machen. Ich habe schon erklärt, wie es für mich ist, jetzt bist du dran." Akitta tritt ihm gegenüber und meint mit strahlenden Augen: „Das wäre mir eine große Ehre." Rahmid antwortet verärgert: „Für euch bin ich doch nur ein Clown. Eine Lachnummer", und läuft mit Tränen in den Augen in seine Quarantänekammer.

Zuerst schauen sich Akitta und Iniundi verblüfft an, dann läuft ihm Iniundi nach: „Rahmid! Rahmid, was ist los? So kenne ich dich gar nicht. Haben wir deine Gefühle verletzt?" – „Nein, Iniundi, ich halte es einfach nicht mehr aus. Ich weiß auch nicht warum, aber ich fühle mich so falsch, so fremd, so einsam. Ich bin kein Tauris und werde auch nie einer werden. Du bist der einzige Grund, warum ich hier in dieser feindlichen Umgebung bleibe. Aber du führst hier dein eigenes Leben, so wie ich auch ein eigenes Leben führen sollte. Ich darf nicht mein Glück von dir abhängig machen – wie mir Taros erklärte –, gleichzeitig kann und will ich nur mit dir zusammen glücklich sein. Gibt es hierfür eine Lösung?" – „Ja, Rahmid, dafür gibt es eine Lösung! Überprüfe deine Forderungen! Was willst du wirklich? Du willst glücklich sein und bist der Überzeugung, dass dein Glück an meine Anwesenheit gebunden sei und für immer gebunden sein wird. Aber dein Glück ist in Wahrheit nicht von mir abhängig. Du hast dir ein Bild aus Glaubenssätzen und Erinnerungen von mir gemacht, das du mit deinem ‚Glücklichsein' verknüpfst. Doch weder ich noch meine Anwesenheit erzeugen dieses Glück. Es ist in dir selber bereits vorhanden – schon immer –, auch wenn du es nicht immer wahrnimmst. Deine Liebe zu mir bringt es nur in die Sichtbarkeit. Fokussierst du deine Liebe auf mich, wird dein Glück nicht größer oder stärker, sondern dichter. Dann nimmst du es deutlicher wahr, gleichzeitig zieht die Verdichtung andere Verdichtungen an. Zum Beispiel Wünsche und Forderungen, die dein Glück umhüllen und dich dadurch wieder von ihm trennen. Diese Umhüllung verschwindet erst, wenn die Fokussierung verschwindet, wenn du loslässt. Lasse deine Wünsche, deine Forderungen und die Idee, dass du nur mit mir glücklich sein kannst, los. Sei nur in deiner Liebe … Dann nimmst du wahr, dass wir alle eins sind und du mich in allen Wesen finden kannst, so wie auch du in allen Wesen gefunden werden kannst."

Rahmid bewegt die Worte in seinem Herzen und sagt: „Iniundi, ich würde so gerne zu den Menschen zurückkehren." Iniundi blickt ihn traurig mit ihren unendlich tiefen schwarzen Augen an, Augen so dunkel wie das Universum selbst, und sagt mit fester Stimme: „Ich kann dich verstehen."

Am nächsten Morgen sitzen Iniundi, ihre Partner Taros, Horos, Kundos und Akitta bereits beim Frühstück, als Rahmid hinzukommt. Er begrüßt alle artig und meint dann mit den Augen zwinkernd zu Akitta, dass es ihm sehr leid tue, dass sie keinen Sex hatten, aber das ginge ja erst nach einer gemeinsamen Immuntherapie, und für die bliebe keine Zeit mehr. Er möchte bald den Planeten verlassen und zu seinesgleichen zurückkehren. Iniundi springt auf und verlässt den Raum. Die anderen schweigen betreten. Irgendwann ergreift Taros das Wort: „Wie kannst du nur so herzlos ein? Sie hat die ganze Nacht um dich geweint. Sie liebt dich über alles und hat ihr Leben für dich eingesetzt. Jetzt machst du dich über ihre Gefühle lustig? Hast du nicht verstanden, dass wir nur mit jemandem, den wir lieben, Sexualität teilen?"

Rahmid merkt, dass er einen Fehler gemacht hat, und läuft Iniundi hinterher. Er findet sie weinend im Nebenzimmer und nimmt sie in die Arme. „Entschuldige bitte, ich habe Blödsinn geredet. Das sollte ein Scherz sein. Ich liebe dich!" Sie schaut ihn mit verweinten Augen an: „Ich liebe dich auch. Als mich die Ogallas freigelassen haben, war ich am Boden zerstört. Keine Erinnerungen an meine Kindheit, keine Erinnerung an schöne Momente, an liebevolle Eltern oder Freunde, nichts, was mir Halt und Kraft gab. Da war nur Leere. Meine Vergangenheit – ein großes Loch, das mich zu verschlingen drohte. Die künstlichen Erinnerungsimplantate konnten das Loch nicht füllen. Ich war eine leere Hülle, die erst lernen musste, was Leben eigentlich ist, die erst Erfahrungen machen musste. Und Leben ist Erfahrungen machen. Ich wusste, dir geht es wie mir. Deine Lebenserfahrung bestand bis dahin auch nur aus den Demütigungen der Ogalla-Experimente. Du kanntest nichts von den schönen Dingen, die das Leben bereitstellt. Wir haben uns gegenseitig Liebe und Glück geben. Nun bist du die grundlegende Erfahrung meines neuen Lebens. Rahmid, du hast mich von den Toten auferstehen lassen und mir neues Leben geschenkt. Du bist die Liebe in meinem Leben und wirst sie immer sein. Doch wir sind zu verschieden, um in derselben Welt sein zu können. Deshalb bitte ich dich, deinen Weg weiterzugehen. Das Glück wartet auf dich!"

Tränen überwältigen Rahmid und er umarmt sie so inniglich, als ob er auf diese Weise mit ihr verschmelzen könnte. Er spürt eine seltsame Gefühlsmischung aus Angst, Lust, Liebe, Anspannung, Loslassen, Trauer und Selbstauflösung. Dann küsst er sie und sagt: „Ich werde dir zu Ehren der glücklichste Mensch der Erde werden."

Die Rückkehr

Am nächsten Tag wird von der Verwaltung der Tauris
ein Raumschiff zur Verfügung gestellt, das ihn zur
Erde bringen soll. Auf Anraten der Mentoren begleitet
ihn nicht Iniundi, sondern Taros. Iniundi darf nicht
noch einmal in Gefahr geraten und wer weiß, vielleicht konnten die Ogallas heimlich einen Peilsender
in ihr platzieren, bevor sie freigelassen wurde. Der
Abschied von Iniundi und von der Gemeinschaft fühlt
sich für Rahmid wie ein böser Traum an. Er hat den
Eindruck, neben sich zu stehen und eine fremde
Person dabei zu beobachten, wie die sich von anderen
fremden Personen verabschiedet. Wird er Iniundi
jemals wiedersehen? Wird er ohne sie leben können?
Andererseits hat er das Gefühl, in einer Sackgasse
festzustecken. Nun eröffnet sich ein neuer, unbekann-
ter und aufregender Weg, ein neues Leben.

Die nächsten Wochen im Raumschiff sind ereignislos.
Das Schiff fliegt vollkommen selbständig den vorpro-
grammierten Kurs und reagiert autonom auf mögliche
Gefahren und unvorhergesehene Hindernisse. Rahmid
nutzt die Zeit, um seine Trauer um Iniundi aufzunehmen und seine Entscheidung zu überdenken. Immerhin hat er seine große Liebe, ein Leben in Luxus und
Sicherheit gegen eine unbekannte Zukunft einge-
tauscht. Und dies nur, weil er sein Konkurrenz- und
Besitzdenken nicht ablegen kann und sich nach einer
menschlichen Gemeinschaft sehnt, die genauso wie er
denkt. Ist sein Verlangen nach Gemeinsamkeit tatsächlich stärker als sein persönliches Wohl? Oder hilft es
ihm nur, sich selbst nicht anschauen und verändern zu

müssen? Als er seine Selbstzweifel Taros offenbart, entpuppt sich dieser als äußerst freundlich, liebenswert und mitfühlend. Er ist zwar meist belehrend, aber Tauris sind nun mal eine intelligente und vernetzt denkende Spezies, die menschliches Denken primitiv und einfallslos aussehen lässt. Jedoch achtet Taros stets darauf, Rahmid nicht wie einen Idioten dastehen zu lassen. Sie unterhalten sich auch über Iniundis und Taros Vergangenheit und Rahmid wird immer bewusster, wie schwer es für ihn gewesen wäre, Handlungen und Gedanken der Tauris nachzuvollziehen. Er wäre sich mit seinen eingeschränkten mentalen Möglichkeiten immer wie geistig behindert vorgekommen. Seltsamerweise sind für ihn Erzählungen über menschliches Verhalten in anderer Weise ebenfalls unverständlich. Beunruhigende Ahnungen überkommen ihn, wenn er an seine Zukunft denkt.

Nach mehrwöchigem Flug schwenkt das Raumschiff in das Sonnensystem der Erde ein. Der Vorbeiflug an Saturn und Jupiter lässt Rahmids Herz höher schlagen, obwohl er keinerlei Erinnerung an die Gasriesen hat. Dann taucht *sie* auf! Für Rahmid ist es, als ob er der verlorene Sohn sei, der nach Hause kommt und von seiner Mutter mit offenen Armen empfangen wird. Der blaue Planet präsentiert sich in voller Pracht und Schönheit. Das Schiff schaltet auf Tarnmodus und schwenkt in eine Umlaufbahn. „Da wären wir", sagt Taros. „Wie gefällt dir deine Heimat?" Rahmid ist ganz aus dem Häuschen und kann es kaum erwarten, die Oberfläche zu betreten. Vorher müssen aber an seinem Körper ein paar Anpassungsprozeduren durchgeführt werden. Das körpereigene Abwehrsystem braucht ein paar Stunden, um die aggressive

Biosphäre und die verschmutzte Luft verkraften zu können. Während der Prozedur erläutert ihm Taros die aktuelle Weltlage. Unter Zuhilfenahme von Bildern, Filmen und sonstigen Dokumentationen aus der Schiffsdatenbank erfährt Rahmid, dass derzeit fünf große Kriege und Unmengen kleinere bewaffnete Konflikte toben. Der ganze Planet hat ein Problem mit Umweltverschmutzung und Klimaveränderung. Die politische Lage war schon immer instabil, weil die Menschheit eine annähernd gerechte Verteilung von Nahrung, Rohstoffen und Energie nie hinbekommen hat. Auch jetzt ist keine Lösung der Verteilungsproblematik in Aussicht. Alle Völker haben die ungleiche Verteilung von Besitz und Macht sogar als systemrelevante Komponenten in ihren Verwaltungen und in ihren Sozialsystemen installiert.

Rahmid empfindet große Scham angesichts des umfassenden Versagens der Gesellschaften und politischen Systeme, gepaart mit egoistischem, unreflektiertem und unlogischem Handeln.

„Wir würden euch so gerne helfen", sagt Taros, „aber alle unsere Versuche sind fehlgeschlagen. Mehrmals haben wir in der Vergangenheit Menschen darin geschult, Wege und Ideen zu vermitteln, die die menschlichen Gesellschaften zum Umdenken und Umgestalten bewegen sollten, die alternative Lebensentwürfe und Lösungen aufzeigen sollten. Einige dieser Schüler haben große Religionen gegründet, andere wurden berühmte Philosophen. Doch sie konnten ihr Wissen nur wenigen Menschen vermitteln, noch weniger haben die Ideen tatsächlich umgesetzt und in ihr Leben integriert. Stattdessen wurden die Schüler verfolgt und ihre Lehren verfälscht, missbraucht oder geheim gehalten. Unsere Bemühungen, einen positiven Einfluss auf die Entwicklung der menschlichen Spezies auszuüben, ohne Zwang und ohne direkt in Erscheinung zu treten, sind gescheitert. Zwischenzeitlich diskutieren einige Tauris darüber, ob wir Gewalt anwenden sollen, um wenigstens die Biosphäre zu erhalten. Aber das würde eine unkontrollierbare Situation erzeugen und hätte langfristig die Auslöschung der gesamten Menschheit zur Folge. Ethisch gesehen, wäre dieses Ergebnis äußerst fragwürdig. Nein, eure aktuelle Krise kann nur durch eine weltumfassende Veränderung des menschlichen Denkens gelöst werden. Die politischen, gesellschaftlichen, sozialen und wirtschaftlichen Probleme sind schließlich Ausfluss des Denkens jedes einzelnen Individuums."

„Oh nein!", ruft Rahmid. „Ich hoffe nicht, dass du jetzt das vorschlagen wirst, was ich glaube. Die Ogallas waren genug!" Taros lacht: „Keine Angst, du musst weder Spion noch Religionsführer werden und dich auch nicht an ein Kreuz nageln lassen. Diese Kreuzigungsgeschichte hat ja bewiesen, dass selbst extremste Aufopferung nahezu wirkungslos verpufft. Über den Intellekt und symbolische Handlungen kann bei den meisten Menschen nichts erreicht werden. Wir müssen anders vorgehen." – „Was habt ihr vor?" flüstert Rahmid, „Gift? Strahlung? Ein Virus?" – „Das darf ich dir nicht verraten, weil sonst deine Spezies Gegenmaßnahmen ergreifen würde und unsere Mission gescheitert wäre. Es gibt viele Interessengruppen, die eine Änderung der aktuellen Verhältnisse um jeden

Preis verhindern wollen. Wenn die dich erwischen …, na das kennst du ja!"

Inzwischen freut sich Rahmid nicht mehr so sehr auf seine Heimat: „Langsam bekomme ich Angst vor meiner eigenen Spezies. Bleibst du in der Nähe, wenn ich da unten bin und rettest mich bei Bedarf?" – „Die ersten Tage ja, aber dann muss ich wieder zurück. Ich lasse eine Relaisstation für den Sender in deinem Körper im Orbit. Wenn du Hilfe brauchst, kannst du uns rufen. Falls keiner von uns in der Nähe ist, dauert es allerdings einige Zeit, bis wir hier sein können." – „Sind die Wanzen immer noch in meinem Körper?", ruft Rahmid entrüstet. „Wir mussten sie in dein Erbgut einbauen, sonst hätten sie die Ogallas sofort entdeckt. Man kann sie nicht mehr entfernen."

Nach der Ruhe- und Anpassungsphase verabschiedet sich Rahmid von Taros, um zu Mutter Erde zurückzukehren. Das Raumschiff taucht in getarntem Zustand vorsichtig in die Atmosphäre. Ziel ist der Hügel, an dem sein Weltraumabenteuer begann. In einer Wolke versteckt, öffnet das Raumschiff den Lichttunnel und lässt ihn sanft auf die Erde gleiten. Er ist, wie ein Neugeborenes, vollkommen nackt und hat nichts bei sich außer den Erinnerungen an die Ogallas, an Iniundi und die Zeit auf Tauris.

Am ganzen Leib frierend und zitternd liegt er auf einer Wiese. Die Schwerkraft der Erde ist etwas höher als auf Tauris und die feuchte, schwere Luft riecht intensiv nach unbekannten Substanzen und nach Schmutz. Die Lunge schmerzt beim Atmen der ungefilterten Luft. Er muss husten und jede Bewegung verlangt enorme Anstrengung. Außerdem braucht er möglichst schnell Schutz und Kleidung. Mühsam schleppt er sich über einen Weg, der ins Tal zu führen scheint. Irgendwann begegnet ihm ein Wesen, das so ähnlich wie er, nur viel kleiner aussieht. Erstmals sieht er einen anderen Menschen nicht als Hologramm. Das Menschlein rennt, hohe Töne von sich gebend, davon. Dann sieht er weitere Menschen den Hügel heraufkommen und wird ohnmächtig.

Auf einer Liege, in einem abgedunkelten Raum kommt er zu sich. Elend und krank fühlt er sich, obwohl man ihn warm eingepackt hat. Hohes Fieber und Kopfschmerzen plagen ihn. Bald schläft er erschöpft wieder ein.

Etwas Nasses, Kaltes reißt ihn aus seinen Fieberträumen. Er öffnet die Augen und sieht in ein Gesicht, das freundlich lächelt. Von den Holoaufzeichnungen der Tauris weiß er, dass es sich um ein weibliches Menschenwesen, also um eine Frau handeln muss. „Hallo", flüstert er, „ich bin Rahmid. Wer bist du?" Die Frau gibt für ihn unverständliche Laute von sich, dreht sich um und verlässt das Zimmer. Ein paar Minuten später kommt eine andere Frau in Begleitung von drei Männern herein. Diese beugt sich lächelnd über ihn und sagt: „Hallo Rahmid, wo kommst du denn plötzlich her? Was ist passiert?" Rahmid stutzt: „Wer sind Sie?" – „Na, ich bin Chusi! Hast du mich vergessen? Jetzt erzähl schon, was war los? Beim Ritual warst du plötzlich verschwunden und wir gingen davon aus, dass dich die Götter mitgenommen haben. Jetzt tauchst du ein halbes Jahr später aus dem Nichts auf und hüpfst nackt und krank auf unserem heiligen Berg umher. Ich finde, das bedarf einer Erklärung."

„Okay", sagt Rahmid. „Ich erzähle, was passiert ist, und Sie erzählen mir, wer ich bin." Er beginnt mit seiner Gedächtnislöschung, um zu verhindern, dass die Ogallas die Erde finden können. Dann berichtet er über seine Gefangennahme durch die Ogallas, die Qualen, seine Rettung, seine Liebe zu Iniundi und über sein Leben auf Tauris. Nach einer Stunde endet die Erzählung mit dem Rückflug zur Erde. Als er mit den Ausführungen fertig ist, schauen ihn die Anwesenden mit verzweifelten Mienen an. Keiner spricht. Schließlich bricht Chusi das Schweigen. „Wenn du das jemand anderem erzählst, wird man dich für den Rest deines Lebens ins Irrenhaus sperren. Ich glaube ja auch an Außerirdische, aber das ist selbst mir zu viel. Kann es sein, dass du bei dem Ritual eine Psychose bekommen und dich ein halbes Jahr im Wald versteckt hast?" Für Rahmid ist Chusis Reaktion unverständlich. Für ihn sind außerirdische intelligente Lebensformen etwas völlig Normales und Selbstverständliches. Dann tritt einer der drei Männer ans Bett und sagt etwas in feierlichem Ton. Chusi übersetzt: „Ich bin Hania, ein Priester der Götter, und ich glaube dir. Wir haben dich vor einem halben Jahr zu den Göttern geschickt, damit du sie fragst, was wir tun sollen. Nun, übermittle ihre Antwort! Wie lautet sie?"

Rahmid wird es heiß und kalt: Was soll er sagen? Er weiß nichts darüber und hat die Tauris nie nach so etwas gefragt. Wenn er das zugibt, wird dieser Hania sicher nicht freundlich reagieren. Ich muss Zeit gewinnen und Taros um Hilfe bitten. Er sagt zu Hania: „Die Antwort ist nicht so einfach. Ich muss mich vorbereiten, um alles korrekt wiederzugeben. Bitte gebt mir ein paar Tage Zeit." Hania und die anderen Priester verneigen sich und verlassen den Raum. Chusi schaut Rahmid mit bohrenden Blicken an und murmelt: „Ich hoffe, du hast eine wirklich gute Antwort dabei." Dann geht auch sie.

Obwohl Rahmids Gesundheitszustand von Stunde zu Stunde besser wird, hat er eine unruhige Nacht. Hoffentlich lässt ihn Taros nicht hängen. Gleich am nächsten Morgen will er Kontakt aufnehmen.

Bei Morgengrauen fühlt sich Rahmid viel kräftiger und gesünder. Gleich nach dem Aufstehen geht er zum heiligen Berg. Als er das Zimmer verlässt, begegnet er der Frau, die ihn gepflegt hat. Augenblicklich fällt sie vor ihm auf die Knie und senkt ihr Haupt. „Was soll das denn?" Er bittet sie aufzustehen, doch sie reagiert nicht. Draußen das Gleiche. Alle, die ihn erblicken, werfen sich zu Boden, murmeln etwas und wagen nicht, ihn anzusehen. Er fühlt sich äußerst unwohl. So ein Gefühl hat er normalerweise, wenn eine unbekannte, noch nicht sichtbare Gefahr droht. Hoffentlich kreist Taros noch in der Umlaufbahn. Auf dem Hügel angekommen ruft er in den Wind: „Taros, Taros, ich muss mit dir sprechen!"

Lange Zeit passiert nichts, dann fliegt eine Krähe auf ihn zu. Sie landet vor seinen Füßen und sagt: „Du hast Glück! Ich wollte gerade zurückfliegen, da meldet die

Schiffsintelligenz, dass du als Gott verehrt wirst und eine Botschaft überbringen sollst." – „Oh, Taros", jammert Rahmid, „du hast mir nicht erzählt, dass ich eigentlich als Bote zu euch gesandt wurde und nun Heilsbringer sein soll. Was soll ich denen sagen?" Taros erwidert: „Das war alles anders geplant. Wir wollten dich nicht als Boten, sondern als Berater im Kampf gegen die Ogallas haben. Eine befriedigende Antwort auf die Frage, was die Menschen gegen die Veränderung der Schwingungen tun können, haben wir auch nicht. Diese Veränderungen werden von uns befürwortet und sind notwendig. Niemand soll und kann die Weiterentwicklung eures inthomschen Wesens aufhalten. Gehe zurück und erkläre in einer öffentlichen Rede, wohin eure Reise geht." – „Taros, ich bin kein Redner und habe keine Ahnung, was ich sagen soll." – „Du wirst Eingebungen haben", antwortet die Krähe und fliegt davon.

Zurück im Dorf kündigt Rahmid seine Rede an. Zwischenzeitlich sind die Hopis aus den umliegenden Dörfern herbeigeeilt und haben sich auf dem Dorfplatz versammelt.

Die Botschaft

Einige Stunden später erscheint Rahmid vor der Menschenmenge. Es sind mehr Hopis versammelt, als der Dorfplatz fassen kann. Wahrscheinlich hat sich nahezu das gesamte Volk inzwischen eingefunden. In Windeseile werden ein Podest, Mikrophon und Lautsprecher aufgestellt. Chusi steht neben ihm und wird übersetzen. Die Atmosphäre ist extrem angespannt und er spürt ein Kribbeln, als ob der Boden unter seinen Füssen vibrieren würde.

Rahmid spricht, was ihm in den Sinn kommt:

„Letzte Nacht hatte ich einen Traum …

Ich saß auf einem Felsen und schaute in das Land, weit über den Horizont hinaus. Dort waren ferne Kontinente und Länder, fremde Städte und Dörfer. Alles war mit einem Netz aus Energieleitungen, Telefonleitungen, Wasserleitungen, Flüssen, Straßen und unsichtbaren, flüchtigen Energien miteinander verbunden. Auch die Augen, Ohren und Münder der Menschen waren über unsichtbare Fäden mit diesem weltumspannenden Netz verwoben. Alle Gedanken, Kenntnisse, Arbeitskraft und Produkte wurden von den unsichtbaren Fäden aufgesaugt und über das Netz bis in den kleinsten Winkel der Erde verteilt. Zu diesem Zweck bediente sich das Netzwerk einzelner Organisationen, Wirtschaftsführer und Staatenlenker, denen es sehr viel Macht verlieh.

Dann sah ich eine riesige goldene Kugel. Sie schwebte schwerelos durch die Luft wie eine Seifenblase und strahlte von innen heraus goldenes Licht. Da, wo sie über die Erde schwebte, blieb eine Spur diesen goldenen Lichts zurück, das die Menschen glücklich machte.

Zuerst versuchten die Bewohner, mit ihrem Netzwerk das goldene Licht irgendwie einzufangen und zu verteilen. Aber das war nicht möglich. Sobald das Licht gefangen war, verschwand es. Das verärgerte vor allem diejenigen, die in den dunklen Gebieten lebten. Sie wollten auch vom goldenen Licht profitieren, darin baden und glücklich sein. Diejenigen, die im Licht lebten, wollten das Licht für sich alleine nutzen. Sie bauten Mauern und Zäune, um die anderen fernzuhalten.

Anfangs stiegen nur die Grundstückspreise in den erleuchteten Gebieten. Doch immer mehr empfanden ihre Ausgrenzung als Ungerechtigkeit. Sie forderten Zugang und es kam zu Gewaltakten und Zwangsumsiedlungen. Auch die Regierungen anderer Nationen forderten ihren Anteil an dem Licht. Gegenseitige Vorwürfe und Angriffe mündeten in immer heftigere Streitereien, bis ein Krieg ausbrach. Die Menschen töteten sich gegenseitig und Bomben zerfetzten ihre Städte. Keiner konnte gewinnen. Als man erkannte, dass es keinen Sieger geben wird, kam die größte und schlimmste Bombe, die Menschen je gebaut haben, gegen die Kugel zum Einsatz. Die Explosion zerbarst die goldene Kugel und ihre Splitter verteilten sich über dem gesamten Erdball. Nun war das goldene

Licht verschwunden und alle waren zufrieden. Es gab nichts mehr, das von den Mächtigen nicht verteilt werden konnte, das sich der Kontrolle ihrer Macht und dem Netz entzog, dachten sie.

Doch schon nach kurzer Zeit legte sich große Traurigkeit über das Land. Die Menschen wurden am Körper und am Herzen krank. Die Luft verschmutzte und immer weniger Sonnenlicht drang zur Oberfläche. Obwohl es allmählich dunkel auf der Erde wurde, fiel das zunächst kaum jemandem auf. Alle waren gleichmäßig betroffen und elektrisches Licht machte sowieso die Nacht zum Tag. Die Traurigkeit schnürte wie eine Fessel die Herzen ein und viele Menschen begannen, zu den Göttern zu beten. Sie erflehten Glück und goldenes Licht, doch die Götter blieben stumm. Sie wollten keinen neuen Krieg auslösen.

Die Splitter der zerborstenen goldenen Kugel drangen in die Herzen der Menschen. Diejenigen, die die Splitter loshaben wollten, haben sie mit Angst, Trauer und Wut eingekapselt. Doch bei denen, die sie spüren und tragen wollten, zerschnitten die Splitter die Fesseln und lösten Mitgefühl und Liebe aus. So kam es, dass in jedem Land und in jedem Volk Menschen lebten, die ihr Herz weit öffnen konnten, so dass das goldene Licht des Splitters aus ihnen heraus strahlte. Sie wussten es selbst nicht, aber sie waren es, die die Menschheit retteten.

Als ich aus dem Traum erwachte, ging die Sonne auf und mir wurde klar: Die Götter haben uns bereits geholfen. Wir haben nur ihre Hilfe in uns eingeschlossen. Was wir zum Überleben brauchen, ist bereits in uns: Mitgefühl, Weisheit und Bewusstsein. Was sollen wir tun, fragt ihr die Götter? Öffnet euch und lasst euer goldenes Licht in die Welt strahlen!"

Rahmid dreht sich um und verlässt das Podest.

Stille, die Menschen schauen sich gegenseitig betreten an. Dann ruft einer: „Ist das alles? Sonst haben die Götter nichts zu sagen?" Ein Raunen geht durch die Menge. Chusi stürzt von der Bühne zu Hania und fleht ihn an: „Tu was!"

Hania stellt sich vor die Menge und ruft: „Ihr habt gehört, was für eure Ohren bestimmt ist. Ich höre, was für meine Ohren bestimmt ist. Ich weiß, was zu tun ist. Geht nun nach Hause!"

Dumpf murmelnd löst sich die Menge allmählich auf. Die Stimmung bleibt angespannt. Rahmid, Hania und Chusi gehen mit raschen Schritten ins Haus zurück. „Das war knapp", sagt Chusi. Hania baut sich vor Rahmid auf: „Sag mal, du warst doch bei den Göttern. Kannst du mir das erklären?" Rahmid flüstert vor sich hin: „Taros, melde dich! Taros, melde dich schon!"

Eine Krähe landet vor dem Fenster. Rahmid öffnet und der Vogel bleibt auf dem Fenstersims sitzen. „Endlich", sagt Rahmid zur Krähe, während Hania und Chusi fassungslos das Tier anstarren. „Was hast du mir für einen Text eingegeben? Die hätten mich beinahe gelyncht." – „Die Wahrheit!", sagt der Vogel. „Die Entwicklung der Menschheit wird auch ohne äußeren Eingriff in die richtige Richtung gelenkt. Dafür sorgt das inthomsche Wesen. Es erhöht seine Aktivität und damit auch die Schwingungsenergie. Darauf hat niemand Einfluss. Die erforderlichen Rituale, die neue Denk- und Verhaltensmuster in den Köpfen etablieren sollen, werden bereits durchgeführt. Die neuen Priester heißen Internet, Social Media, Google, Wikipedia und so weiter. Sie übertragen unbemerkt neue Denk- und Handlungsmuster auf die Menschheit. Obwohl diese Muster von jedem individuell integriert und adaptiert werden, trägt jeder Mensch, ohne es zu wissen, einen wichtigen Teil zur globalen Entwicklung bei. Das persönliche Schicksal wird natürlich nicht allein von den Mustern, sondern auch von der individuellen Geschichte bestimmt. Die globale Entwicklung setzt nur die Rahmenbedingungen für das persönliche Schicksal. Für das Lebensglück des Einzelnen sind das in sich geschlossene Weltbild, die innere Versöhnung aller psychischen Aspekte sowie das Ausleben der eigenen Potenziale entscheidend. Der Rest bewegt sich von selbst in die richtige Richtung."

„Ja, schon", sagt Chusi, die als Erste ihre Fassung wiedergefunden hat. „Aber die Menschen brauchen etwas, das ihnen Zuversicht, Sicherheit und Hoffnung auf eine bessere Zukunft gibt. Eine Heilsbotschaft!" – „Wie viele Heilsbotschaften und Paradiesillusionen wollt ihr noch konsumieren?", antwortet die Krähe. „Ihr steckt eure Probleme nur von der linken in die rechte Illusionstasche und dann wieder zurück. Keiner kommt auf die Idee, das Problem selber anzuschauen, es nicht hinter Illusionen zu verstecken. Eure Heilung kann nur sein, mit Illusionen aufzuräumen. Keiner wird euch retten! Ihr werdet alle sterben, wenn ihr euch nicht selber rettet!"

Dann fliegt die Krähe davon.

Bevor sie die Botschaft in die Öffentlichkeit tragen, beschließen Chusi, Hania und Rahmid, ihre Flucht vorzubereiten. Ihrer Meinung nach bedeutet die Botschaft, dass sich die Götter endgültig zurückgezogen haben. Gerade in dem Moment, in dem sie die Götter am nötigsten gebraucht hätten! Nun wird Chaos ausbrechen. Nun werden auch die Gläubigen haltlos. Wohin sollen wir fliehen? In die Einsamkeit? In die Anonymität? In Ablenkung und Konsum? In Krankheit oder gar in den Tod?

Erst als die Flugtickets nach Europa beschafft sind und der Transfer organisiert ist, wagt es Hania, die göttliche Botschaft den anderen Priestern zu übermitteln. Diese reagieren äußerst skeptisch. Vielleicht waren das nicht die wahren Götter oder vielleicht hat er sie falsch verstanden? Keiner will ihm Glauben schenken. Nach langen Beratungen beschließen sie, die Botschaft in dieser Form nicht weiterzugeben. Stattdessen wollen sie ein neues Ritual entwickeln, das die Eigenverantwortung der Menschen in den Vordergrund stellt. Dann werden alle zufrieden sein. Was nützt es, wenn Panik oder Chaos ausbricht?

Für Hania ist diese Reaktion ein Grund mehr, die Gemeinschaft der Priester zu verlassen. Appelle an die Öffentlichkeit, selber Verantwortung für ihr Schicksal zu übernehmen und umzudenken, gibt es schon so viele wie Sandkörner. Solche Weisheiten lassen inzwischen jeden kalt. Weder Rahmid noch Chusi oder Hania wollen öffentlich als Belehrer oder Mahner auftreten und den Weltuntergang predigen. Wie sagte Taros? „Du musst weder Spion noch Religionsführer werden und dich auch nicht an ein Kreuz nageln lassen. Die Kreuzigungsgeschichte beweist, dass selbst extremste Aufopferung nahezu wirkungslos verpufft. Über den Intellekt und symbolische Handlungen kann bei den meisten Menschen nichts geändert werden."

Zurück in Bayern, mieten sie das schon einmal bezogene Bauernhaus.

Nach wenigen Tagen der Akklimatisation taucht auf dem Hof ein großer, breitschultriger Mann mittleren Alters mit schütterem, dünnem Haar und ungepflegtem Äußerem auf. Er stellt sich mit dem Namen Damiano vor und behauptet, Forscher zu sein, der seit Jahrzehnten Geschichten über Begegnungen mit Außerirdischen sammle. Er habe durch Zufall erfahren, dass sie eine Begegnung der dritten Art gehabt hätten, und wolle mehr darüber wissen. Alle drei bestreiten vehement, jemals etwas Ungewöhnliches oder gar Außerirdisches beobachtet zu haben. Doch der Mann lässt sich nicht entmutigen. Im Gegenteil, je abweisender Rahmids und Hanias Antworten und Gesten werden, desto überzeugter ist er, eine heiße Spur entdeckt zu haben. Er wird immer dreister und provozierender, bis ein handfester Streit entsteht. Unter Androhung von Prügeln jagen sie ihn schließlich vom Grundstück.

Chusi hatte schon beim ersten Blickkontakt mit dem Fremden ein ungutes Gefühl. Irgendetwas läuft hier richtig schief, sagte sie sich immer wieder.

Ab diesem Tag steht in einer Parkbucht an der Landstraße nahe beim Grundstück ein uralter Laster, auf dessen Ladefläche ein Wohnwagen montiert ist. Er wirkt verlassen. Keiner ist zu sehen, kein Licht oder Geräusch dringt aus dem Inneren.

Am nächsten Morgen steht die Polizei vor der Tür. Man habe eine Anzeige erhalten, dass im Bauernhof illegale Einwanderer versteckt seien. Nachdem sie die Ausweise akribisch erfasst und überprüft haben, durchsuchen die Beamten die Wohnräume, Dachboden, Keller und die Scheune. Erst nach zwei Stunden entschuldigen sich die Beamten mit dem Hinweis, nur ihre Pflicht getan zu haben, und ziehen unverrichteter Dinge ab. Wer sie angezeigt hat, war aus den Polizisten nicht herauszubekommen. Diese Aktion verunsichert die drei. Sie fühlen sich in ihrer neuen Heimat abgelehnt und nicht gerade willkommen.

Am Nachmittag fährt Chusi, um sich eine Abwechslung zu verschaffen, mit dem Auto zum Einkaufen in die Stadt. Am Straßenrand sieht sie diesen Damiano stehen. Breit grinsend winkt er ihr zu und sieht noch schäbiger aus als bei der ersten Begegnung. Chusi tritt aufs Gas und spürt, wie Angstgefühle aus der Magengrube emporklettern. Missmutig hastet sie durch die Läden, bis ihr plötzlich bewusst wird, wie leicht sie sich die Laune verderben lässt, nur weil irgendein Penner sich wichtigmacht. Fest entschlossen, ihre

Laune wieder aufzubauen, steuert sie ihr Lieblings-Café an. Cappuccino und Kuchen, da kommt die Welt wieder in Ordnung! Die Bestellung steht bereits auf dem Tisch, als die Tür aufgestoßen wird und Damiano eintritt. Für einen winzigen Augenblick herrscht Totenstille. Chusi und die anderen Cafébesucher halten den Atem an. Erst als Damiano mit seinem breiten Dauergrinsen zielstrebig auf Chusi zusteuert, atmen die anderen Gäste befreit wieder durch und setzen ihre Gespräche fort. „Darf ich mich zu Ihnen setzen?", fragt Damiano betont freundlich. „Nein!", erwidert Chusi laut und bestimmt. Damiano lächelt, hebt die Hände, um seine Handflächen zu zeigen, und setzt sich an den Nebentisch. Ohne Chusi anzublicken, beginnt er laut zu sprechen: „Was haben sie mit uns vor? Was verschweigst du? Wenn ihr es nicht freiwillig sagt, werden wir euch zwingen." Chusi ruft die Bedienung zum Bezahlen. Sie will gerade aufstehen und gehen, da brüllt Damiano durchs Café: „Nehmt euch in Acht vor ihr! Sie ist eine Teufelsanbeterin und wird eure Kinder holen! Sie wird euch alle in die Hölle schicken!" Chusi stürmt mit Herzklopfen aus dem Café, rennt zum Auto, verriegelt die Türen und bricht in Tränen aus.

Erst nach einigen Minuten ist sie in der Lage, nach Hause zu fahren. Sie berichtet Hania und Rahmid den peinlichen und demütigenden Vorfall. Während Hania seine Wut sichtlich zurückhalten muss und Damiano am liebsten sofort erschlagen würde, bleibt Rahmid entspannt. Schon bei den Tauris ist Rahmid aufgefallen, dass seine Emotionen zwar den Impuls zu handeln auslösen, aber die Handlungsmuster, die man normalerweise schon als Kind verinnerlicht, bei der

Gedächtnislöschung verloren gingen. Ein Umstand, der sich bei näherer Betrachtung als vorteilhaft erweist. Seine Reaktionen fallen weniger kindlich aus. Er orientiert sich mehr am vernetzten Denken der Tauris. Ein wütendes Kind bekämpft sein Ohnmachtsgefühl, indem es den Gegner verletzen, unterdrücken oder töten will, oder es will etwas Wertvolles zerstören. Diese Handlungen sollen dem Kind das Überlegenheits- und Stärkegefühl zurückgeben und das Ohnmachtsgefühl beseitigen. Parallel dazu wird das ebenfalls bei Wut auftretende Trauergefühl sofort blockiert. Die Gefühlsblockade soll sicherstellen, dass in einem möglichen Gefahrenmoment die Handlungsfähigkeit, die bei Trauer beeinträchtigt wäre, erhalten bleibt. Diese Blockierung bewirkt aber, dass auch alle anderen Gefühle nicht mehr durchdringen können. Altruistische Gefühle wie Mitgefühl, Empathie oder Liebe können nicht mehr wahrgenommen werden. Daher sind im wütenden Zustand sowohl Kinder als auch Erwachsene mit kindlichen Mustern zu unglaublichen Grausamkeiten und zerstörerischen Gewaltakten fähig. Taten, die sie im Normalzustand nicht mal in Gedanken begehen würden. Dieser Mechanismus wird gerne bei Soldaten benutzt. Man macht sie wütend, zum Beispiel durch Schikanen und Demütigungen, damit sie im Kampfeinsatz in ihrer Wut die eigenen Gefühle nicht mehr wahrnehmen. Die Folge sind unnötige, unmenschliche Handlungen und Grausamkeiten im Kampfeinsatz, die die Soldaten hinterher selbst weder begreifen noch verkraften können.

Bei Rahmid fehlen die kindlichen Reaktionsmuster mangels Erinnerung. Er begegnet seinem Ohnmachtsgefühl mit Überlegungen, wie er die Situation lenken und in seinem Sinn verändern kann. Sein Trauergefühl nimmt er bewusst wahr und scheut sich nicht, es auszudrücken. Er vermeidet den Tunnelblick, kann Handlungsalternativen erkennen und zwischen ihnen wählen. Er sagt: „Offensichtlich will sich Damiano nicht ignorieren lassen. Er fügt uns Verletzungen zu, wo er nur kann. Er will uns zu gewalttätigen Reaktionen zwingen. Warum? Warum verhielt er sich von Anfang an feindselig und will nun, dass wir Angst bekommen und ihm ebenso feindselig gegenübertreten?"

Chusi und Hania schauen Rahmid mit großen Augen an. Augenblicklich ist ihre Wut verschwunden und klare Gedanken gewinnen die Oberhand. „Okay", sagt Chusi. „Wir reden mit ihm. Am besten an einem neutralen Ort mit Publikum als Zeugen. Was haltet ihr von unserem Lieblingscafé?" Rahmid und Hania sind begeistert. Wenn ein Ort mit so schlechter Energie belegt wurde, ist dort dringend eine Transformation erforderlich. Chusi schreibt die Bitte um ein Treffen auf einen Zettel und hängt ihn an die Scheibe des Wohnmobils.

Am nächsten Tag sitzen die drei zum vereinbarten Zeitpunkt im Café. Die Bedienung wirkt bei der Bestellungsaufnahme unsicher und wagt keinem direkt in die Augen zu schauen. Dann erscheint Damiano. Seltsam, es gibt Menschen, die bemerkt keiner, wenn sie einen Raum betreten, andere hingegen verwandeln einen Raum sofort in ihre Theaterbühne und die Anwesenden sind ihr Publikum. Damiano gehört zur zweiten Sorte Mensch. Er kommt nicht in einen Raum, er tritt auf und jeder richtet zwanghaft seine Aufmerksamkeit auf ihn. Spürt das Publikum unbewusst, dass der Auftritt es etwas kosten wird?

Wortlos steuert Damiano mit seinem Standardlächeln zum Konferenztisch, wo ihn die drei mit einer wohlwollenden Geste zum Platznehmen auffordern. Zunächst sitzen sie schweigend einander gegenüber. Die Bedienung bringt mit hochrotem Kopf die Bestellung und fragt Damiano stammelnd nach seinen Wünschen. Er mustert die junge Frau sehr genau und sehr langsam vom Kopf bis zu den Füßen und sagt: „Leitungswasser."

Rahmid eröffnet das Gespräch: „Wir sind durch Ihr Verhalten sehr beunruhigt und fühlen uns bedroht. Unser Wunsch ist, ein Leben in Frieden und Ruhe führen zu können, so wie jeder das tut. Dafür brauchen wir freundliche Menschen um uns, die uns helfen, die uns akzeptieren und die uns gern haben. Die nichts Böses wollen. Was wollen Sie? Stört Sie etwas an uns?"

„Ich glaube gerne, dass ihr diese Fassade eines freundlichen, lieben Nachbarn aufrechterhalten wollt. Aber ich weiß auch aus zuverlässiger Quelle, dass ihr Kontakt zu Außerirdischen hattet. Außerdem weiß ich, dass die irgendetwas mit der Menschheit vorhaben. Es gibt bereits Veränderungen, die meine Auftraggeber sehr beunruhigen. Ja, ich bin nicht allein! Wenn ihr mich ausschaltet, kommt ein anderer und ich werde nicht eher ruhen, bis ihr mir sagt, was die Außerirdischen verändern wollen und wie sie es bewerkstelligen wollen." Dann faltet Damiano die Hände wie zum Gebet und sagt in flehendem, leicht spöttischem Tonfall: „Ich bitte euch um Kooperation. Unser aller Schicksal, das Schicksal der Menschheit hängt davon ab."

„Okay", sagt Rahmid, der das kuriose Spiel mitspielt. „Vertrauen gegen Vertrauen", bei diesem Satz muss Hania sein Pokerface aufsetzen, um nicht vor Lachen loszubrüllen. „Wenn wir dir die Wahrheit sagen, wollen wir im Gegenzug die Auftraggeber und die Quelle wissen." Damiano nickt und meint: „Wir machen es Zug um Zug. Ich nenne die Auftraggeber, ihr erzählt, was die Außerirdischen vorhaben, und ich verrate euch anschließend die Quelle. Die Auftraggeber sind eine Elite aus Großindustriellen, Wirtschafts- und Finanzführern und einflussreichen Politikern. Sie bestimmen, wohin die Reise der führenden Industrienationen geht."

Während Chusi und Hania blass um die Nase werden, kann sich Rahmid sein Lachen nicht mehr verkneifen: „Glaubst du wirklich, dass die etwas wirklich Wichtiges bestimmen?" Damiano schaut überrascht: „Die haben so viel Geld und Einfluss, die könnten ganze Staaten aufkaufen oder Kriege führen. Einfach so!" – „Klar können sie das", erwidert Rahmid, „aber von wem haben sie das Geld und die Macht erhalten und warum? Aus sich selbst heraus kommt niemand in so eine Position. Das sind ganz gewöhnliche Menschen, wie wir alle. Diese Menschen sind zum Werkzeug auserwählt worden und jederzeit austauschbar. Sie wurden von keiner Person, sondern vom Netzwerk auserwählt. Sie sind Sklaven, die aufgrund ihrer Persönlichkeitsstruktur und ihrer Denkmuster dem Netzwerk, dessen Stabilisierung und dessen Erhaltung selbstaufopfernd dienen. In Wahrheit haben wir es nicht mit einer Gruppe mächtiger Menschen, sondern mit einem transpersonalen System zu tun, das sich selbst erhalten und stabilisieren will. Es kämpft um seine Existenz." – „Ist mir doch egal, wer mein Geld bezahlt!", erwidert Damiano gereizt. „Jetzt seid ihr an der Reihe!"

„Gut", sagt Rahmid, „ich gebe zu, dass wir Kontakt zu Außerirdischen hatten. Ich bin sogar ein halbes Jahr mit ihnen durchs Universum gereist und habe eines begriffen: Die haben ganz andere Probleme als uns Menschen und was mit unserem Planeten passiert. Für die sind wir so interessant wie für uns ein Ameisenbau. Es ist interessant, einen Ameisenhügel zu erforschen, aber kämest du auf die Idee, eine Ameisenkönigin stürzen zu wollen und die Macht ergreifen zu wollen? Oder würdest du das Schicksal und die Geschichte des Ameisenvolkes bestimmen und beeinflussen wollen? Für Außerirdische mit weit überlegener Kultur und Technologie ist das genauso uninteressant. Sag deiner Elite, dass Gefahren nicht von Außerirdischen, sondern von uns selbst ausgehen. Sie erlebt gerade, wie sich ihr Machtsystem selbst zugrunde richtet. Ihr Gegner ist die Zeit. Jeden Tag rückt sie dem Untergang ein Stückchen näher. Die Botschaft der Außerirdischen ist: Wir tun nichts. Ihr müsst selber klarkommen oder sterben."

Nachdenklich antwortet Damiano: „Darum wolltet ihr untertauchen. Mit dieser Botschaft kommt keiner gut an. Ich gebe das so weiter und lasse alles überprüfen. Solltet ihr mich verarscht haben, Gnade euch Gott." Starr blickt er jedem in die Augen und fährt fort: „Die Quelle ist einer eurer Hopis. Er arbeitet für einen Mineralölkonzern und wollte sich wichtigmachen." Dann erhebt sich Damiano und geht. Rahmid, Chusi und Hania bleiben mit unguten Gefühlen zurück. Erstmals hatten sie unmittelbaren Kontakt mit der dunklen Seite des Systems, mit dem Gegenspieler.

Die Entscheidung

Im Laufe der nächsten Tage wendet sich Chusi an Rahmid: „Willst du eigentlich keinen Kontakt zu Christa aufnehmen? Du hast aus Liebe zu ihr alles aufgegeben und dein Leben riskiert. Beginne endlich ein normales Leben und werde glücklich!"

„Meinst du, das ist möglich? Ich kann mich doch nicht erinnern! Wo soll ich anknüpfen?" Chusi beruhigt: „Ihr habt euch schon einmal geliebt, warum nicht wieder?" Sie zieht ihren Kalender aus der Tasche und sucht die Adresse von Christa heraus.

Am nächsten Tag ist es so weit. Aufgeregt, mit einem flauen Gefühl im Magen, macht sich Rahmid stundenlang schön, bevor er Christa besuchen wird. Er will ohne Vorankündigung bei ihr auftauchen, trotz Chusis Warnung, dass so etwas ziemlich ins Auge gehen kann.

Als er losfährt, leuchtet bereits die Tankanzeige und nach wenigen Kilometern fängt der Motor zu stottern an. Rahmid flucht, eigentlich hätte er es zur nächsten Tankstelle schaffen müssen. Da ist wohl schon ein anderer ohne zu tanken gefahren. Was für eine primitive Technik diese Autos aber auch sind. Auf Tauris wäre das undenkbar gewesen. Mit einem Stoßseufzer macht er sich auf die Socken zur nächsten Tankstelle. Nach einer halben Stunde Fußmarsch müsste er sie erreicht haben. Vielleicht wird er ja auch von einem Autofahrer mitgenommen? Die Sonne scheint, die Vögel zwitschern, ein rundum herrlicher Tag und er findet allmählich Gefallen an dem unfreiwilligen Spaziergang. In einer Kurve hört er einen Motor hinter sich aufheulen, quietschende Reifen, erschrocken dreht er sich um und eine Windschutzscheibe rast ihm für den Bruchteil einer Sekunde entgegen. Filmriss, Stille, Dunkelheit.

Als sich sein Bewusstsein aus der Dunkelheit zurückmeldet, ist der erste Gedanke: Nicht schon wieder! Doch die Schmerzen lassen keinen Zweifel. Es hat ihn erwischt. Diesmal war es ein Auto. Warum nur immer ich? Was habe ich verbrochen?, denkt er.

Vorsichtig – inzwischen auf alles gefasst – öffnet er die Augen und stellt beruhigt fest, dass er weich in einem irdischen Fahrzeug liegt und neben ihm ein richtiger Mensch, genauer gesagt, eine ältere Frau, sitzt. Sie streichelt seinen Kopf und flüstert mit sanfter Stimme: „Haben Sie keine Angst, ich bringe Sie zum Arzt." Beruhigt lässt sich Rahmid in die Bewusstlosigkeit zurücksinken.

Auf einer Liege kommt er wieder zu sich. Ein Mann mit weißem Kittel beugt sich über ihn, betupft sein Gesicht und sagt lächelnd: „Sie haben nichts gebrochen, nur eine leichte Gehirnerschütterung, Schürfwunden und blaue Flecken, nichts Ernstes. Ruhen Sie sich ein paar Stunden aus und alles ist wieder gut." Dann eine Spritze, und bleierne Müdigkeit überwältigt ihn. Als er erwacht, ist es bereits dämmrig. Neben ihm ist ein Servierwagen mit Limonaden, alkoholischen Getränken, Lachshäppchen, Kaviar, Gebäck und einer

Flasche Champagner abgestellt. „Das ist aber eine edle Klinik", denkt Rahmid und greift beherzt zu.

Die Tür öffnet sich, das Licht wird angeknipst und ein junger Mann, circa fünfundzwanzig Jahre alt, betritt mit festem Schritt den Raum. Seine edel und teuer aussehende Kleidung passt nicht zu einem Arzt oder Pfleger. „Guten Tag, mein Name ist Victor. Ich begrüße Sie herzlich im Haus der Familie Bildermann", sagt er steif und freundlich mit einem leicht süffisanten Lächeln. „Mein Name ist Rahmid", grinst dieser zurück und hebt vorsichtig die Hand. Victor reagiert nicht darauf, sondern fährt fort: „Sie werden sich fragen, wie Sie hierhergekommen sind und wo sie sich eigentlich befinden, Herr Rahmid. Nun, der Wagen meiner Mutter hat Sie unglücklicherweise angefahren. Meine Mutter ist darüber untröstlich und ließ Ihnen so schnell als möglich bestmögliche ärztliche Hilfe zukommen. Unser Hausarzt ist eine Kapazität in seinem Fach. Selbstverständlich wird meine verehrte Mutter nicht nur für Ihre Heilbehandlung aufkommen, sondern auch alle sonstigen Unannehmlichkeiten, die Ihnen durch den bedauerlichen Unfall entstanden sind, ausgleichen. Sobald sie zurück ist, wird sie sich persönlich Ihrer annehmen und sich bei Ihnen entschuldigen." Nach einer winzigen Pause fügt er hinzu: „Bitte verzeihen Sie meine Unachtsamkeit. Ich habe Sie noch nicht gefragt, wie es Ihnen geht."

Rahmid überrascht die neue Situation. Er ist also nicht im Krankenhaus, sondern bei offensichtlich wohlhabenden Privatpersonen. Wieso haben die mich nicht ins Krankenhaus gebracht? Vorsichtig bewegt er

Gliedmaßen und Wirbelsäule und meint: „Anscheinend ist noch alles dran." Victor lächelt immer noch süffisant: „Darüber sind wir alle sehr glücklich." Dann öffnet sich die Tür einen Spalt und eine unverschämt gut gebaute, schlank und sexy aussehende junge Frau mit pechschwarzem Pferdeschwanz, schwarzen großen Augen und italienischem Flair schwebt in einem einfachen, aber elegant geschnittenen hellblauen Kleid herein. „Das ist Mimi", sagt Victor. „Sie ist für Ihr Wohlergehen verantwortlich. Wenn Sie irgendetwas brauchen, wenden Sie sich an sie. Sie wird Ihnen das Haus zeigen und alles erklären. Nun darf ich mich entschuldigen. Ach ja, um 20 Uhr sind Sie zum Abendessen eingeladen. Bei dieser Gelegenheit werden Sie meine verehrte Mutter und die restliche Familie kennenlernen."

Victor verlässt das Zimmer und Rahmid schaut erwartungsvoll zu Mimi. Diese starrt zunächst mit abwesendem Blick ins Leere, dann kehrt sie in eine strenge Aufmerksamkeit zurück. „Bitte folgen Sie mir, ich zeige Ihnen Ihr Quartier." Rahmid erhebt sich von der Liege und zischt durch die Zähne. Der Unfall hat ihn doch mehr mitgenommen, als er zuerst dachte. Sein Schädel will von dem Druck platzen, die Beine schmerzen und die Rippen stechen ins Fleisch. Langsam und vorsichtig humpelnd, schleppt er sich hinter Mimi her. Es geht durch prächtige Flure, vorbei an mit Sicherheit teuren, aber altmodisch wirkenden Gemälden und Skulpturen. Schließlich führt ihn Mimi in ein im barocken Stil gestaltetes Zimmer. Sie öffnet die Schränke mit den Worten: „Diese Kleidung wurde in der passenden Größe für Sie besorgt. Ich hoffe, Sie sind zufrieden. Falls die Schuhe unangenehm sind, werden Ihnen neue angefertigt."

Rahmid lässt sich vorsichtig in einen Sessel gleiten: „Können Sie mir sagen, was das alles soll?" Erstmals huscht ein Lächeln über Mimis Gesicht. „Sie brauchen mich nicht mit ‚Sie' anreden. Nennen Sie mich einfach nur Mimi. Madame wird Ihnen sicherlich beim Abendessen alles erklären. Möchten Sie vorher ein Bad nehmen?" Eine gute Idee, denkt Rahmid und nickt. Mimi geht ins Badezimmer, lässt Wasser ein, legt Handtücher und Bademantel bereit und fragt teilnahmslos: „Darf ich Sie ausziehen?" Damit hat er nicht gerechnet und es ist ihm peinlich. Noch nie hatte er Dienstpersonal, daher ist er so einen Service nicht gewöhnt. „Danke, aber das kann ich selber", sagt er und begibt sich zur Wanne. Mimi folgt ihm und fragt, als ob das ganz selbstverständlich wäre, ob sie ihn waschen soll. Als er der hübschen Frau in die Augen schaut, richtet sie ihren Blick schüchtern zu Boden. Lust durchdringt seinen Körper. Jetzt schon wissend, dass er sich selbst dafür hassen wird, bittet er Mimi, ihn in einer Stunde abzuholen und zum Abendessensraum zu führen.

Als Mimi an der Tür klopft, ist Rahmid bereits eingekleidet. In den edlen, äußerst bequemen und dennoch eleganten Klamotten sieht er nicht nur distinguiert und wohlhabend aus, er fühlt sich auch wertvoll und Mimi scheint ihn noch respektvoller zu behandeln.

Der große Speisesaal ist, wie sein Zimmer, im barocken Stil ausgestattet. Ein bisschen wie in alten Dracula-Filmen, kitschig, dunkel, kalt und unheimlich. In der Mitte steht eine lange Tafel mit verschnörkelten Beinen und Kanten, an der schätzungsweise zwanzig Personen Platz nehmen könnten. Es sitzen jedoch nur fünf Personen an einem Ende. Die Frau, deren Gesicht er im Auto gesehen hat, springt auf und stürmt auf ihn zu. „Seien Sie herzlich willkommen, Herr Rahmid! Ich freue mich so sehr, Sie wohlauf zu sehen! Wie geht es Ihnen?" Bei dem Satz packt sie seine Hand und umarmt ihn kurz. Eine Wolke betörenden Parfüms hüllt ihn ein. „Gut", stammelt er, von so viel Entgegenkommen geradezu überwältigt. Seine Hand nach wie vor fest umklammernd, führt sie ihn zur Tafel. „Darf ich vorstellen, das ist Hoss-Gerund Bildermann senior, mein Ehemann Maximilian Bildermann, meine Tochter Sophia und mein Sohn Victor. Ihr seid euch ja bereits begegnet." Die Familienmitglieder lächeln freundlich und Rahmid nickt zurück. „Ja, und mich kennen Sie wahrscheinlich auch schon", flötet sie mit einem Augenzwinkern. Rahmid schaut die Frau verdutzt an und ihre Gesichtszüge erstarren zu Stein. Verzweifelt wendet er den Blick den anderen zu. Stille, dann fängt Victor laut zu lachen an. „Mutter, offensichtlich überschätzt du deine Popularität etwas." Rahmid durchzucken heiße und kalte Blitze und er stammelt: „Entschuldigen Sie bitte, aber ich war in den USA und habe ein Gedächtnisproblem. Ich weiß nichts über aktuelle Ereignisse und Personen." In das Gesicht von Frau Bildermann kommt allmählich wieder Farbe und sie fragt misstrauisch: „Können Sie das genauer erklären? Setzen wir uns doch, das klingt nach einer äußerst interessanten Geschichte." Sie setzen sich um die Tafel und ein Dienstmädchen, diese ist blond, schlank, hochgewachsen, eher ein nordischer Typ mit wahnsinnig schönen blauen Augen, serviert das Essen. Mimi steht immer noch an der Tür und wartet regungslos.

Während Suppe serviert wird, legt sich Rahmid die Version der Ereignisse parat, die er für die Allgemeinheit vorgesehen hat. Er berichtet, dass er in die USA in das Stammesgebiet der Hopis gereist sei, um dort Urlaub zu machen. Auf einer Wanderung sei er von einem Felsen gestürzt und bewusstlos liegen geblieben. Glücklicherweise hätten ihn nach zwei Tagen Hopis gefunden und gesund gepflegt. Es sei ein wahres Wunder, dass er noch lebe. Leider habe er bei dem Sturz sein Gedächtnis verloren. Sein gesamtes vorheriges Leben sei einfach weg, vergessen. Erst vor wenigen Tagen sei er aus den USA zurückgekehrt. Nun wolle er herausfinden, wer er eigentlich ist, wer er früher war und wie er lebte.

„Das ist ja äußerst spannend!", ruft Victor. „So eine Gedächtnislöschung könnte ich auch vertragen!" Frau Bildermann meint in strengem Ton zu Victor: „So etwas ist kein Spaß. Du weißt wohl nicht, was du hier hast." Sophia, eine hübsche, burschikose junge Frau mit grünen Augen, braunen kurzen Haaren und ein paar Sommersprossen auf der Nase, ist mit circa neunzehn Jahren die Jüngste in der Runde und spricht erstmals mit leiser piepsiger Stimme: „Soll das heißen, Sie können sich auch nicht an Ihre Eltern erinnern?" – „Nein, ich kann mich weder an die Familie noch an meine Partnerin oder Freunde erinnern. Ich bin ein unbeschriebenes Blatt." Sophia blinzelt Rahmid mit glücklichen Augen an und man sieht, dass sie gerade in eine Phantasie abdriftet. „Das ist ja schrecklich!", ruft Frau Bildermann aus. „Sie kommen in die Heimat zurück und haben gleich wieder einen Unfall! Es tut mir so leid, dass mein Chauffeur Sie angefahren hat. Wie kann ich das nur wieder gutmachen?" Nun schaltet sich Herr Bildermann senior, der das Gespräch aufmerksam verfolgt hat, ein: „Für jemanden, der sein Gedächtnis verloren hat, machen Sie einen erstaunlich wachen und fitten Eindruck." Rahmid erwidert: „Ich habe weder Intelligenz noch Sprachvermögen verloren, nur die Erinnerung. Ich hatte also Glück im Unglück." „Interessant", meldet sich Maximilian Bildermann zu Wort. „Wenn Sie sich an nichts erinnern können, werden Sie diese Welt aus einer anderen Perspektive betrachten. Unvoreingenommen und logisch." – „Das ist wahr", erwidert Rahmid, „mir kommt vieles sehr verrückt vor." Alle lachen zurückhaltend und die Atmosphäre wird von Minute zu Minute entspannter.

Nach dem Essen zieht die Gesprächsrunde in den Garten um, wo auf der Veranda Cocktails und Fackelbeleuchtung eine angenehme, gemütliche Atmosphäre verbreiten. Den restlichen Abend verbringen die Familie und Rahmid mit anregenden und fröhlichen Gesprächen. Frau Anna Bildermann gibt endlich preis, dass sie eine bekannte Politikerin ist und jede ihrer Bewegungen von den Medien beobachtet und kommentiert wird. Daher findet sie es herzerfrischend, dass Rahmid sie ohne vorgefasste Meinung als normalen Menschen kennengelernt habe. Ihr Ehemann meide hingegen die Öffentlichkeit. Er sei Vorstand und Hauptaktionär eines Pharmaunternehmens, das bereits von ihrem Urgroßvater gegründet wurde und zwischenzeitlich zu dem bedeutendsten in ganz Europa aufgestiegen sei. Erst vor kurzem wurde ihr Sohn Victor als Nachfolger im Vorstand installiert. Er soll in ein paar Jahren alles übernehmen.

Im Laufe des Abends bieten ihm die Bildermanns das Du an und Rahmid fühlt sich in den Kreis der Familie aufgenommen. Anna, also Frau Bildermann, und die anderen Familienmitgliedern schlagen Rahmid vor, die nächste Zeit in ihrem „Schlösschen" zu wohnen. Als Mann ohne Vergangenheit und ohne soziale Kontakte wisse er doch sowieso nicht, wo er hingehöre, und Victor würde ein Freund guttun. Er sei in letzter Zeit so depressiv und grüblerisch geworden. Sophia ist von dieser Idee hellauf begeistert und rutscht aufgeregt auf ihrem Sessel umher.

Eigentlich wollte Rahmid seine Freundin Christa aufsuchen, einen Job – vielleicht als Hausmeister oder an einer Supermarktkasse – und ein möglichst billiges Zimmer suchen. Doch diesem Angebot kann er nicht widerstehen. Klar, er ist ein Fremdkörper in dieser noblen Umgebung und hat keine Ahnung, wo das alles hinführen wird. Aber wer kennt schon seine Zukunft. Ist er nicht überall auf dieser Welt fremd?

Er beschließt, nachdem er eine Nacht darüber geschlafen hat, seine Entscheidung der Familie Bildermann am nächsten Morgen bekannt zu geben. Ein letzter Drink und er zieht sich in sein Zimmer zurück. Zu seiner großen Überraschung liegt Mimi bereits im Bett. Sie ist splitternackt und blickt mit sehnsuchtsvollen Augen zu ihm hoch. „Ich habe schon mal das Bett vorgewärmt", haucht sie. „Falls Sie meine Anwesenheit nicht wünschen, lege ich mich auch vor das Bett oder in die Badewanne." Diesmal weist sie Rahmid nicht zurück und verbringt die Nacht mit ihr.

Am nächsten Morgen, als Rahmid erwacht, steht Mimi mit einem Tablett vor ihm: „Möchten Sie einen Kaffee vor dem Aufstehen?" – „Wieso tust du so förmlich?", fragt er. – „Ich bin das Dienstmädchen und erfülle meine Aufgaben", erwidert sie mit steinerner Miene. „Möchten Sie den Kaffee mit Zucker und Milch?" Irgendetwas in Rahmid krampft sich zusammen. Es war ihm letzte Nacht schon klar, dass das nichts mit großer Liebe zu tun hatte. Aber ganz ohne Gefühle? Beim Sexualakt begegnete er ihr in seiner Authentizität als Subjekt. Er begegnete ihr auf Augenhöhe, zeigte seine schwachen und verletzlichen Seiten und schenkte Vertrauen. Hat er sich getäuscht? Ist er für sie nur ein beliebiger Mann geblieben? Erbrachte sie nur eine Dienstleistung, ohne etwas von sich preiszugeben? Sind sie füreinander nur austauschbare Objekte? Er hat den Eindruck, Mimi und sich selbst beschmutzt zu haben, etwas Heiliges missbraucht zu haben. Selbst die freizügigen Tauris hatten nur Sex mit Partnern, die sie auch liebten. Wie konnte er seine Würde der Lust preisgeben?

Beim Frühstück sind nur Victor und Sophia anwesend. Beide wirken aufgeregt und erwarten ihn mit Spannung. Victor platzt gleich heraus: „Hattest du eine angenehme Nacht? Konnte dich Mimi überzeugen, hier zu bleiben?" Sophia blickt verschämt zu Boden. Rahmid kontert verärgert: „Sollte mich etwa das

Dienstpersonal bei meinen Entscheidungen beraten?" Victor lacht und lehnt sich zurück: „Natürlich nicht! Ich sehe, du lernst schnell." Auch Sophias Gesicht entspannt sich und sie schaut mit fast schon bewundernden Blicken zu Rahmid empor. „Gut", fährt Victor fort, „dann gehen wir zur Tagesplanung über. Sophia hat heute Tennisunterricht und trifft sich anschließend mit ihren Freundinnen zum Shoppen. Wir gehen eine Runde Fallschirmspringen, falls du dazu schon in der Lage bist. Hast du das schon mal gemacht?" Rahmid verneint, zumindest erinnere er sich nicht daran und er habe auch nicht das Bedürfnis, sowas zu können. Außerdem täten ihm noch alle Knochen weh. „Probiere es aus! Es ist ganz einfach und wirklich genial!", begeistert sich Victor. Nach einigem Hin und Her lässt sich Rahmid dann doch überreden.

Fallschirmspringen lernen ist in der Tat nicht allzu schwierig. Nach ein paar Fallübungen und einer ausführlichen Einweisung auf dem Übungsgelände des Fallschirmsportvereins geht es in den Flieger. Wie vom Ausbilder versprochen, hat Rahmid keine Höhenangst. Die Technik mit Auslöseautomat und ständigem Funkkontakt zu Victor ist ausgereift und ziemlich sicher. Lediglich die Überwindung, wirklich aus dem Flieger ins Nichts zu springen, verlangt einiges ab. Rahmids Verstand weigert sich, so etwas Verrücktes zu tun. Er muss seine Gedanken ganz auf den Moment konzentrieren, sich ganz auf die momentan erforderlichen Bewegungen fokussieren, als ob es ein Danach nicht gäbe, als ob sein Handeln keine Folgen hätte. Aus diesem emotionalen Zustand heraus kann ein Mensch auch vollkommen Unsinniges machen.

Er springt und augenblicklich krampft sein Magen, sein ganzer Körper sich zusammen. Die Luft pfeift durchs Haar und scheint ihre Konsistenz zu verändern, sie wird spürbar und greifbar. Allmählich stellt sich wieder der Kontakt zum restlichen Körper ein und er spürt seine Anspannung. Das Gefühl, als ob das Drumherum nur ein Film, eine Illusion sei, mit der er nicht wirklich was zu tun habe. Es gibt nur ihn, seinen Körper und den Film. Inzwischen taucht Victor neben ihm auf. Er scheint in der Luft zu stehen und sein Lachen und Johlen, das über die Kopfhörer in den Ohren schmerzt, wirkt ansteckend. Allmählich setzt auch bei Rahmid Entspannung ein. Er wagt, sich zu bewegen, mit den Armen und Beinen zu rudern und sein mit Adrenalin überschwemmter Körper nimmt die normalen Funktionen wieder auf. Alle Gedanken, was war oder sein könnte, sind verschwunden. Er ist nur im Hier und Jetzt, ohne Zwänge, ohne Regeln, ohne Erwartungen. Er muss nichts tun oder können, er ist nur da, in diesem schwerelosen und bedürfnislosen Zustand ...

Die Landung auf der Wiese ist für ihn schmerzhaft, aber problemlos und aus der Ferne sieht er schon das Fahrzeug heranbrausen, das sie abholen soll. Victor steht wie betrunken in hundert Metern Entfernung und fuchtelt ausgelassen mit den Armen. Im Kopfhörer hört er ihn immer wieder rufen: „Und wie war's? Ist das nicht der Wahnsinn? Ist das nicht geil?"

Als das Fahrzeug, nachdem es Victor samt Fallschirm eingesammelt hat, bei ihm vorfährt, strahlt Victor noch immer übers ganze Gesicht. Er will gleich wieder springen. Rahmid lehnt dankend ab. Ihm sind seine Weltraumabenteuer noch präsent, bei denen er genügend Adrenalin-Fluten „genießen" durfte. Er ist froh, mal keinen Kick zu spüren. Der arme Victor hat offenbar Probleme damit, sich selbst wahrzunehmen und Glück zu empfinden. Er ist schwer enttäuscht, als Rahmid auf einem „langweiligen" Spaziergang im angrenzenden Wald besteht.

Während sie durch den lichten Mischwald marschieren, sagt Rahmid: „Ich habe lange nachgedacht, ob ich bei euch bleiben soll." Victor schaut ihn erstaunt von der Seite an „Wieso? Du wirst nie mehr die Gelegenheit haben, in solch einem Luxus zu leben." – „Das ist wahr, aber euer Leben ist kein richtiges Leben. Die Dinge, mit denen ihr euch umgebt, sind irgendwie tot, als ob ihr in einem Museum leben würdet und selbst Teil der Einrichtung wärt. Nicht nur das Dienstpersonal erfüllt lediglich Funktionen und verhält sich wie Androiden, auch ihr spielt erfundene, künstliche Figuren und Rollen. Wenn man sich nur mit Objekten umgibt, wird man selber zum Objekt. Man wird eine funktionierende Einheit, die nur nach ihrer Fähigkeit und Brauchbarkeit bewertet und beurteilt wird. Ihr seid der festen Überzeugung, je besser die Mitmenschen um euch herum Funktionen erfüllen, je besser man selber funktioniert, desto schöner und besser wird euer eigenes Leben. Zugegeben, vieles wird einfacher, bequemer, angenehmer, effektiver ..., aber man wird nicht glücklicher. Glück hat andere Quellen!

Das Benutzen von Dingen und Menschen hat deine Familie bis zur Perfektion vorangetrieben. Mit euerm Einfluss, eurer Macht und dem Geld könnt ihr nicht nur Gegenstände erschaffen und nutzen, ihr könnt auch Menschen zu Handlungen bewegen, die sie sonst nicht tun würden. Gleichzeitig seid ihr für diese Menschen der Beweis, wie gut das mit den Objekten und dem Sich-zum-Objekt-Machen funktioniert. Sie glauben ernsthaft, dass ihr den Pfad zum Glück gefunden habt, dass ihr glücklich seid, weil ihr Menschen und Dinge benutzt, die sie nicht benutzen dürfen oder können. Doch sie sehen nur eure Fassaden, die Glück vorgaukeln. Sie wollen nicht wahrhaben, dass es euch emotional auch nicht besser geht als ihnen.

Bei dir erkenne ich, dass du die Wahrheit spürst. In dir ist Sehnsucht. Sehnsucht nach dem wahren Selbst. Deswegen machst du Sportarten, die dich an Grenzen führen und dir einen Kick geben. Leider kommst du dem Ziel auf diese Weise nicht näher. Ich will ganz offen sein: Ich würde dir gerne zeigen, wie ich das Leben sehe. Vielleicht gefällt es dir und du willst auch so leben und dein Wissen weitergeben. Wenn nicht, dann verschwinde ich wieder und alles ist für dich so, wie es war. Hast du Interesse an einer alternativen Sichtweise?"

Victor überlegt laut: „Ich kann mir zwar nicht vorstellen, was an deiner Sicht besser sein soll, bin aber neugierig. Du willst mir doch keine gesellschaftspolitische Diskussion ans Knie nageln?"

„Nein, nein, die Ideen einer neuen Gesellschaftsordnung bringen nichts, solange die Gesellschaftsmitglieder in den alten Denkmustern und Reaktionen verhaftet bleiben. Es kommt primär nicht darauf an, unter welchen Rahmenbedingungen wir leben, sondern wer und wie wir selber sind. Die Rahmenbedingungen passen sich lediglich an das Denken der Mehrheit an. Der Mensch ist von Natur aus weder gut noch schlecht. Er ist nicht festgelegt, ein unbeschriebenes Blatt. Sein Denken und Handeln wird fast ausschließlich von äußeren Einflüssen und Bedingungen geprägt und lediglich durch angeborene Faktoren modifiziert. Der wichtigste Einfluss sind die Eltern und nahen Bezugspersonen. Deren Ängste, Glaubenssätze, Bedürfnisse und deren daraus resultierende Handlungen bilden die Grundlage unseres Denkens. Sie prägen in den ersten drei Jahren die Art und Weise, wie wir die Welt sehen und wie wir Informationen verarbeiten. Die Erziehung, die an diese Kindheitsphase anschließt, ist lediglich der meist hilflose Versuch der Eltern, noch ein paar eigene Illusionen und Wünsche dem Kind überzustülpen. Die eigentliche Besonderheit des menschlichen Geistes ist nicht die Intelligenz, sondern die fast grenzenlose Programmierbarkeit bis ins hohe Alter. Eine weitere Besonderheit ist, dass wir uns selber aus einer höheren Warte betrachten können. Wir sind in der Lage, uns selbst quasi durch die Augen eines höheren Wesens zu sehen. Diese Fähigkeit ermöglicht es, unsere Programmierung selber zu steuern. Das ist es, was uns zu wahrhaft autonomen Wesen macht, was uns höheres Bewusstsein ermöglicht. Beim sogenannten ‚Sündenfall‘ in der christlichen Religion wird ja dem Sinn nach beschrieben, dass wir gelernt haben, uns mit den Augen Gottes zu sehen. Doch das mit der Göttlichkeit geht nicht einfach so, das muss erlernt werden."

„Bescheiden bist du ja wirklich nicht", lacht Victor, „aber wenn das funktioniert, ist es sicher der Wahnsinn." – „Wobei wir wieder beim Funktionieren sind", stöhnt Rahmid. „Morgen beginnen wir mit der ersten Lektion."

Gegen Abend treffen sich die Familie und Rahmid zum gemeinsamen Abendessen. Rahmid verkündet, dass er bleiben möchte und mit Victor eine Art „mentales Trainingsprogramm" absolvieren will, um ihm mehr Lebensfreude und Zufriedenheit zu verschaffen. Alle sind begeistert. Sophia will auch gleich teilnehmen und kann nur mit dem Versprechen, sofort nach Victors Ausbildung eine individuelle Schulung zu erhalten, getröstet werden.

Rahmid zieht sich nach dem Essen ins Zimmer zurück. Er rechnet mit allem, als er die Tür öffnet, doch keine Mimi ist zu sehen. Eigentlich ist er ganz froh, denn heute Nacht hätte er sie weggeschickt – vielleicht ...

Im Bett liegend, dauert es nicht lange und er gleitet ins Träumen. Klopfen holt ihn zurück. Anna stürmt mit festem Schritt und versteinertem Gesicht ins Zimmer und setzt sich neben ihn aufs Bett: „Jetzt, da du zur Familie gehörst, will ich offen mit dir sprechen. Es gibt hier Regeln, die du zu beachten hast. Brichst du die Regeln, mache ich dich fertig oder lass dich beseitigen. Verstehen wir uns?" Rahmid setzt sich aufrecht und nickt verstört.

„Also, Regel Nummer eins: Niemand lügt mich an!" Anna macht eine Pause. „Diese Regel hast du bereits gebrochen! Da du sie nicht kanntest, gebe ich dir eine Chance. Was ist in den USA wirklich passiert?"

Rahmid denkt sich: Das System ist wirklich effektiv. Damiano hat seine Aufgabe schnell erledigt. Er antwortet: „Natürlich weißt du schon, was wirklich passiert ist. Einer deiner Dämonen hat mich ja bereits ausgefragt!" Anna schaut verwirrt ins Leere: „Wer hat dich ausgefragt?" – „Na, dieser Damiano!" – „Kenne ich nicht!" In Anna beginnt es zu arbeiten. „Was für ein Spiel läuft hier? Wer bist du?" Rahmid erzählt nun seine wahre Geschichte und die Begegnung mit Damiano. Anna hört sich alles geduldig und kommentarlos an, dann bricht sie in Gelächter aus. „Das ist die blödeste und verrückteste Geschichte, die ich je gehört habe. Ehrlich gesagt denke ich, dass du nicht mich, sondern diesen Damiano und die, die den Unsinn weiter verbreiten, angelogen hast. Na ja, du bist ja auch auf den Kopf gefallen! Ich habe nur eine Bitte, erzähle diesen Unsinn nicht meinen Kindern. Versprochen?" – „Für mich gibt es keinen Grund, das weiterzuerzählen", sagt Rahmid.

Anna atmet tief durch und kommt nun zu Regel Nummer zwei: „Niemand vögelt meine Tochter ohne meine Erlaubnis! Ich weiß, dass sie läufig ist und dir schöne Augen macht. Egal, was sie tut oder sagt, du fasst sie nicht an! Und wenn sie dir nackt auf den

Bauch springt! Verspreche es mir! Wenn du Sex brauchst, wird dir Mimi jeden Wunsch erfüllen."

Jetzt reicht es Rahmid. Etwas versprechen zwingt ihn entweder dazu zu lügen, weil er jetzt schon weiß, dass er das Versprechen brechen wird, oder er legt sich schon jetzt auf ein Handeln fest, das verhindert, adäquat auf zukünftige Situationen zu reagieren. In beiden Fällen macht er sich zum Opfer seines eigenen Versprechens. Wie soll er in einer konkreten Situation das tun, was ihm sein Herz sagt, wenn ihn ein Versprechen bindet? Versprechen sind grundsätzlich mit Verstrickung behaftet und ziehen Schuld nach sich.

„Ich habe nicht die Absicht, mit Sophia was anzufangen", sagt Rahmid, „aber ich verspreche grundsätzlich nichts. Bei niemandem und in keiner Sache." Anna errötet und brüllt: „Raus hier! Ich allein bestimme, was hier passiert!" und stürmt aus dem Zimmer.

Das war's wohl, denkt sich Rahmid und sucht seine alte Kleidung aus dem Schrank. Es ist schon auffällig, wie unbequem sich die alten Sachen anfühlen. Als er mit Ankleiden fertig ist, klopft es erneut an der Tür. Victor und Sophia wollen wissen, was vorgefallen ist. Sie machen sich Sorgen, weil sie ihre Mutter noch nie so laut und aufgelöst erlebt hätten. Rahmid schildert detailliert die Unterhaltung und erklärt, dass er auf der Stelle das Haus verlassen wird. Er will sich niemandem unterordnen. Sophia ist entsetzt und nicht fähig, etwas zu sagen, während Victor beschwichtigt und Rahmid inständig bittet zu bleiben. Er solle die Nacht abwarten und nichts überstürzen. Am nächsten Morgen wird er den Familienrat zusammentrommeln und dann soll entschieden werden. Bis dahin übernehme er die volle Verantwortung und nun sollten alle schlafen gehen.

Am nächsten Morgen erscheint Rahmid um halb sieben zum Frühstück. Die Familie sitzt bereits am Tisch. Victor erhebt sich und kommt Rahmid entgegen. Er bittet ihn, zwischen Sophia und ihm Platz zu nehmen. Dann eisiges Schweigen. Nach ein paar Minuten ergreift Hoss-Gerund das Wort: „Unsere Familie kann mit Stolz auf eine lange Tradition zurückblicken, die geprägt ist von wirtschaftlich klugem und erfolgreichem Handeln, freier, unabhängiger Denkweise, unverhandelbaren Werten, familiärem Zusammenhalt und bedingungsloser Loyalität unter den Familienmitgliedern. Das sind die Grundpfeiler für das, was wir geschaffen haben und noch schaffen werden. Mit Verlaub, Rahmid, du gehörst nicht zur Familie. Daher ist es mir unangenehm und unverständlich, wieso meine Enkelkinder auf deiner Anwesenheit bestehen." Zur Überraschung aller Anwesenden ergreift Sophia das Wort: „Weil er der Einzige in diesem Raum ist, der mich ernst nimmt und nicht wie ein kleines Kind behandelt." – „Schatz", fällt Anna ein, „niemand behandelt dich wie ein Kind, wir wollen dich nur beschützen, damit du keine Dummheit machst, die du später bitter bereust. Glaube mir, ich kenne die Fallstricke, die das Leben bereithält. Du sollst nicht die gleichen schlechten Erfahrungen machen müssen wie ich." Sophia schreit: „Ich will aber Erfahrungen machen! Ich will endlich leben!" Maximilian blafft Sophia an: „Wie sprichst du mit deiner Mutter!" Sophia springt auf und verlässt laut weinend den Raum. Victor schaltet sich ein: „Sophia hat Recht! Ihr macht uns beide zu Marionetten. Ihr zieht die Fäden und wir sind Puppen, die euren Idealen und Werten entsprechen sollen. Gestern Nacht hast du es offen bekannt gegeben! Du allein bestimmst, was hier passiert! Aber nicht mit uns! Ja, ich bin stolz auf meine freie, unabhängige Denkweise und Rahmid wird mich darin schulen!" Hoss-Gerund ruft: „Brandstifter! Wir haben einen Brandstifter ins Haus geholt." – „Also doch!", ruft Victor. „Ihr wolltet mich einsperren und habt nun Angst, dass die Gefängnismauern niederbrennen!" Maximilian verzieht das Gesicht: „Was für ein Quatsch! Du übernimmst bald das ganze Imperium! Du wirst herrschen und alle Freiheit haben, die du dir vorstellen kannst! Lerne endlich, Verantwortung zu übernehmen!"

„Gut, ich übernehme die Verantwortung dafür, dass Rahmid hierbleibt", sagt Victor mit stolzer Miene. Schweigen ... Nach einer endlosen Minute sagt Anna: „Übernimmst du auch die Verantwortung für Sophia?" – „Ja!", sagt Victor mit einem Siegerlächeln.

Aufgepasst!

Den Nachmittag wollen Victor und Rahmid gemeinsam verbringen. Treffpunkt soll der Gartenpavillon sein. Schon von weitem sieht Rahmid, wie Victor und Sophia heftig diskutierend über die Wiese auf ihn zu eilen. Victor empfängt ihn mit den Worten: „Rede du mit ihr! Sie will abhauen, untertauchen!" Sophia presst mit weinerlicher Stimme heraus: „Dieses Leben halte ich nicht mehr aus! Ich bin eingesperrt und draußen tobt das Leben! Ich muss hier weg! Bitte, Rahmid, hilf mir!" Angekommen, umarmt ihn Sophia wie ein Kind, das sich an die Mutter klammert, und weint. „Sophia", sagt er mit sanfter Stimme und streichelt zärtlich ihr Haar, „Sophia, du willst eigentlich vor dir selbst davonlaufen. Dumm nur, dass du dich immer mitnimmst, egal wohin du gehst. Wenn du aus dem Gefängnis ausbrechen willst, musst du aus dir selber ausbrechen. Reiße deine Mauern ein! Öffne deine Tore!" – „Das will ich ja!", schreit Sophia fast schon hysterisch und springt wie eine Raubkatze im Kampfmodus einen Meter zurück. „Aber ich kann es nicht! Wie geht das?" Victor schaut seine Schwester verwundert und mit gewisser Ehrfurcht an. So aufgebracht und lebendig hat er sie noch nie erlebt.

Rahmid schaut ihr in die Augen und sagt: „Gerade hast du ein Tor geöffnet …! Vergiss alles, was du weißt und zu wissen glaubst. Stell dir immer wieder aufs Neue die Frage: ‚Wie geht das?' und gib dann keine Antwort! Denke nicht über die Lösung nach, sondern probiere aus und beobachte, welche Antworten dir das Leben gibt. Man lernt nicht aus Nachdenken, sondern aus tatsächlichen Erfahrungen. Bald wirst du feststellen, dass Lösungen immer wieder neu und auf andere Weise gefunden werden können. Nicht was man tut, sondern wie man es tut, ist entscheidend. Handle mit dem Gefühl von Offenheit, Unvoreingenommenheit, Neugier, Liebe und mit dem Vertrauen, dass es gut wird. Dann offenbart sich dein Weg, der Weg in die Freiheit."

Sophia nachdenklich: „Wenn das nur so leicht wäre. Egal was ich mache, sofort stürzt ein Gedankenberg aus Anweisungen, wie man es richtig machen muss, was man überhaupt darf, was man nicht darf, was erwartet wird, was gefährlich ist, wie etwas ausgehen wird, was die anderen davon halten werden, wie man hinterher angeschaut wird und so weiter …, über mir zusammen. Wenn dann diese Liste abgearbeitet ist, bleibt ein kläglich enger Handlungsspielraum übrig. Wie soll da ein Gefühl für Offenheit entstehen?"

„Lerne als Erstes, alle diese Gedanken zu ignorieren und zu vergessen", fährt Rahmid fort. „Schalte sie ab, indem du in die Stille gehst. Das schafft man am schnellsten durch Meditieren. Übe es eine Zeit und du lernst, Glaubenssätze und Ängste zumindest zeitweise zurückzustellen. In diesen Momenten kommst du in die Achtsamkeit, in das Hier und Jetzt. Achtsamkeit ist der erste Schritt in die Freiheit."

Sophia schaut ungläubig: „Ich soll durch Meditieren frei werden? Ist das dein Ernst?" – „So beginnt immer der Weg! Das ist Jahrtausende alte Erfahrung. Den zweiten Schritt erkläre ich, wenn du den ersten getan hast. Man kann nur schrittweise zum Ziel kommen."

Die nächsten Tage üben sich die drei im Meditieren und führen anschließend Gespräche über die gemachten Erfahrungen. Obwohl Rahmid ursprünglich nur Victor lehren wollte, wird er nun auch Sophia unterweisen. Beide sind auf demselben Stand und haben ähnliche Schwierigkeiten. Außer Meditieren macht Rahmid mit ihnen verschiedene körperliche, mentale und kreative Übungen, die ihnen helfen sollen, ihre Potenziale, ihre Grenzen und sich selbst kennen und lieben zu lernen. Er nutzt Methoden, die unterschiedliche Aspekte ihrer Persönlichkeiten bewusst und sichtbar machen. Man muss sich selbst zuerst sehen können, um sich annehmen zu können. Dazu braucht man einen Spiegel. Rahmid ist dieser Spiegel und die Geschwister sind einander Spiegel.

Anna lässt sich vorerst nichts anmerken und verhält sich gegenüber Rahmid und ihren Kindern wie immer. Jedoch entgeht ihr nicht, dass vor allem Sophias Selbstvertrauen jeden Tag ein Stückchen wächst. Das äußert sich nicht in Zickig- oder Aufmüpfigsein, sondern sie ist gelassen und äußert klare Vorstellungen davon, was sie will und was sie nicht will. Anna sieht ihren Einfluss auf Sophia schwinden. Je mehr die Kinder sich selbst entdecken, desto größer werden die Spannungen zwischen ihnen und der restlichen Familie. Auch gegenüber Rahmid wird das Misstrauen zunehmend stärker. Hoss-Gerund redet nicht mehr mit ihm und Maximilian bekommt er kaum noch zu Gesicht.

Anfangs wahrt Anna den Schein und setzt Mimi und ihre Kollegin auf Rahmid an. Sie hofft, über Sexualität ihn in den Griff zu bekommen und manipulieren zu können. Doch Rahmid will nicht Sklave seiner eigenen Lust sein und weist die Angebote der Dienerinnen zurück. Zum Eklat kommt es schließlich, als Sophia öfters nicht mehr nach Hause kommt. Zur Rede gestellt, gibt sie offen zu, einen Mann kennengelernt zu haben. Sie habe mit diesem auch schon geschlafen. Für Anna ist nun das Maß voll. Sie macht Rahmids verrückte Ideen für das „hemmungslose und ausgeflippte Gebaren" der Kinder verantwortlich und erklärt den Unterricht für beendet. Ein guter Freund und Professor der Philosophie soll von nun an die Unterweisungen übernehmen und die Kinder wieder zur Vernunft bringen.

Rahmid wird von ihr, damit sie nicht undankbar erscheint – wohl auch um sein Schweigen zu erkaufen –, eine kleine Wohnung in der Stadt für ein halbes Jahr kostenfrei zur Verfügung gestellt. Hier im Haus dürfe er sich allerdings nicht mehr aufhalten. Victors und Sophias heftige Proteste und ihre Drohung, ebenfalls auszuziehen, können Anna nicht umstimmen.

Rahmid zieht in die Stadt, verspricht aber seinen Schülern, sie weiterhin zu unterweisen. Sie sollen das Spiel mitspielen und ihn heimlich aufsuchen. Er will die beiden nicht aus ihrer Welt herauslösen, sondern sie sollen auf ihre Weise einen positiven Einfluss auf das System ausüben. Als dessen Teil werden sie mit ihrer Authentizität und Bewusstheit verändernd wirken. Gegen Einflüsse von außen kann sich das System leicht schützen, aber gegen Veränderung von innen ist es machtlos.

In der neuen Wohnung wird Rahmid bereits am ersten Abend von Hania und Chusi aufgesucht. Beim Abendessen erzählt er, was vorgefallen ist. Er berichtet auch über seinen Plan, über die Kinder der Bildermanns ein neues Denken in das System einzubringen und es so ein wenig zu verändern. Chusi fällt dazu eine Geschichte ein:

„In meinem Heimatdorf gab es einmal einen Jungen, der hieß Jimmy. Er lebte mit seinen Eltern, seiner Schwester und seinem Hund am Stadtrand in einem kleinen Häuschen. Jimmy hatte wunderbare Talente. Er konnte wunderbar singen, bewegte sich anmutig, war musikalisch und hatte ein tolles Rhythmusgefühl. Leider hatte er auch Schwächen. Sein Handeln war unstrukturiert und chaotisch, sein Verhalten launisch und impulsiv und Geld war für ihn ein flüchtiges Element. In der Kinderzeit fielen diese Schwächen nicht ins Gewicht. Dagegen kam er in der Schule dauernd in Schwierigkeiten. Irgendwie konnte er sich aber durchmogeln und schaffte sogar einen Schulabschluss. Nun musste sich Jimmy nach Arbeit umsehen. Viele Alternativen bot das Dorf nicht an und sein Ansehen war auch nicht gerade das beste. Das Abschlusszeugnis ließ ihm lediglich die Wahl zwischen Hilfsarbeiten und einer handwerklichen Lehre. Da er mit den Händen geschickt war, bewarb er sich beim Schreiner. Auch in seiner Lehrzeit mogelte er sich leidlich durch.

Sein eigentliches Leben fand in der Freizeit statt. Er träumte von einer Karriere als Sänger und Tänzer. Jeden Abend verschwand er in einer abgelegenen Scheune seines Urgroßvaters, die er Stück für Stück in ein kleines Tonstudio umgebaut hatte. Na ja, Tonstudio ist weit übertrieben. Er hatte zwei Laptops, ein Mikro, eine kleine Kamera und alte Lautsprecher. Abend für Abend bastelte er an selbst komponierten Musikstücken, die er mit seiner spärlichen Ausrüstung zum Klingen brachte. Dazu tanzte und sang er aus Leibeskräften und stellte sich dabei vor, auf einer Bühne vor tausenden Menschen ein Konzert zu geben. Jede Aufführung endete in tosendem Applaus der imaginären Zuschauer. Tatsächlich waren seine Aufnahmen meist unbrauchbar oder peinlich. Aber Jimmy war das egal. Er war glücklich und probierte immer wieder neue Melodien, Töne, Rhythmen und Tanzschritte. Alles beginnt bekanntlich mit Träumen und er war der festen Überzeugung, dass er nicht den Rest seines Lebens als Niemand in diesem Dorf verbringen werde. Er wollte Spuren hinterlassen, etwas Besonderes sein. Er wollte von der Welt wahrgenommen werden, seine Fähigkeiten ausleben und der Welt etwas Einmaliges schenken.

Die Jahre vergingen und sein Equipment wurde umfangreicher und anspruchsvoller. Jeden Cent seines Einkommens steckte er in den Traum. Im Dorf zerrissen sich die Leute bereits die Münder und bezeichneten ihn als Freak. Doch seine Eltern waren der Ansicht: „Solange der Junge in die Arbeit geht und keinen Unsinn mit Drogen macht, ist das schon in Ordnung. Wenn er erst mal verheiratet ist, gibt sich das mit der Musik." Jimmy zog sich mehr und mehr

aus dem öffentlichen Leben zurück. Nur seine
Schwester hatte noch Zugang zu ihm, nur sie durfte
ihn im Schuppen besuchen und seinen Konzerten
beiwohnen.

Dann spielte er dieses Lied, zu dem er auch einen
eigenen Tanzstil entwickelt hatte. Seine Schwester
war total begeistert und nahm heimlich einen Mit-
schnitt auf. Mit all ihrem Ersparten reiste sie in die
Großstadt zu einem bekannten Musiklabel. Es kostete
sie eine Menge Charme, um bis zu einem Produzenten
vorzudringen. Doch der Einsatz lohnte sich. Der
Produzent war von Jimmys Auftritt begeistert und der
Traum wurde Wirklichkeit. Jimmy unterschrieb Ver-
träge, erhielt einen Manager, Gesangslehrer, Tanzleh-
rer und durfte endlich öffentlich auftreten.

Sein Aufstieg war kometenhaft. Radiosender spielten
die Lieder rauf und runter, Konzerthallen und Shows
nahmen immer gigantischere Ausmaße an. Jetzt
konnte er in einem Meer aus echtem Beifall und
Bewunderung baden. Er war so glücklich!

Im Heimatdorf sah man Jimmy nur selten. Immer auf
Achse reiste er von Auftritt zu Auftritt, von Hotelzimmer zu Hotelzimmer. Seine Freunde waren Musi-
ker, Bühnentechniker, Tänzer, und seine Liebschaften
waren Groupies, die am Ruhm partizipieren wollten.
Komponieren neuer Songs und kreatives Arbeiten war
kaum noch möglich. Die Vermarktungsmaschine fraß
seine Zeit, seine Energie und seine Authentizität
vollständig auf. Grenzgänge auf der Bühne und endlose Aufenthalte in den Tonstudios laugten ihn immer

mehr aus. Er musste perfekt sein, wollte eigene Erwartungen und die der anderen erfüllen. Er wollte sein Bestes geben und tat das auch. Um bei den Auftritten präsent und fit zu sein, nahm er Aufputschmittel, Lampenfieber bekämpfte er mit Beruhigungsmitteln. Schon bald ging der Kontakt zum eigenen Körper verloren. Er funktionierte nur noch. Er missachtete alle Warnsignale und zwang sich selbst, eine Maschine zu sein.

Dann kam der Zusammenbruch auf der Bühne. Die Presse überschlug sich: „Drogenexzess eines Superstars! Warum verkraften die Stars ihren Erfolg nicht?" Als ob die Drogen etwas mit Lebenshunger oder Starallüren zu tun gehabt hätten. Niemand wusste von der Not, in der Jimmy steckte. Er wollte doch nur der sein, den alle in ihm bewunderten. Je mehr Menschen in die Hallen strömten, desto unbarmherziger waren seine Kritiker, desto höher die Erwartungen der Fans. Sein Manager trieb ihn in immer größere Engagements mit noch teureren Vorleistungen. Die besten Profis der Branche – die selber unter Erfolgsdruck standen – wurden engagiert, das teuerste Equipment und die besten Hallen wurden gemietet. Inzwischen verschlangen die Shows schon in der Vorbereitung Millionen, die Jimmy einspielen musste. Die Existenz hunderter Menschen und mehrerer Firmen hing an seinem Erfolg. Ein wirtschaftliches Geflecht, das reibungslos funktionierte und wie eine Maschine arbeitete. Jimmy war nur noch ein Rädchen dieser Maschine. Ein wichtiges Rädchen, das funktionieren musste.

Sein Zusammenbruch rückte ihn noch mehr ins öffentliche Interesse. Die Paparazzi der Regenbogenpresse standen Schlange vor dem Krankenhaus und sein Manager nutzte die Gunst der Stunde für noch mehr PR. Nun gab es nicht nur berührende Musik, sondern auch eine berührende Story.

Als er das Krankenhaus wieder verlassen konnte, wurde er von Interview zu Interview, von Show zu Show, von Party zu Party gereicht. Die nächste Tournee war bereits, obwohl noch nicht ausgearbeitet, als absoluter „Knaller" angekündigt. Jimmy war völlig verzweifelt. Er hatte keine neuen Ideen und die eingekauften Kompositionen waren nur zweitklassiger Abklatsch alter Lieder. Er hielt sich für einen Versager und sah keinen Ausweg mehr. Sobald dies bemerkt würde, würde er gemeinsam mit allen, die ihm vertrauten, in den Abgrund stürzen. Erstmals kamen ihm Suizidgedanken. In seiner Not beschloss er, einen Schamanen unseres Volkes aufzusuchen. Vielleicht konnte der ihm die frühere Kreativität zurückgeben und ihn aus der Krise führen.

Weder sein Manager noch sonstige Vertrauenspersonen wurden eingeweiht. Heimlich schlich er aus dem Hotel und hinterließ einen Zettel, auf dem er versprach, in einer Woche zurückzukehren. Am gleichen Tag schon verbreiteten die Radiosender, dass Jimmy krank sei und eine Woche das Bett hüten müsse. Tja, die Maschine lief wie geschmiert, auch ohne ihn.

Inkognito besuchte er unseren Dorfschamanen. Als er eine Woche später ins Hotel zurückkehrte, war er vollkommen verändert. Der Manager empfing ihn mit Arzt, Anwalt und Direktor des Plattenlabels. Sie schütteten kübelweise Vorhaltungen und Anschuldigungen über ihn aus. Jimmy blieb fröhlich, entspannt, gelassen, zufrieden und ausgeglichen. Die Vorwürfe, Drohungen und Warnungen berührten ihn nicht. Beim Schamanen hatte er gelernt, sich als Individuum und nicht als Teil dieses Systems zu sehen. Schuldgefühle konnten ihn nicht mehr binden, Ängste konnten ihn nicht mehr geißeln, Verpflichtungen konnten ihn nicht mehr manipulieren. Er hatte sich aus den Verstrickungen der Schuld und Loyalität befreit, sich von der selbst auferlegten Sklaverei losgesagt.

Das System versuchte alles, um ihn wieder auf Linie zu bringen. Zuerst verklagte ihn das Plattenlabel, dies oder jenes zu tun und zu liefern. Dann wurden Schadensersatzforderungen wegen Vertragsverletzung gestellt, die höher waren als alles, was er je eingenommen hatte. Sein Arzt behauptete, er sei geistig verwirrt und brauche dringend Psychopharmaka. Dies war auch Grundlage für ein Entmündigungsverfahren, das sein Manager anstrebte. In der Presse hieß es, Jimmy sei wieder drogenabhängig. Man drohte, ihm alles zu nehmen, seinen Besitz, seinen Ruf und sein Ansehen in der Öffentlichkeit, wenn er die Verpflichtungen nicht erfüllte. Und das waren keine leeren Drohungen.

Die meisten Menschen hätten jetzt nur zwei Möglichkeiten gesehen: sich fügen und das Spiel mitmachen, das heißt das System unterstützen, oder untertauchen, alles aufgeben und den Rest des Lebens als gescheiterter Star in der Anonymität verbringen. Jimmy hingegen transferierte sein Vermögen, soweit möglich, nach Europa. In Liechtenstein ist man für derartige Transaktionen offen und äußerst diskret. Bevor das Plattenlabel ihn mit einem erfundenen Betrugsverfahren in Untersuchungshaft bringen konnte, floh er aus der Heimat und ließ vom Ausland aus ein Heer von Anwälten gegen das Plattenlabel und seine ehemaligen Vertrauten in den Krieg ziehen.

Für das System war nun wieder alles gut. Die Beteiligten waren beschäftigt und konnten ihre Rollen als die Guten oder die Bösen spielen, die Presse bekam Futter für reißerische Artikel und die Öffentlichkeit aalte sich im Wechselbad der Emotionen. Jimmys Vermögen zerrann wieder einmal wie Sand zwischen den Fingern. Die Anwälte verschlangen Unsummen. Mit dem Geld verschwand auch bald das Interesse der Beteiligten. Dumm war nur, dass Jimmy weder ein anderes Plattenlabel suchen noch seine eigenen Lieder öffentlich aufführen durfte. Er hatte die Verwertungsrechte und die Gunst des Publikums verloren. Nun war er gezwungen, neue Lieder zu schreiben und unter fremdem Namen ganz von vorne zu beginnen.

Die meisten Menschen wären, nachdem ihr Vermögen, ihr Besitz, ihre Freunde, ihre Heimat, die Rechte an ihren Werken und ihr Name verloren waren, in eine tiefe Depression gestürzt, hätten den Kummer im Alkohol ertränkt, Gott und die Welt als ungerecht beschimpft und wären in Selbstmitleid versunken. Jimmy war frei und daher anders. Für ihn war der Verlust kein Schmerz, den er betäuben oder kompensieren musste. Er identifizierte sich nicht mehr mit Besitz, Ruhm oder Heimat. Für ihn waren das nicht Eigenschaften, deren Verlust seine Person in irgendeiner Weise geschmälert hätte. Der Schamane lehrte ihn, dass alles, was nicht sein eigentliches Ich ist, lediglich Umwelt und Rahmenbedingungen darstellen. Alles, was man kaufen kann oder was einem von anderen verliehen oder gegeben wird, gehört nicht zum eigentlichen Ich eines Menschen. Diese Dinge sind Kulissen, Bestandteile eines Theaterstücks. Die Mitspieler sind sich einig, wer wen oder was darstellt, wer welche Kostümierung trägt, wem was gehört, wer welche Kulissen bewohnen oder benutzen darf. Alle spielen das Spiel. Einigen sich die Beteiligten auf eine Änderung der Spielregeln – zum Beispiel bei Revolutionen –, wird das Stück umgeschrieben und die bisherigen Rechte, Ansprüche und der vermeintliche Besitz entpuppen sich als das, was sie wirklich sind: Illusionen.

Die Stabilität dieser Illusionen, die Jahre, oft Jahrzehnte und Jahrhunderte überdauern können, hängt lediglich von der Bereitschaft der Mitspieler ab, diese Illusionen als vermeintlich nützliche Wahrheit anzuerkennen. Ihre Bereitschaft wiederum speist sich aus ihrer Angst vor Veränderung und dem Bedürfnis nach Wertschätzung. Solange der Mittellose sich selbst als arm und den Besitzenden als reich anerkennt, solange Menschen sich selbst zurückstellen und so anderen Macht verleihen, so lange werden die illusionären Spielregeln zu Wahrheiten erhoben. Lösen sich diese verliehenen Eigenschaften und Ansprüche auf, spüren wir Schmerz und Angst. Schmerz, weil wir glauben, etwas verloren zu haben, was vermeintlich Teil von uns war, Angst, weil wir nicht wissen, was von uns übrig bleibt, wenn noch mehr verschwindet.

Viele Menschen haben sogar Angst, ihre Würde oder gar ihre Seele zu verlieren. Für Jimmy war klar: Würde und Seele sind fester Bestandteil seines eigentlichen Ichs, die können nicht verschwinden, die können allenfalls von ihm selbst geleugnet oder missachtet werden.

Obwohl unser Verstand diese Illusionen manchmal erkennt, fühlen wir uns trotzdem bei Siegen oder bei Bewunderung zufrieden und glücklich. Grund dafür sind antrainierte Muster aus der Kindheit. Der Sieger wurde belohnt, der Bewunderte wurde geliebt. Wollen wir als Erwachsene immer noch von anderen belohnt und geliebt werden, sind wir Sklaven. Denn dann ist Liebe an Bedingungen geknüpft, Glück ist an Belohnungen geknüpft und vermeintliche Schuld braucht Strafe und Schmerz. Allein schon Gedanken an Siege oder an Schuld können die entsprechend konditionierten Gefühle, wie Überlegenheitsgefühle oder schlechtes Gewissen, auslösen. Jimmy hatte diese konditionierten Gefühlsmuster durchbrochen. Nicht Illusionen über Möglichkeiten oder Erinnerungen an Vergangenes, jetzige Handlungsalternativen standen in seinem Aufmerksamkeitsfokus. Ihn faszinierte der Moment. Dieser beinhaltet, wenn man aufmerksam und offen ist, alle denkbaren Entwicklungen und Möglichkeiten. Schon einmal bescherten Jimmys Talente und Fähigkeiten große Erfolge. Es dauerte nicht lange, bis er unter neuem Namen neue Erfolge feiern konnte.

Diesmal war er schlauer und blieb ein unabhängiger, selbständiger Künstler."

„Tolle Geschichte, Chusi!", quittiert Rahmid mit anerkennendem Nicken. „Willst du mir damit Mut machen, oder glaubst du, ich bin von den Bilderbergers bereits infiziert und unbewusst Teil des Systems geworden? Mitspielen heißt unterstützen?"

Chusi schaut Rahmid tief in die Augen: „Ich will nur, dass du aufpasst! Zu leicht lassen wir unsere Freiheit rauben. Zu oft entscheiden wir uns für illusionäre Trigger, für unechtes Glück, das nach immer mehr schreit. Wir machen uns zu Sklaven unserer Bedürfnisse und vergessen unsere Würde."

Verrückt

„Stellen Sie sich vor, Sie wären der mächtigste Herrscher, den diese Erde je gesehen hat", sagt der Teufel. „Stellen Sie sich vor, alles, was Sie sich denken, was Sie sich wünschen, was Sie brauchen, wird augenblicklich geliefert. Ihre Kinder, Ihre Partnerinnen, Ihre Freunde, Dienerinnen und Diener, Soldaten und Ihr Volk lieben Sie abgöttisch und würden alles für Sie tun. Und Sie können auch alles mit ihnen tun. Für jeden Einzelnen Ihres Volkes ist es das wichtigste Lebensziel, Sie glücklich zu sehen. Sie werden verehrt wie ein Gott und Sie haben die Macht eines Gottes.

Was spüren Sie? Haben Sie etwa ein unangenehmes Gefühl? Spüren Sie, wie die Verantwortung Ihren Körper in eine Zwangsjacke einschnürt? Jetzt, wo alle *Sie* anschauen, wo alle Erwartungen auf *Ihnen* ruhen. Wollen Sie nicht ein anständiger Herrscher sein? Wenn Sie einmal nicht glücklich sind, fühlt sich ja das ganze Volk als Versager. Dann hätten es so viele Menschen nicht geschafft, Sie glücklich zu machen. Und Sie sind schuld! Ist es da nicht besser, ein Niemand zu sein? In der Anonymität kann man auch mal Schwein sein. Das beachtet doch keiner! Keiner ist von Ihnen enttäuscht!"

„Ach was, das ist absurd", antwortet Michael. „Wenn ich ein mächtiger Herrscher wäre, würden die Menschen mich hassen und nur so tun, als ob sie mich glücklich machen wollten. Wäre ich unglücklich, hätten sie Angst, dass sie von mir dafür verantwortlich gemacht und bestraft werden. Diese Angst ließe sie mich noch mehr hassen. Ihre Angst ist es, die ein Machtgefühl in mir erzeugen würde."

Der Teufel lacht: „Sie haben Recht! Wahrscheinlich würde man Sie sogar umbringen wollen, weil die Angst vor Ihnen so groß ist. Sie müssten eine Geheimpolizei gründen, die Ihre Familie, Ihre Freunde, die Diener, Soldaten und das Volk überwacht. Sie müssten hart durchgreifen, foltern und darüber entscheiden, wer leben darf und wer hingerichtet wird."

Michael fährt fort: „Die Menschen glauben immer, es sei gut, geliebt und verwöhnt zu werden. Doch bei genauerer Betrachtung ist es schöner, gehasst zu werden, sich Respekt und Gehorsam zu erzwingen. Man weiß ja sowieso bei keinem, ob er einen wirklich liebt und was er aus Liebe bereit ist zu tun. Bei Angst und Hass kann man Verhalten voraussagen. Klar, dann wird einer in mir immer nur etwas Böses und Bedrohliches oder einen mächtigen Beherrscher sehen und nie mein wahres Ich. Also nie mich."

Der Teufel schmunzelt: „Wenn Ihnen Liebe wichtig ist, dann stellen Sie sich vor, dass Sie arm und völlig unbedeutend wären – ein Niemand. Wenn dann jemand zu Ihnen freundlich ist oder etwas für Sie tut, dann tut er es aus reiner Liebe ... oder doch aus anderen Gründen?" Der Teufel seufzt zufrieden: „Ja, man kann sich auch als Armer nicht sicher sein, ob die anderen aus Liebe handeln." Aufgeregt führt Michael den Gedanken zu Ende: „Und was ist, wenn keiner was für mich tut? Ich bin schließlich ein Niemand. Warum sollte jemand etwas für mich tun, wenn er nichts von mir erwarten kann? Arm ist ja nicht nur der, der nichts hat, sondern auch der, der nichts geben kann. Es geht nicht nur um Geld, sondern um alles, was ein Mensch zur Verfügung stellen kann oder will. Wenn ich nichts gebe, erhalte ich als Armer genauso wenig Liebe wie der Mächtige."

Der Teufel ruft begeistert: „Sie haben Recht! Im Endeffekt denkt jeder nur an sich! Es gibt keine Selbstlosigkeit! Jeder ist sich selbst der Nächste. Wo waren denn die Jünger und Anhänger, als Jesus ans Kreuz genagelt wurde? Gab es Protestkundgebungen auf den Straßen? Gab es Aufstände und Befreiungsversuche? Nein, jeder hat schön brav das Maul gehalten, damit er nicht auch ans Kreuz kommt. Erst als sie erkannten, dass Jesus den Tod wirklich überwinden kann, dass tatsächlich im Jenseits eine Belohnung wartet, erst dann hat der eine oder andere Jünger das Märtyrertum für sich entdeckt. Für *sich*, nicht für Jesus. Ist es da nicht besser, Macht zu haben, statt auf die Liebe zu bauen? Bei der Macht weiß man, woran man ist, und Hass ist bekanntlich auch eine Form der Liebe. Nur zwingender!"

„Hm, wenn du nicht der Teufel wärst, würde ich dir glauben", sagt Michael. „Aber da muss es einen Pferdefuß geben." – „Papperlapapp!" ruft der Teufel. „Stellen Sie sich vor, Sie würden so leben, wie Sie jetzt leben. In Ihrer kleinen spießigen Welt. Warum Ihre Frau mit Ihnen lebt, wissen Sie nicht wirklich. Dass die Beziehung ausschließlich auf Ihr unglaublich tolles Wesen, Ihren umwerfende Charme oder Ihre Schönheit zurückzuführen ist, glauben Sie selber nicht. Wahrscheinlich hat Ihre Frau ganz individuelle Gründe, die mit Ihnen nichts, oder nur am Rande, zu tun haben. Ein bequemes berechenbares Leben, finanzielle Sicherheit oder sie ist nur zu faul oder zu feige für Abenteuer. Und Ihre Freunde? Die finden Sie nett, weil Sie unterhaltsam sind, Ihr Chef ist zufrieden, weil Sie sein Geld erwirtschaften. Wer liebt Sie wirklich? Wenn einer was für Sie tut, müssen Sie ihn bezahlen. Wenn einer was freiwillig für Sie tut, überschlagen Sie sich vor lauter Dankbarkeit und überlegen, was Sie nun für ihn ‚freiwillig' tun müssen. Ihre Welt ist eine Welt aus Geben und Nehmen. Die Mitmenschen tun nur deshalb etwas für Sie, weil sie selbst etwas brauchen oder haben wollen. Eine Tauschwelt, deren Makler das Geld ist. Doch gibt Ihnen Geld wirkliche Macht? Die Ein-Euro-Macht? Die Hundert-Euro-Macht, Tausend-Euro-Macht? Da endet schon bei vielen die Macht. Wie erbärmlich ist diese Form der Macht eigentlich? Macht das nicht Gänsehaut?"

Michael kleinlaut: „Na ja, gibt es denn eine Alternative zur Macht durch Geld?" – „Ja! Deswegen bin ich hier!", brüllt der Teufel. „Ich ermächtige Sie! Die Geldmacht endet mit den Bedürfnissen der anderen. Ich gebe Ihnen echte Macht! Dann brauchen Sie kein Geld und keine Liebe mehr."

„Schwachsinn! Es reicht!", ruft Michael. „Die Welt ist, wie sie ist, daran ändert sich nichts!"

„Ihr Menschen macht mich wahnsinnig!", ruft der Teufel. „Ihr habt sogar den Glauben an das Böse verloren! Was seid ihr für Jammerlappen, was für

Opfer! Sklaven, die dem Geld dienen! Schon für einen
Euro belügt der Bettler den Spender und redet sich
ein, Betteln und Lügen sei keine Selbsterniedrigung,
sondern schlau. Ihr redet euch ein, Gehorsam sei keine
Würdelosigkeit, sondern Teamgeist. Ihr träumt, unge-
zügelten Sex in der Hölle zu haben, weil ihr im Erden-
leben dafür zu feige oder zu verklemmt seid. Ihr
glaubt, dass Gott euch Glückseligkeit nur im Himmel
erlaubt, wenn ihr seine Regeln beachtet.

Jesus wollte, dass die Menschen frei sind, doch die
Menschen sind Sklaven und wollen Sklaven sein. Ihr
sucht immer jemanden, der eure Freiheit einschränkt:
einen Gott, einen Guru, einen König, eine Regierung,
einen Anführer oder Eltern, die euch sagen, was ihr
tun dürft und was nicht. In Bereichen, in denen ein
Beherrscher fehlt, schränkt ihr euch selber ein mit
Moralvorstellungen, Werten und Handlungsmustern.
Natürlich müssen sich auch die anderen daran halten.
Streben nach Freiheit? Halleluja! Was für ein grandioser Irrtum von Jesus!"

„Das ist nicht wahr!", ruft Michael. „Wir haben im
Lauf der Zeit immer mehr Freiheiten erkämpft. Freie
Wahlen, Bürgerrechte, Freizeit, freizügigere Gesetze
und sogar Menschenrechte. Natürlich brauchen wir
Schranken, sonst bricht Chaos aus. Ohne Beschrän-
kungen können Menschen nicht zusammen leben."

Der Teufel verzieht sein ohnehin schon schreckliches
Gesicht zu einer noch schrecklicheren Fratze. „Also
ich muss über die Hölle neu nachdenken. Für euch ist
dieser Ort geradezu Erholung!"

„Schwester Christa, kommen Sie schnell, es ist wieder so weit!" – „Ach Michael, du hast wieder deine Medikamente vergessen!" – „Entschuldigung, Schwester Christa. Werden Sie mich bestrafen?"

Christa arbeitet schon lange als Krankenschwester in der Psychiatrie. Als Michael mit der Diagnose „Schizophrenie" in die geschlossene Abteilung eingeliefert wurde, war sie noch mit Rahmid zusammen. Rahmids späteres Verschwinden hat sie niemandem in der Klinik erzählt. Michael kennt sie nun schon seit ungefähr einem halben Jahr und weiß, dass er sich nichts sehnlicher wünscht, als von ihr „bestraft" zu werden.

„Hast du wieder mit dem Teufel diskutiert?" – „Entschuldigung, Schwester Christa! Wie machen Sie das nur, dass Sie meine Gedanken hören? Wenn Sie es befehlen, werde ich nie wieder ein Wort mit dem Teufel wechseln, versprochen!" – „Michael, mache keine Versprechen, die du sowieso nicht halten kannst." Michael empört: „Aber das macht doch jeder! Wenn Sie meine Gedanken jetzt nicht nur hören, sondern auch meine Vorstellungen sehen, dann …" Michael lacht schmutzig.

Christa gibt ihm eine Ohrfeige und rauscht aus dem Zimmer. Sie weiß genau, welche Freude sie ihm mit der Ohrfeige gemacht hat. Sie findet Michael attraktiv, aber mit einem Verrückten eine Affäre anfangen? Und dann noch in einer Nervenklinik! Wenn das rauskommt – sexueller Missbrauch von Schutzbefohlenen –, würde sie sofort ins Gefängnis kommen. Andererseits wäre das … Quatsch, das ist viel zu riskant!

„Wow!", sagt der Teufel zu Michael. „Über diese Frau Macht zu haben, wäre doch nicht verkehrt, oder? Was hältst du von einem Geschäft? Ich gebe dir Macht über die Schwester und du gibst mir Macht über dich."

Am nächsten Tag kommt Christa zur Überprüfung der Medikamenteneinnahme in Michaels Zimmer. „Es tut mir leid", sagt sie zerknirscht. „Ich hätte dich nicht ohrfeigen dürfen. Sowas darf nicht passieren und wird auch nicht wieder vorkommen. Bitte, kannst du mir verzeihen?" Michael erwidert: „Wie war das mit den Versprechen, die man nicht halten kann? Mit dem Psychologen habe ich mich noch nicht unterhalten, denke aber, dass er es erfahren muss. Willst du es ihm zuerst sagen, oder soll ich?" Christa weitet die Augen: „Können wir das nicht einfach auf sich beruhen lassen? Er würde dir sowieso nicht glauben." – „Aber wenn er in deine Gedanken eindringt, weiß er, dass du lügst", sagt Michael mit dem Ausdruck von Genugtuung. Christa ist verwirrt. Klar, Michaels Krankheit besteht darin, dass er glaubt, fremde Stimmen und die Gedanken anderer Menschen zu hören. Umgekehrt geht er davon aus, dass auch die anderen seine Gedanken hören. Er ist eben verrückt. Doch der Psychologe hat auch ihr schon auf den Kopf zu gesagt, was sie gerade denkt. Wie heißt es im Volksmund: „Wo Rauch ist, ist auch Feuer." Ob der Psychologe nicht doch irgendwie ahnen wird, was sie getan hat? Ob sie ihn wirklich belügen kann? Mit triumphierendem

Lächeln sagt Michael: „Christa, jetzt habe ich dich am Haken." Christa wird ganz schwindlig. Wie hat Michael ihre Zweifel erraten? „Also gut", sagt sie, „wenn du mich nicht verrätst, hast du was bei mir gut." Zufrieden lächelnd antwortet Michael mit sanfter Stimme: „Ich lasse mir was einfallen."

„Okay", sagt Michael zum Teufel, „ich bin einverstanden." – „So gefällt mir das", frohlockt der Teufel. „Wünsche und Hoffnungen haben die Menschen schon immer dazu gebracht, etwas zu opfern. Besitz, Beziehungen, Überzeugungen oder Würde. Trotz dem Wissen, dass sich das Erhoffte in der Realität fast immer anders darstellt, werdet ihr nicht müde, mit aller Kraft an euren unrealistischen Wünschen und Hoffnungen festzuhalten. Doch diesmal hast du Glück! Ich kann dir auch unrealistische Wünsche erfüllen, wenn du mir die Führung überlässt. Alles ist möglich, wenn man den Preis dafür zahlt."

Am nächsten Tag verlangt Michael von Christa, dass sie einen Brief – der vom Teufel diktiert wurde – herausschmuggelt und zur Post zu bringt. Obwohl streng verboten, lässt sich Christa auf den Botengang ein. Sie ist froh, dass die Gegenleistung eine so harmlose Sache ist. Ein Brief! Was soll da schon passieren?

Eine Woche lang ist das einzig Ungewöhnliche, dass Michael auffallend schweigsam und zurückhaltend ist. Dann taucht ein gewisser Professor Mondaro im Büro der Klinikleitung auf. Als Christa hinzugerufen wird, hat er sich bereits seit einer Stunde mit dem Klinikleiter unterhalten. Sie soll Michael ins Büro geleiten.

Dort erklärt ihr der Klinikleiter, dass Professor Mondaro ein bekannter Psychiater sei und nun die weitere Behandlung von Michael persönlich übernehmen wolle. Er arbeite an einem Forschungsprojekt über Schizophrenie und wolle neue Heilungsmethoden testen. Michael ist sofort begeistert und erklärt sich einverstanden, dem „Wohl der Menschheit" zu dienen. Allerdings nur unter einer Bedingung: Christa muss ihn begleiten. Nur zu ihr habe er Vertrauen. Nur in ihrer Nähe fühle er sich sicher. Ohne Christa würde er nicht die gewohnte Umgebung verlassen.

Während Christa mit verzweifelter Miene den Klinikleiter anblickt – sie weiß, dass Michael lügt –, frohlockt der Professor, was für ein interessanter Aspekt das sei und dass das unerwartete neue Impulse in seine Forschungsarbeit bringen würde. Selbstverständlich würde er Christa als Assistentin einstellen und entsprechend gut bezahlen. Bevor sie ablehnen kann, fällt ihr der Klinikleiter ins Wort: „Das kommt jetzt natürlich überraschend und Sie müssen sich nicht gleich entscheiden. Schlafen Sie eine Nacht darüber und bedenken Sie, welche einmalige Chance das ist. Das Angebot, bei so einem berühmten Professor zu arbeiten, werden Sie nie wieder erhalten. Was Sie da alles lernen können, welche Karrieremöglichkeiten sich eröffnen werden! Ich beneide Sie."

In der folgenden Nacht findet Christa keinen Schlaf. Sie wälzt sich im Bett und wägt immer wieder aufs Neue Für und Wider ab. Eigentlich hat sie kein gutes Gefühl. Dieser Michael ist unheimlich und seine

Zudringlichkeit beängstigend. Andererseits wollte sie schon immer so eine Stelle haben.

Am nächsten Morgen beschließt sie, wenigstens einmal im Leben eine vernünftige Entscheidung zu treffen, und erklärt ihr Einverständnis. Der Klinikleiter ist begeistert. Ihm fällt ein Stein vom Herzen und er gratuliert fröhlich lachend zu ihrem klugen Entschluss. Wohl hatte auch er eine schlaflose Nacht.

Ein spezieller Transporter holt die beiden ab. Michael wird von zwei Pflegern begleitet und Christa sitzt vorne beim Fahrer. Die Privatklinik liegt abgeschieden in einem ungefähr fünfzig Kilometer entfernten Waldstück. Sie ist mit zehn Behandlungsplätzen recht klein. Eine ehemalige Jugendstilvilla, die teilweise modern umgebaut und erweitert wurde. Ein bisschen Stilsalat, aber liebevoll renoviert und an die Erfordernisse angepasst. In einem Nebentrakt wohnt der Professor. Das Gebäude steht in einem märchenhaften, etwas verwilderten Park, der von hohen alten Mauern umgrenzt ist.

Am Eingang wird Christa vom Professor fröhlich gestikulierend und herzlich empfangen. Neben ihm stehen zwei junge, hübsche Schwestern in weißer Tracht, die als Hildegard und Bruna vorgestellt werden. Etwas abseits stehen zwei kräftige, geradezu hünenhafte Pfleger bereit. Alle sind höflich, aber sehr zurückhaltend. Nach ein paar kurzen Anweisungen des Professors übernehmen die Pfleger Michael und verschwinden mit ihm im Haus. Professor Mondaro lässt es sich nicht nehmen, Christa persönlich ihre

Unterkunft zu zeigen. Die im Jugendstil gehaltene Eingangshalle mit Treppenaufgang ist für Christa mit dem herrlich verzierten Treppengeländer, den schlichten, aber stellenweise vergoldeten Holzbalken, den Türen, deren üppige gläserne Blumenpracht das Licht in bunte Farben bricht, sehr beeindruckend. Es geht durch einen breiten Gang, vorbei an Gemälden von schönen Frauen in langen Gewändern, bis die kleine Führung vor einem einfachen, aber geschmackvoll eingerichteten Zimmer mit separatem Bad endet. Christa ist mit der Unterkunft zufrieden. Sie wird ohnehin die meisten Abende nach Hause fahren.

Punkt 18 Uhr ist Abendessenszeit. Im Speisesaal stehen antike Möbel auf echten Perserteppichen und die Fenster, die bis zum Boden reichen, werden von schweren Vorhängen umrahmt. Der Raum ist hell gestrichen und freundlich. Lediglich ein paar abstrakte Gemälde, die links und rechts über der langen Speisetafel hängen, strahlen etwas Bedrohliches aus. Christa setzt sich an dem Tisch neben die beiden Schwestern, die es offenbar als Einzige mit der Pünktlichkeit genauer nehmen. Dann kommt – sie hält den Atem an – Michael. Ganz alleine, ohne Aufseher, als sei er ein gewöhnlicher Gast. Grinsend setzt er sich ihr gegenüber und räkelt sich auf seinem Stuhl. Christa schielt zu den Schwestern, die das völlig kalt lässt. Ehe sie die Worte wiederfindet, betreten auch andere Personen, vermutlich ebenfalls Patienten, den Raum. Schließlich sind weitere vier Männer und drei Frauen um den Tisch versammelt. Endlich kommt auch der Professor: „Sie wundern sich wahrscheinlich, warum unsere Klienten mit uns gemeinsam speisen. Das ist Teil des Projekts. Die Klienten sollen so normal wie möglich leben und dürfen sich auf dem Gelände frei bewegen." – „Ist das nicht gefährlich?", entfährt es Christa. „Immerhin wissen die Patienten nicht immer, was sie tun." Der Professor erwidert in ruhigem, fast schon gönnerhaftem Tonfall: „Die wissen genau, was sie tun. Nur ihre Motive sind manchmal schwer nachvollziehbar. Aber mit etwas Erfahrungen kann jede Situation in etwas Positives transformiert werden. Ich vertraue da ganz auf Ihre Kompetenz. Und im Notfall sind auch Igor und Wladimir da." Bei dem Satz grinsen die beiden Hünen einfältig und versetzen ihre Körper mit ihren Muskelpaketen in eine hüpfende Hügellandschaft. Auf Christa wirkt das nicht wirklich beruhigend. Vielleicht ist sie ja nur zu ängstlich und hat zu viele Vorurteile, denkt sie sich und schweigt.

Nach dem Abendessen geht Christa, mit einem Berg von Unterlagen eingedeckt, früh zu Bett. Broschüren über Ziele und Richtlinien der Forschungseinrichtung, Hausordnung, Tagespläne, Behandlungspläne und so weiter. In Patientenakten soll sie erst später Einsicht haben. Die ermüdende Literatur fordert ihren Tribut und sie schläft bald ein.

Mitten in der Nacht weckt sie ein kratzendes, schleifendes Geräusch, das von der Tür kommt. Ist nicht auch schweres Atmen und leises Wimmern zu hören? Sie hält den Atem an. Da! Ein Schluchzen! Mit verzagter Stimme ruft sie: „Ist da wer?" und geht leise zur Tür. Das Ohr an die Tür gepresst kann sie eine leise, flehende Frauenstimme hören: „Bitte! Bitte!" Dann wieder Stille. Sie nimmt all ihren Mut zusammen, dreht den Schlüssel und öffnet vorsichtig einen Spalt.

Vor der Tür liegt eine junge Frau zusammengekauert am Boden und zittert am ganzen Körper. Sie ist splitternackt. Als sie entsetzt die Tür nun öffnet, kann sie im Lichtschein das Gesicht einer der Schwestern erkennen, die neben ihr saßen. Blut läuft aus der Nase und ihr Körper ist mit blauen Flecken übersät. Christa ist zuerst starr vor Entsetzen. Als sich die Starre löst, nimmt sie die Frau wie ein Baby in die Arme und trägt sie ins Zimmer. Ohne Überlegung, ohne das Gewicht zu spüren, ohne überhaupt noch was zu spüren. Sie legt die Frau aufs Bett, springt wieder zur Tür und sperrt so oft, bis der Schlüssel blockiert.

Wieder am Bett, erblickt sie das ganze Ausmaß. Blut- und dreckverschmiert, mit Blutergüssen und Schwellungen am ganzen Körper liegt dieses wimmernde Etwas auf dem weißen Laken und schluchzt. Christa kämpft mit ihren eigenen Tränen und ihrer Wut. Sie setzt sich zitternd, schweigend neben die Frau und will sie am Kopf streicheln. Doch die Berührung lässt die Frau zusammenzucken.

Sch…, wie bei einem Baby versucht sie mit sanfter Stimme zu beruhigen. „Es ist alles gut. Sie sind in Sicherheit." Sie deckt die Frau vorsichtig zu und allmählich wird deren Atmen ruhiger und gleichmäßiger. Schließlich schläft sie ein. Christa hingegen bleibt hellwach. Wo ist sie da nur hingeraten? Was für eine blöde Idee, Verrückte frei herumlaufen zu lassen. Wenn morgen die Polizei kommt, wird dem Spuk ein für allemal ein Ende gesetzt. Dieses arme Ding. Hoffentlich bekommt sie einen guten Therapieplatz und kann alles irgendwie verarbeiten. So ein Verbrechen zeichnet für das ganze Leben. Der Professor wird wohl auch im Gefängnis landen. Er ist ein viel zu hohes Risiko eingegangen.

Ein paar Stunden später, es ist bereits fünf Uhr morgens, pocht es heftig an der Tür: „Hier ist Professor Mondaro! Bitte kommen Sie schnell! Es ist etwas Furchtbares passiert! Bitte kommen Sie!" Das kann man wohl sagen, denkt Christa, zieht sich rasch Klamotten über und stürmt auf den Gang. Professor Mondaro steht, aufgeregt mit Pflegern und Patienten diskutierend, am Ende des Gangs und winkt Christa zu sich. Schon von weitem ruft er: „Machen Sie sich auf was gefasst!" und deutet auf eine Zimmertür. „Einer unserer Klienten hat sich erhängt! Eine Katastrophe!" Hierbei fuchtelt er mit den Armen und fasst sich an die Brust, als ob er einen Herzanfall hätte. „Ich habe die Polizei schon verständigt. Wie konnte das nur passieren? Es gab keinerlei Anzeichen!"

„Das hat bestimmt mit der Vergewaltigung von Schwester Hildegard zu tun!", erwidert Christa. „Wie bitte?", entfährt es Mondaro. „Was erzählen Sie für einen Unsinn?" – „Kommen Sie mit", ruft Christa, „ich zeige sie Ihnen!" Professor Mondaro und die ihn umgebende Gruppe setzen sich in Richtung Christas Zimmer in Bewegung. Als sie vor der Tür sind, bittet Christa die anderen, draußen zu bleiben. Nur der Professor darf eintreten. Sie öffnet, Mondaro tritt ein und dreht sich zu Christa: „Und? Wo ist Schwester

Hildegard?" Tatsächlich, das Bett ist leer. Auf dem Bett ist nur ein sauberes weißes Laken. Christa stürmt ins Badezimmer. Auch dort ist sie nicht.

„Also das wird mir jetzt alles zu viel", sagt Mondaro. „Schwester Hildegard war diese Nacht nicht im Haus. Sie hat den heutigen Tag frei genommen und ist schon gestern Abend zu ihrer Mutter ins Dorf gefahren. Morgen wird sie pünktlich zum Dienst erscheinen. Hatten Sie schon früher Halluzinationen?" Christa ist unfähig zu antworten. Halluzinationen? Ich? Das war doch real! Was läuft hier? Von weitem ist die Klingel zu hören und Professor Mondaro eilt zum Eingang. Die Polizei und die Sanitäter sind eingetroffen. Igor ruft, dass sich alle im Speisesaal versammeln sollen. Auf dem Weg zum Speisesaal begegnet Christa den Sanitätern mit der noch leeren Bahre.

Während Igor darüber wacht, dass niemand den Speisesaal verlässt, beginnen die Polizisten im angrenzenden Büro des Professors mit der Befragung. Jeder wird einzeln hereingerufen und nach circa dreißig Minuten kommt der Nächste. Die zwei Polizeibeamten machen einen freundlichen Eindruck. Einer von ihnen protokolliert, während der andere Fragen stellt. Bereitwillig erzählt Christa, dass es ihr erster Abend in der neuen Stelle ist und was sie Schreckliches erlebt hat. Der protokollierende Beamte erwähnt, dass der Professor sie beide schon eingeweiht habe, und sie hätten bei Schwester Hildegards Mutter angerufen. „Schwester Hildegard schwört, unversehrt zu sein und den Abend bei ihrer Mutter verbracht zu haben. Schwester Christa, wie erklären

Sie sich das? Wie erklären Sie sich, dass in derselben Nacht, in der Sie in der Klinik auftauchen, sich ein Patient erhängt? Waren Sie schon mal in Behandlung? Sind schon früher Menschen aus Ihrem Umfeld überraschend gestorben?"

Christa ist schockiert. Mit dieser Wendung hat sie nicht einmal im Traum gerechnet. Sie will den Täter überführen und wird nun selbst als Täterin behandelt. Von der Situation ist sie so überrumpelt, dass ihr nichts Entlastendes einfällt. Sie wiederholt immer nur: „Das kann nicht sein. Das kann nicht sein." Hat sie sich das etwa alles eingebildet? Ist sie verrückt geworden?

Die Polizisten lassen Professor Mondaro kommen. „Herr Professor, wir sind ausnahmsweise in der glücklichen Lage, Sie als kompetenten Psychiater vor Ort zu haben. Kann es sein, dass Ihre neue Angestellte eine psychische Erkrankung hat?" – „Um diese Frage zu beantworten, müsste ich eingehendere Untersuchungen vornehmen", meint der Professor. „Aber ich habe eine Bitte: Könnten wir den Ball nicht flachhalten? Wenn die Sache in die Öffentlichkeit dringt, war die jahrelange Forschungsarbeit umsonst und ich kann das ganze Projekt beerdigen. Außerdem ist mein Ruf ruiniert, wenn der Suizid bekannt wird. Egal, ob diese Schwester damit zu tun hat oder nicht. Ich bin für die Sicherheit meiner Klienten verantwortlich." – „Ja, schon", antwortet einer der Polizisten, „aber wir können eine Mörderin nicht frei herumlaufen lassen. Wir sind für den Schutz der Gesellschaft verantwortlich." – „Meine Herren", fährt Mondaro fort, „da wir uns bereits in der Psychiatrie befinden, schlage ich vor, Schwester Christa als Klientin gleich hierzulassen. Ich werde sie persönlich behandeln und Sie hängen die Sache nicht an die große Glocke. Damit ist allen geholfen. Ich kann weiter forschen, Sie nehmen die Entscheidung der Gerichte, die Einweisung in die Psychiatrie, vorweg und sorgen für öffentliche Sicherheit. Uns allen bleiben langwierige Ermittlungen, Papierkram, stundenlange Verhöre und jahrelange Gerichtsverfahren erspart." Die Polizisten schauen sich gegenseitig an, ihre Mienen erhellen sich und sie nicken schließlich. „Okay, Professor", sagt der Protokollführer, „dann ist der Fall abgeschlossen. Wir verlassen uns auf Sie!" – „Meine Herren, Sie werden es nicht bereuen", antwortet Mondaro. „Moment mal!", ruft Christa, „ich verstehe nicht! Was wird mit mir? Ich bin doch unschuldig!" Christas Rufe werden nicht beachtet. Der Professor schüttelt den Polizisten zum Abschied die Hände und begleitet sie zum Ausgang. Christa sitzt fassungslos auf ihrem Stuhl und versucht zu begreifen, was gerade passiert ist, doch es ergibt überhaupt keinen Sinn.

Als der Professor ins Büro zurückkommt, begleiten ihn Igor und Wladimir. Christa aufgeregt: „Herr Professor, können Sie mir erklären, was das alles zu bedeuten hat?" Der Professor lacht: „Ja, mein Kind! Ab jetzt tust du alles, was ich dir sage. Ohne Widerrede. Du gehörst jetzt mir!" Er macht eine kleine Handbewegung, Igor und Wladimir stürzen sich auf sie und ziehen ihr eine Zwangsjacke über, während sie schreit und mit aller Kraft strampelt. Mondaro jagt ihr eine Beruhigungsspritze in den Arm. Die letzten Worte, die sie wahrnimmt, sind:„Wenn du dich fügst, wird es leichter sein", dann fällt sie ins Dunkel.

Als sie die Augen öffnet, befindet sie sich in einem weißgetünchten Raum ohne Fenster. Sie ist auf einer Liege fixiert und zittert. Es ist kalt, feucht, stickig und totenstill. Alle Versuche, sich von den Gurten zu befreien, sind sinnlos. Schließlich ruft sie, so laut sie kann, um Hilfe. Eine ungeheure Kraftanstrengung, deren Ergebnis eher ein Klagen als Rufen ist. Irgendwann schläft sie vor Erschöpfung wieder ein. Etwas Feuchtes an ihren Lippen reißt sie aus dem bleiernen Schlaf. Als sie die Augen aufschlägt, ist Michaels grinsendes Gesicht vor ihr: „Hallo, Schwester Christa! Oder nur Christa? Ach was, ich nenn dich Chris. Jetzt bin ich der, der dir Medikamente verabreicht." Er hebt ihren Kopf, schiebt ihr zwei Pillen in den Mund und schüttet Wasser nach, während er mit der andern Hand ihren Kiefer nach unten drückt. Das Wasser ist eine Wohltat und sie schluckt gierig. „Ah, du hast Durst", sagt er voll Mitgefühl und flößt ihr noch einen Becher ein. Christa kullern Tränen über die Wangen: „Was ist passiert? Schnall mich los!" – „Chris", antwortet Michael, „ich bin nicht mehr dein Befehlsempfänger. Nun habe ich die Macht! Du gehorchst meinen Befehlen. Ich schnalle dich los, wenn ich das will. Aber so gefällst du mir viel besser." Bei diesen Worten fasst er Christa an die Brust. „Lass den Blödsinn!", ruft Christa. „Schnall mich sofort los! Was für eine Macht soll das denn sein, wenn ich mich nicht rühren kann?" – „Eines nach dem anderen, eins nach dem anderen", wiederholt er und vergewaltigt sie. Dann verlässt er wortlos den Raum und lässt sie mit zerrissenem Kleid, immer noch festgeschnallt, weinend und schluchzend zurück.

Die Flucht

Eine gefühlte Ewigkeit vergeht, bis erneut die Tür geöffnet wird. Diesmal taucht Schwester Hildegard auf. „Bitte hilf mir!", schluchzt Christa. Hildegard hat eine Schale mit Wasser und Tücher dabei. Wortlos beginnt sie, Christa zu waschen. „Schnall mich los!", fleht Christa. „Bitte! Bitte!" – „Das geht nicht", flüstert Hildegard, „das ist verboten." – „Vom wem?" – „Vom Kreis der Teufelsjünger!" – „Was? Teufelsjünger?", schluchzt Christa entsetzt. – „Ja, alle hier dienen dem großen Meister Luzifer. Diese Forschungseinrichtung ist eine Tarnung für diese Gemeinschaft. Der Selbstmord, die Polizei, die Sanitäter, alles nur fingiert. Dieses Theater haben sie vor vielen Jahren auch mit mir veranstaltet, um mich gefügig zu machen. Ich habe lange gebraucht, um dahinterzukommen." – „Und deine Verletzungen von letzter Nacht?" – „Du meinst die Verletzungen ‚der Anderen in mir', die in mir wohnt? Die waren echt. Du kannst dir nicht vorstellen, was sie bei ihren grausamen Ritualen der Anderen in mir antun." – „Wen meinst du?", fragt Christa verwirrt. – „Weißt du nicht, dass ganz viele Wesen in einem wohnen? Es gibt starke, gemeine, wütende und liebevolle Wesen in mir. Zu den Ritualen schicke ich immer die Starke, die, die keine Schmerzen spürt." Christa wird es schlecht. Allmählich dämmert ihr, was noch auf sie zukommen wird. Demütigungen und Folter haben die arme Hildegard in eine multiple Persönlichkeitsstörung getrieben, um die Quälereien ertragen zu können. Christa schluchzt panisch: „Sie werden mein Ich zerstören! Willst du wirklich, dass ich genauso leide wie du?"

Nun steigen in Hildegard Emotionen hoch und sie bricht in Tränen aus: „Das wünsche ich keiner!" – „Dann hilf mir zu fliehen! Ich nehme dich mit!" Bei diesen Worten wird Hildegard wieder apathisch: „So oft wurde mir dieses Angebot gemacht. Es waren immer nur Tests der Teufelsjünger …" Nach einer Pause ruft sie: „Du bist doch auch eine von ihnen! Bitte, Herrin, bestrafe mich nicht!" Hildegard fällt auf die Knie und blickt zu Boden.

Christa greift die überraschende Wende auf: „Wenn ich deine Herrin bin, dann musst du meinen Befehlen gehorchen! Also, schnalle mich los!" In Hildegard, die zu einem Häuflein Elend zusammengesackt ist, findet eine Veränderung statt. Ihre Körperhaltung wird merkwürdig steif, die Stimme ändert ihre Klangfarbe und wirkt mechanisch. Als ob sie eine Maschine oder ein Androide wäre. Sie steht mit steifen, abgehackten Bewegungen auf und schnallt mit starrer Mimik, leeren Augen und ungeschickten, abrupten Bewegungen Christa los. Es braucht etwas Zeit, bis genug Kraft gesammelt ist, um stehen zu können. „Wie kommen wir am schnellsten hier raus?" Hildegard steht stumm und rührt sich nicht. „Komm mit!", befiehlt Christa und öffnet vorsichtig die Tür. Draußen ist keiner zu sehen. „Wo ist der Ausgang?" Hildegard zeigt nach links. Christa voran laufen die beiden durch den schwach beleuchteten Korridor. Immer wenn sie beim Laufen etwas stockt, spürt sie den heißen Atem der dicht folgenden Hildegard im Nacken. Es sind stoßende, unregelmäßige Atemzüge, so wie ihre eigenen. Den nicht enden wollenden Gang nimmt sie wie einen Tunnel wahr, der nach außen dunkler wird und verschwimmt. Durch die schemenhafte Röhre torkeln sie mehr, als dass sie laufen. Plötzlich bohrt ihr Hildegard die spitzen Finger in den Rücken: „Da lang!", keucht sie. Christa versteht zunächst nicht, was sie meint, dann kann sie eine Tür auf der rechten Seite erkennen. Die Holztür sieht einfach, alt und marode aus. Sie ist nur aus Brettern grob gezimmert und durch ein Vorhängeschloss gesichert. Verzweifelt dreht Christa sich zu Hildegard. Diese tritt vor, beißt die Zähne zusammen und bohrt ihre Finger in einen schmalen Spalt zwischen Tür und Rahmen. Schmerz scheint sie in diesem Moment nicht wahrzunehmen. Den linken Fuß stemmt sie gegen die Wand und reißt mit ungeheurer Kraft. Die Tür ächzt und staubt. Christa packt nun auch mit an. Gemeinsam zählen sie bis drei und … der Rahmen splittert. Die Tür springt mit lautem Knall auf. Aus einem tiefschwarzen Gang schlägt ihnen feuchter Schimmelgeruch entgegen.

Sie tasten sich, die Hände nach vorne gestreckt, in den stockdunklen Gang. Wieder geht Christa voran, jeden Moment darauf gefasst, auf einen Widerstand oder eine Mauer zu stoßen. Die Luft wird kälter und muffiger, bis ihnen ein eiskalter Windhauch ins schweißnasse Gesicht bläst. In der Ferne ist ein heller Fleck zu sehen, der sich beim Näherkommen als kleines vergittertes Fenster in einer Tür erweist. Von innen lässt sich die Tür mit etwas Kraftanstrengung öffnen und entlässt sie in einen Wald. Erst müssen sie sich durch Gestrüpp arbeiten, dann gelangen sie auf eine Lichtung. Der Mond erhellt den kleinen Platz und lässt die Schatten der Bäume wie Dämonen aussehen. Das Mondlicht breitet ein fahles, milchiges Tuch über die Landschaft. Erstmals wagen sie eine Pause, atmen durch und schauen zurück. Es ist totenstill. Nur ihr

Keuchen stört die Ruhe. Aus Richtung des Gangs ist kein Geräusch zu vernehmen. In der Ferne krächzt eine aufgeschreckte Krähe und Hildegard sagt mit fester Stimme: „Jetzt jagen sie uns." Dann findet erneut eine Veränderung in ihr statt. Sie scheint ganz klein zu werden. Ihre Gesichtszüge nehmen einen kindlichen Ausdruck an und sie sagt mit weinerlicher piepsiger Stimme: „Mama, nimm mich mit! Ich will alles tun, was du verlangst, aber bitte, bitte, lass mich nicht allein!" Christa trifft dieser Satz mitten ins Herz. Sie umarmt Hildegard und flüstert ihr ins Ohr: „Ich passe auf dich auf! Versprochen!" Dann muss auch sie weinen.

Nach der Verschnaufpause setzen sie ihre Flucht entgegengesetzt zu der Richtung, aus der der Krähen-ruf kam, fort. Ziellos laufen sie immer geradeaus, stolpern über Steine, Äste schlagen ins Gesicht und zerkratzen ihre nur leicht bekleideten Körper. Sie laufen und laufen, bis die Lungen schmerzen und die Beine den Dienst versagen wollen. Schließlich gelangen sie an eine Straße, der sie ein Stück folgen. Hilde-gard fleht Christa an, im Wald zu bleiben und sich zu verstecken, aber Christa vertraut darauf, dass im nächsten Fahrzeug ein Unbeteiligter sein wird, der ihnen hilft.

Tatsächlich kommt bald schon ein Fahrzeug. Todes-mutig springen sie in die Mitte der Fahrbahn und zwingen den Fahrer zur Vollbremsung. Ein Mann mittleren Alters brüllt durch die geschlossene Scheibe: „Seid ihr verrückt? Ich hätte euch beinahe überfah-ren!" – „Bitte nehmen Sie uns mit, wir sind überfallen worden!", fleht Christa. Der Mann mustert die beiden misstrauisch in ihren zerrissenen, vor Dreck strotzenden Kleidern. Dann scannt er die Umgebung und entriegelt die Türen. „Okay", brummelt er. „Steigt ein, ich bring euch zur nächsten Polizeistation." – „Vielen Dank!", haucht Christa erleichtert, während sie auf die Rückbank schlüpfen. Die erste Zeit herrscht Schweigen. Der Fahrer beobachtet sie nervös im Rückspiegel. Dann hält er es nicht mehr aus: „Was ist passiert?" Christa schaut Hildegard verstohlen an und erzählt, dass sie per Anhalter gefahren seien, der Anhalter habe sie in den Wald entführt und vergewaltigen wollen. Nach einem Kampf hätten sie sich befreien können und seien durch den Wald geirrt. Gott sei Dank seien sie nun ihrem rettenden Engel begegnet. „Es gibt solche Schweine", kommentiert der Mann. „Ihr habt wirklich Glück, dass ich vorbeigekommen bin", grinst er zufrieden. „Ich habe meine Tochter in der Stadt besucht. Die studiert Psychologie und hatte mal wieder Geldnot. Da ist Papa gerne willkommen. Na ja, sie ist trotzdem mein Sonnenschein. Ich schärfe ihr immer ein: Fahr niemals per Anhalter! Das ist so gefährlich! Ich zahl dir auch das Taxi. Ihr solltet euer Erlebnis mal ihr erzählen, vielleicht … Was ist ...!"

Das Auto macht eine Vollbremsung und kommt nur wenige Zentimeter vor einem querstehenden Laster zum Stehen. „Herrgottsakrament!", flucht der Mann. „Was ist heute los?" An der Fahrertür taucht ein Mann, vermutlich der Fahrer des LKWs, auf. „Was ist passiert?", fragt der PKW-Fahrer durchs geschlossene Fenster. „Hatten Sie einen Unfall?" – „Aussteigen!", befiehlt der LKW-Fahrer und glotzt dabei die beiden

Frauen an. Dann versucht er, die Tür aufzureißen. Die Türen sind verschlossen und der PKW-Fahrer erfasst sofort, dass da was faul ist. Er setzt den Wagen zurück. Im gleichen Augenblick schwingt der LKW-Fahrer einen schweren Schraubenschlüssel und zertrümmert die Windschutzscheibe. Christa schreit unwillkürlich, während der Motor des Fahrzeugs aufheult und es erst nach circa dreißig Metern zum Stehen kommt. Der PKW-Fahrer zieht unter seinem Sitz einen Baseballschläger hervor, reißt wutentbrannt die Tür auf und rennt dem LKW-Fahrer entgegen. Es kommt zu einem heftigen Kampf. Währenddessen steigen auch Christa und Hildegard aus und schleichen in gebührendem Abstand an den Kämpfern vorbei zum LKW. Sie klettern ins Fahrerhaus und starten. Als der Anlasser ertönt, dreht sich der LKW-Fahrer erstaunt um und wird im selben Moment von einem Schlag mit dem Baseballschläger ausgeknockt. Christa sieht im Rückspiegel den PKW-Fahrer mit dem Baseballschläger gestikulieren und winken, dann fahren sie mit dem LKW in die Nacht.

Nach einiger Zeit werden die Nerven wieder ruhiger. Hildegard kuschelt sich an Christas Schulter und schläft ein. Als sie erwacht, sind sie bereits in einer Stadt. Christa parkt das Fahrzeug am Straßenrand an der Zufahrt zu einem Industriegebiet zwischen anderen parkenden LKWs. „Ab hier müssen wir zu Fuß weiter! Die Polizei wird schon nach dem Fahrzeug und nach uns suchen. Wahrscheinlich gelten wir als Psychos, die aus der Irrenanstalt geflohen sind. Man wird uns für gefährliche Monster halten und jagen. Wenn uns die Polizei erwischt, bringen die uns sofort zu Mondaro zurück. Ein paar Kilometer von hier wohnt meine Schulfreundin Susi. Wir sind beste Freundinnen und sie wird uns bestimmt Unterschlupf gewähren. Vielleicht kann sie uns auch irgendwie helfen."

Inzwischen ist es Mitternacht und die beiden laufen seit einer Stunde durch einsame Straßen. Tauchen Autos auf, verstecken sie sich. Besser nicht gesehen werden. Die Teufelsjünger werden bestimmt nach ihnen suchen. Die Wanderung endet schließlich vor einem unscheinbaren Hauseingang eines ebenso unscheinbaren Wohnblocks. Christa klingelt und es dauert, bis an der Sprechanlage eine ängstliche Frauenstimme fragt, wer um diese Zeit stört. Christa gibt sich zu erkennen und man kann den Stein förmlich hören, der Susi vom Herzen fällt. „Was ist passiert?", presst sie durch den Lautsprecher und drückt gleichzeitig den Summer. Im Treppenhaus schaltet sich das Licht an und die beiden eilen in den dritten Stock.

Susi steht im Nachthemd in der Tür und bekommt einen roten Kopf, als sie Hildegard sieht. „Du hast nicht gesagt, dass du jemanden dabei hast!", klagt sie an. – „Entschuldige bitte, aber ich kann dir alles erklären! Dürfen wir rein?" Etwas widerwillig, aber auch entsetzt über das zerlumpte, mit Blut und Schmutz verschmierte Äußere der beiden lässt sie sie in die Wohnung. Als die Tür ins Schloss fällt, fällt auch eine zentnerschwere Last von Christas Schultern. Sie umarmen sich und Christa flüstert schluchzend: „Ich bin dir so dankbar, Susi! Ich stecke tief in der Scheiße und brauche dringend Hilfe!" – „Mein Gott, was ist passiert? Du siehst ja zum Fürchten aus!", ruft

Susi. „Aber jetzt kommt erst mal ins Wohnzimmer und nehmt euch Decken!"

Während Susi Tee aufbrüht, machen es sich die beiden auf der Couch gemütlich. Hildegard schmiegt sich an Christa und starrt wortlos vor sich hin. Als Susi mit dem Tee kommt, bricht aus Christa ein Redeschwall, als ob ein Staudamm geborsten sei. Sie berichtet von der Teufelssekte, von ihrer Vergewaltigung, von Hildegards Misshandlung, der Flucht und dem rettenden Engel, der sie im Wald aufgelesen hat und für sie in den Kampf gezogen ist. Susi ist vollkommen überfordert vor Entsetzen. Hätten die beiden nicht so zugerichtet ausgesehen, hätte sie das nicht glauben können. Diese Teufelsjünger sind hochgefährliche Leute!

Nach einer kleinen Pause ruft Susi mit angsterfüllten Augen: „Jetzt ziehst du mich in das Ganze hinein!" – „Die finden uns hier nie!", erwidert Christa. „Keiner von denen weiß etwas von deiner Existenz und niemand hat uns kommen sehen. Du bist also sicher." Schweigen …

„Okay", sagt Susi. „Du hast mich versteckt, als dieser durchgeknallte Typ hinter mir her war." – „Du meinst diesen angeblichen Terrorkämpfer, der dich zu seiner Sklavin, äh, Frau machen wollte?", erwidert Christa. „Er wollte sich mit dir gemeinsam in die Luft sprengen, wenn du ihn nicht heiratest. Die beste Voraussetzung für eine dauerhafte und glückliche Beziehung." Susi lächelt: „Ja, das war damals sehr mutig von dir. Wenn der uns gefunden hätte …"

Dann sammelt sich Susi wieder: „Also ich wollte Morgen sowieso zwei Wochen auf einen Retreat fahren. Ihr könnt solange hier bleiben und euch erholen. Den Nachbarn schreibe ich einen Zettel, dass zwei Freundinnen während meiner Abwesenheit hier Urlaub machen und Blumen gießen. Fühlt euch wie zu Hause, ihr könnt euch Klamotten leihen und den Gefrierschrank leeren." – „Du bist ein Schatz!", ruft Christa freudestrahlend und küsst sie auf die Wange.

Kurze Zeit später beschließen die drei endlich zu schlafen. Christa und Hildegard hüpfen noch schnell unter die Dusche und machen es sich auf der Wohnzimmer-Couch so bequem wie möglich.

Am nächsten Morgen finden sie einen gedeckten Frühstückstisch vor. Susi ist bereits weg. Auf einem Zettel steht: „Genießt die Auszeit in meinem Nest und lasst euch nicht von den Krähen holen! Eure Susi."

Die Frauen sitzen einander gegenüber und schauen betreten. Ihnen kommt der letzte Tag wie ein böser Traum vor. Sie waren immer noch im Kampfmodus. Nun steigen langsam, aber umso machtvoller Gefühle zur Oberfläche auf. Christa fällt wieder in den ihr bekannten Zustand innerer Leere, in das Gefühl, schwach, klein und wertlos zu sein. Sie fühlt sich ihrer Kraft und Würde beraubt und spürt tiefe Trauer über das verlorene Gut. Bei Hildegard verändert sich ebenfalls etwas. Ihr kindliches Aussehen weicht einem schmaler wirkenden, ebenmäßigen Gesicht, das noch straffer als sonst ist. Ihr Blick wird selbstbewusst und strahlt eine gewisse Strenge aus. Sie verwandelt sich in eine unnahbare Schönheit, deren Anmut ein Gefühl der Bewunderung in Christa auslöst. Was hat diese Frau alles ertragen, was musste sie wegstecken und sie konnte dennoch ihre Würde bewahren. Als Hildegard die bewundernden Blicke bemerkt, lächelt sie: „Du bist die beste Freundin, die ich je hatte!" und ergreift Christas Hände. „Ich will dich nie wieder loslassen. Ach, könnten wir doch immer hier in deiner Wohnung bleiben. Nur wir beide, ganz allein."

Die Worte fließen durch Christa wie ein goldener, warmer Strom und sie kichert: „Das wäre bestimmt wunderschön. Leider ist es ja nicht meine Wohnung." – Hildegard schaut verdutzt: „Nicht? Wo sind wir denn?" Nun ist Christa verwirrt: „Erinnerst du dich nicht an gestern Abend?" Hildegard schweigt und stopft nervös Brot in sich hinein. „Könntest du mit mir reden?", insistiert Christa. „Wenn wir so eng zusammen leben, solltest du offen und ehrlich sein." Hildegard ringt sichtbar mit sich selbst und antwortet nach einem Stoßseufzer: „Ich habe oft Erinnerungslücken. Eigentlich besteht mein ganzes Leben aus Erinnerungslücken. Es gibt so viele Personen, die in meinem Körper wohnen. Ich bin viele. Doch ich weiß immer nur, was diese Person, die ich gerade bin, früher gemacht hat. Vom Leben der anderen weiß ich nichts. Das klingt verwirrend und, glaube mir, es ist verwirrend. Mein Leben ist nicht wie bei anderen Menschen eine einzige lange Geschichte, es besteht nur aus vielen kleinen Episoden, die meist zusammenhangslos sind. Die Lücken dazwischen gehören zu den anderen Leben. Ich bin plötzlich an diesem Ort mit diesem Menschen, dann an jenem Ort mit einem ganz anderen Menschen. Wie ich dahin gekommen bin oder wo und wann ich die Menschen kennengelernt habe, in welcher Beziehung ich zu denen stehe, ist mir meist unbekannt. In der Zwischenzeit war ich ja eine andere, die alles verändert hat. Auf die Vergangenheit kann ich mich nicht verlassen. Ich und die anderen in mir leben nur im Hier und Jetzt, von einer Minute zur nächsten. Meine Vergangenheit und Zukunft sind mir fremd. Menschen, die ich liebe, können in der nächsten Minute verschwunden sein, andere, die mir unbekannt sind, behaupten, mit mir eine Beziehung zu haben. Nichts bleibt bestehen, alles ist im ständigen Wandel."

„Das ist ja furchtbar!", sagt Christa. „Es kann also sein, dass du mich plötzlich nicht mehr kennst oder meine Feindin bist. Eine dauerhafte Beziehung ist unmöglich?" – „Na ja, innerhalb ihrer eigenen Episoden kann eine meiner Personen schon eine Beziehung aufbauen. Und wenn ich ganz brav bitte, bewahren die anderen Teile auch Ruhe oder sind zumindest nicht so ätzend. Außerdem, leben nicht in jedem von uns mehrere Personen? Passiert es dir nie, dass du dich selber sabotierst? Hattest du nie das Gefühl, dass du etwas machst, das du eigentlich nicht wolltest, als ob eine fremde Macht von dir Besitz ergriffen hätte?"

Während Hildegard ihre Art zu leben erklärt, geht wieder eine Veränderung durch sie hindurch, als ob ein Geist in ihren Körper gestiegen wäre und ihn nun übernommen hätte.

Sie beginnt, leise zu summen. Eine Melodie, die in Gesang übergeht:

„Frau aus dem Tal der Rosen,
durch deine zarte, blütenweiche Haut
fließt süßer, zäher Saft der Röte
betört von den Füßen bis zum Haupt.

Duftumfangen von Fingern zu den Zehen,
sollst du selber Blume sein,
Knospen wollen in Entfaltung gehen,
öffnen lustvoll deinen Schrein.

Was verschlossen, nicht benützt,
entfesselt nun Ekstase,
zeigt dir und mir, was gut geschürzt,
in hoher Liebesphase.

Tanz deinen Körper in die Liebeskraft,
sei Sturm und lass die Sehnsucht los,
schwebe himmelwärts bis in die Nacht,
spring in den Abgrund, dunkel, groß.

Trenn deinen Leib von der Wurzel ab,
brech deine Lust vom Verlangen,
Hitze macht das Wasser knapp,
Sonne welkt Haut und Wangen.

Spürst du den Durst, verlier keine Zeit,
lass dich öffnen und liebkosen,
gib dich hin und sei bereit,
Frau aus dem Tal der Rosen.

Bald wirst du in der Steppe leben,
wirst hart und zäh, vor Durst gefeit,
brauchst Wurzeln, die dir Wasser geben.
Hältst nichts mehr aus dir selbst bereit.

Kannst nichts mehr aus dir selber geben,
nur was du hast empfangen … leben."

Leise weitersummend, erhebt sie sich, schwebt förmlich um den Tisch, beugt sich zu Christa und gibt ihr
einen langen Kuss auf den Mund. Christa ist völlig
perplex, kann zunächst nicht reagieren. Hildegard
schwebt Richtung Badezimmer, blickt mit einem
neckischen Lächeln zurück und sagt: „Kannst du mir
den Rücken waschen?" Dann entschwindet sie ins
Bad.

Christa denkt unwillkürlich: Was werden ihre anderen
Persönlichkeiten zu diesem Auftritt sagen? Dann
kommt ihr: Jetzt spinnst du auch schon und siehst in
ihr verschiedene Persönlichkeiten. Hallo! Die will
dich verführen und du denkst nach, was andere denken? *Du* hast gerade ein Problem, nicht sie.

Christa will keine sexuelle Beziehung zu einer Frau. Ihre Gefühle für Hildegard sind geschwisterlicher oder freundschaftlicher Natur. Aber irgendetwas in ihr ist begeistert von der Idee, den wahnsinnig hübschen Rücken von Hildegard zu waschen und vielleicht auch mit ihr zu kuscheln. Die damit verbundene elektrisierende Erotik hat nichts mit Liebe im Sinn von partnerschaftlicher Liebe oder gar mit Beziehung zu tun. Sie ist absichtslose Intimität, aus reiner Zuneigung geboren, ohne Konsequenzen, ohne Verpflichtungen, nur ein Bedürfnis nach Nähe und Zärtlichkeit. Ohne weiter nachzudenken, geht Christa ins Badezimmer und macht die liebevollste, zärtlichste und erotischste Erfahrung ihres Lebens.

Die nächsten Tage verbringen die Frauen in dieser geborgenen, tabulosen Atmosphäre. Hildegard switcht zwischen Freundin, Verführerin und selbstbewusster Frau hin und her und ihre Episoden werden zusammenhängender. Die verschiedenen Persönlichkeiten und deren Geschichten vereinen sich zunehmend zu einer einzigen Geschichte. Auch Christa entdeckt bei sich unbekannte Seiten. Sie hat noch nie so ein Leben wie in diesem Zeitraum geführt und kann etwas noch nie Gelebtes kosten und spüren.

Wer in seinem Leben nicht den Mut aufbringt, einmal etwas ganz anderes zu leben, einen anderen Lebenszustand anzunehmen, wird sich nie in seiner Ganzheit erfahren können. Er wird immer nur das von sich wahrnehmen, was seinem bisherigen Charakter entspricht. Schade um die nicht gelebten Möglichkeiten der eigenen Person.

Nach einigen Tagen in diesem „besonderen Zustand"
stellt Christa Überlegungen an, wie sie in ein normales Leben zurückkehren können, ohne von den Teu-
felsanbetern gejagt und gefangen zu werden. „In ein
normales Leben zurückkehren" bedeutet, dass es ein
normales Leben gab. War das so? Ihre Klammerbezie-
hung zu Rahmid, ihr Ausraster bei dem Hopi-Priester,
ihre Selbstauf- und Hingabe, ihr Job als Krankenschwester in der Psychiatrie, ihr Entschluss, sich
selbst zum Versuchskaninchen eines verrückten Professors und eines Schizophrenen zu machen – war das
normal? Es gibt Parameter, die als normal gelten. Man
hat einen Beruf, ein Zuhause, eine Beziehung – möglichst mit einem gegengeschlechtlichen Partner –,
Freunde und „normale Gedanken". Man redet mit
seinen Mitmenschen über Krankheiten, Kochrezepte,
Fernsehsendungen, Politik, Kleidung und über das
Wetter. Ach ja, Kinder sind auch vorteilhaft, weil man
unnormales Verhalten auf sie umlenken kann: „Ich
mache das nur, um den Kleinen zu zeigen, wie es
nicht geht!" Oder: „Ich wollte mich nur ‚kindgerecht'
verhalten!" Außerdem bemerken Kinder unnormales
Verhalten nicht, da sie das „Normale" noch nicht
kennen. Christa hat keine Kinder, und die anderen
Parameter einzuhalten, wird ihr in Zukunft schwerfal-
len.

Voraussetzung für eine Rückkehr in die Gesellschaft
ist eine Bescheinigung, dass sie keine Gefahr für die
Gesellschaft sind. Normalerweise bescheinigt das
„stillschweigend" unser Umfeld, doch sie wurde aus
ihrem Umfeld herausgelöst und braucht nun wieder
jemanden, der für sie einsteht.

Klaus! Natürlich! Klaus hat schon immer ein Auge auf Christa geworfen und Klaus ist Arzt. Allgemeinmediziner und kein Psychologe, aber die Beamten der Strafverfolgungsbehörden sind da meist nicht so wählerisch. Für sie ist ein Arzt immer kompetent, für jegliche Form von Krankheit. Christa ruft Klaus an und bittet ihn, in seine Praxis kommen zu dürfen. Sofort erhält sie einen Termin. Hildegard erwähnt sie vorerst nicht, um ihn nicht zu überfordern.

Gegen Abend macht sie sich hübsch, setzt Hildegard vor den Fernseher und fährt mit dem Bus zur Arztpraxis. Klaus verabschiedet gerade die letzte Patientin, als Christa hereinkommt. Zunächst unterweist er seine Arzthelferin, früher zu gehen, er werde die Praxis selber absperren. Während die Arzthelferin mit vielsagenden Blicken ihren Arbeitsplatz räumt, wendet er sich Christa zu und umarmt sie inniglich mit den Worten: „Endlich bist du hier. Komm ins Behandlungszimmer." Zunächst nehmen sie ganz automatisch die Arzt- und Patientenrollen ein. Klaus setzt sich hinter den Schreibtisch und fragt, womit er dienen könne. Christa erzählt aufgeregt, was ihr widerfahren ist. Ihr Monolog endet mit der verzweifelten Feststellung, dass sie dringend jemanden brauche, der sie und ihre Freundin vor der Zwangseinweisung in die geschlossene Anstalt bewahrt. Klaus ist fassungslos von den Erzählungen. Würde er Christa nicht schon viele Jahre kennen, hätte er ihr Wahnvorstellungen unterstellt. Aber sie war seines Wissens nie psychisch auffällig und machte immer einen bodenständigen und realitätsbezogenen Eindruck. „Nun", sagt Klaus, „ich kann jetzt nicht für deine Freundin sprechen, aber für dich schwöre ich jeden Eid, dass du keine Gefahr für die Menschheit darstellst. Ich werde mit einem Freund und Kollegen darüber sprechen. Er ist Psychiater und wird dir bestimmt ein entsprechendes Gutachten ausstellen. Auch deine Freundin kann er überprüfen." Christa springt auf, klettert über den Tisch, umarmt Klaus und gibt ihm einen dicken Kuss. „Du bist mein Retter. Wie kann ich dir das nur danken?" – „Du könntest mich zum Essen begleiten", antwortet Klaus und lacht. Christa fragt: „Hast du eigentlich was von Rahmid gehört? Ist der immer noch in den USA?" Klaus zuckt bei dem Namen zusammen. Rahmids Existenz hatte er irgendwie verdrängt. „Keine Ahnung, was der treibt. Seine Wohnung gibt es noch, aber er selbst war in den letzten Monaten nicht anzutreffen. Vielleicht sollten wir eine Suchanzeige schalten."

Den Abend verbringen die beiden in einem indischen Lokal und später in einer Bar. Sie tauschen Erinnerungen aus, diskutieren Rahmids Verschwinden und planen eine Suchaktion. Insgesamt ein fröhlicher und harmonischer Abend. Klaus ist anzumerken, wie sehr ihn Christa fasziniert. Er hält sich aber zurück, weil er seine Freundschaft zu ihr und zu Rahmid nicht aufs Spiel setzen will. Als Christa gegen Mitternacht zu Hildegard zurückkehrt, singt und lacht sie glücklich und gelöst.

Am nächsten Tag ist der Besuch bei dem befreundeten Psychiater Dr. Hansen angesagt. Dr. Hansen ist von Klaus über die Umstände bereits informiert und empfängt sie sehr freundlich. Jede von ihnen wird in Einzelsitzungen eingehend befragt. Er macht mit

ihnen Koordinationstests, Gedächtnistests, Orientie-
rungstests und vieles mehr. Nach jeweils zwei Stunden bittet er zum Abschlussgespräch.

Hildegard rät er dringend zu einer ambulanten Behandlung und engmaschigen Kontrolle einschließlich
Medikamentierung. Diese würde er auch begleiten.
Ein Klinikaufenthalt sei nicht angezeigt. Bei Christa
kann er keine psychische Erkrankung feststellen. Er
wird die Behörden und die Polizei entsprechend
informieren, falls die eine Anzeige überhaupt vorlie-
gen haben. Gegen Professor Mondaro wird er Strafanzeige wegen Freiheitsberaubung, schwerer Körperver-
letzung und Vergewaltigung erstatten. Christa solle in
den nächsten Tagen in ihre Wohnung zurückkehren.
Er will Personenschutz beantragen. Die nächsten zwei
Tage sollen sie sich ruhig verhalten und dann wieder
Kontakt mit ihm aufnehmen.

Aurora

Wie vereinbart meldet sich Christa zwei Tage später telefonisch bei Dr. Hansen. Er berichtet, dass die Behörden über die von ihr geschilderten Vorgänge in Professor Mondaros Klinik keinerlei Meldungen hätten. Seine Strafanzeige gegen den Professor wurde aufgenommen, aber die Ermittlungen ergaben keinerlei Hinweise auf die Straftaten. Auf Anfrage der Polizei teilte die Klinik mit, dass Christa schon nach dem ersten Tag unentschuldigt dem Arbeitsplatz ferngeblieben sei. Das Arbeitsverhältnis sei daher fristlos gekündigt. Eine Hildegard sei in der Klinik unbekannt. Sie beschäftigten schon seit geraumer Zeit nur Schwester Bruna. Der Staatsanwalt äußerte gegenüber Dr. Hansen, dass er wohl den Wahnphantasien einer Klientin aufgesessen sei und dass das Verfahren nun eingestellt werde. Dr. Hansen rät Christa, die Sache vorerst ruhen zu lassen und nichts zu unternehmen. Die Teufelsjünger wollten auf keinen Fall Aufmerksamkeit und würden sicherlich stillhalten, solange kein Staub aufgewirbelt werde. Hildegard sei durch ihre Krankheit bei einem Gerichtsprozess sowieso nicht glaubwürdig. Solange die Teufelsjünger sich in Sicherheit wähnten, würden sie nichts unternehmen.

Der Gedanke, dass die furchtbaren Taten ungesühnt bleiben sollen und die Täter frei herumlaufen dürfen, ist unerträglich. Gleichzeitig sehnen sich Christa und Hildegard nach einem normalen Leben und nach Frieden. Daher beschließen sie, nach langen Überle-

gungen, dem Rat Folge zu leisten, außerdem wollen
sie endlich in Christas Wohnung umsiedeln.

Als sie Christas Wohnung betreten, finden sie Chaos
vor. Obwohl das Türschloss unversehrt zu sein
scheint, ist eingebrochen worden. Schubladen liegen
am Boden, Schränke stehen offen, Kleidung und
sonstige Gegenstände sind in den Zimmern verteilt.
Was die Einbrecher gesucht haben, ist rätselhaft.
Schmuck und Wertgegenstände sind unangetastet.
„Wahrscheinlich hängt der Einbruch mit den Teufels-
jüngern zusammen", spekuliert Hildegard. „Die
wollten Informationen über dich und dein Leben
sammeln."

Nach dem Auswechseln des Schlosses durch den
Schlüsseldienst beginnen die Aufräumarbeiten. Noch
am selben Tag kann die Wohnung in einen bewohnba-
ren, heimeligen Zustand zurückversetzt werden.

Schon am nächsten Morgen soll die Suche nach
Rahmid beginnen. Da ihnen nichts Besseres einfällt,
wollen sie nach und nach Orte abfahren, an denen
Christa Rahmid zuletzt gesehen hat. Sie beginnen also
mit dem Bauernhof, den damals Hania und Chusi
gemietet hatten.

Über ein Carsharing-Portal besorgen sie ein Fahrzeug
und fahren in das kleine Waldstück, in dem der Hof
damals lag. Offensichtlich ist er wieder vermietet,
denn aus dem Schornstein steigt weißer Rauch auf.
Christa klingelt, die Tür öffnet sich und sie erstarrt vor
Überraschung. Hania, der damals in seine Heimat, die

USA, zurückkehrte, steht leibhaftig vor ihr. In voller Pracht und Würde! Ein leises Lächeln spielt um seine Mundwinkel und er sagt: „Hallo Christa! Das ist aber eine Überraschung." Sie läuft knallrot an. Die Erinnerung an ihre Unterwerfung, die sie längst verdrängt hat, ist plötzlich so präsent, als ob es gestern gewesen wäre, und raubt ihr den Atem. Damals hat Hania ihr die Seele zurückgegeben, ihre innere Leere gefüllt. Sie ist ihm dafür ewig dankbar. Wortlos fällt sie ihm um den Hals und lacht und hüpft vor Verlegenheit. Hania lässt die Umarmung wohlwollend über sich ergehen und bittet sie herein. Auch Chusi fällt aus allen Wolken, als sie Christa erblickt, und bereitet beiden einen herzlichen Empfang.

Bei Tee und Gebäck kommen sie rasch auf Rahmid zu sprechen. „Das wird dir nicht gefallen", sagt Chusi, „Rahmid hat einen totalen Gedächtnisverlust erlitten. Er kann sich an sein früheres Leben nicht mehr erinnern." – „Soll das heißen, er ist wieder hier?", frohlockt Christa. – „Ja, er wollte dich sogar aufsuchen, aber dann ist ihm was dazwischengekommen." Christa springt auf und hüpft wie ein kleines Kind ein paar Schritte aufgeregt durchs Zimmer. „Wo ist er!" – „Jetzt beruhige dich wieder", flötet Chusi mit sanfter Stimme. „Hast du mich verstanden? Er hat alles vergessen!"

„Das macht nichts", sagt Christa. „Ich werde ihm seine Erinnerungen zurückgeben!" Hania und Chusi blicken zu Hildegard, die verlegen auf den Boden starrt. Dann sagt Chusi zu Hildegard: „Kannst du sie unterstützen? Sie ist nicht so stabil, wie sie glaubt."

Hildegard lächelt und antwortet: „Sie ist alles, was ich habe. Mein Leben gehört ihr. Ich werde alles geben, um sie zu unterstützen." Diese Antwort beruhigt Hania und Chusi nicht wirklich. Christa hat anscheinend in Hildegard einen Spiegel ihrer selbst gefunden. Daher beschließen Hania und Chusi, das Widersehen mit Rahmid besser bei sich auf dem Hof zu arrangieren. Zu viel ist passiert, zu viele Verstrickungen wurden geknüpft. Jetzt sollen die Fäden zusammengeführt und entwirrt werden. Außerdem bestehen sie darauf, dass die beiden Frauen über Nacht hierbleiben. Sich auf eine Stillhaltetaktik der Teufelsjünger zu verlassen, sei zu gewagt, meint Hania. Diese Leute hielten sich für eine Elite, die sich alles erlauben darf. „Die schrecken auch vor Mord nicht zurück. Das sind Handlanger der dunklen Seite des Systems!" Noch am selben Abend telefoniert Chusi mit Rahmid und lädt ihn zu dem Treffen ein, das am nächsten Tag stattfinden soll.

Am nächsten Morgen, das Frühstück ist gerade beendet, klingelt es. Christa springt sofort zur Tür, weil sie Rahmid als Erste in die Arme schließen will. Sie reißt freudestrahlend die Tür auf und Michael steht vor ihr. Mit einem breiten Grinsen sagt er: „Hallo Chris! Freust du dich auf den nächsten Fick? Ich habe dir auch was mitgebracht." Dann zieht er ein Messer und rammt es ihr in den Bauch …

Christa ist noch immer starr vor Schreck und kann nicht begreifen, was gerade passiert. Er zieht das Messer heraus, dreht sich um und rennt davon. Christa bricht zusammen. Als Hania und Hildegard zur Tür

kommen, sehen sie Michael hinter Bäumen verschwinden und Christa in einer rasch wachsenden
Blutlache liegen. Sofort schleppen sie sie ins Zimmer,
rufen den Krankenwagen und drücken, so gut es geht,
die Wunde mit Tüchern ab. Chusi findet in der Haus-
apotheke ein blutstillendes Mittel und schüttet die
ganze Flasche über die Wunde. Das Warten auf den
Krankenwagen dauert quälend lange. Schüttelfrost
und Ohnmacht leiten bereits den Todeskampf ein, als
endlich Sanitäter mit Infusionen erscheinen.

Hania begleitet sie ins Krankenhaus, während sich
Chusi um die inzwischen zur Salzsäule erstarrte
Hildegard kümmert.

Eine Stunde später gibt Hania telefonisch Entwar-
nung. Christa hat überlebt. Es war knapp, aber Gott
sei Dank hat sie einen enormen Überlebenswillen. Die
Polizei einzuschalten sei zu riskant, da möglicherwei-
se Sympathisanten oder Mitglieder der Teufelsjünger
dort arbeiten würden. Daher will er in den nächsten
Tagen selbst im Krankenhaus bei Christa bleiben und
sie keinen Moment aus den Augen lassen. Chusi und
Hildegard fallen sich um den Hals: Sie umarmen sich
noch immer, als es erneut läutet. Diesmal steht Rahmid vor der Tür. Kreidebleich fragt er, wo all das Blut
vor der Tür herkomme.

Als Chusi ihren Bericht abgeschlossen hat, tritt Stille
ein. Rahmid sagt zunächst kein Wort. Irgendwann
wendet er sich an Hildegard und fragt: „Was würdest
du tun?" Hildegard ist verunsichert. Noch nie hat sie
jemand ernsthaft nach ihrer Meinung gefragt. Nach

einigem Zögern antwortet sie: „Ich würde zur Klinik des Professors fahren und alles anzünden!" Dann brüllt sie: „Die ganze Bande soll einen Vorgeschmack auf die Hölle bekommen und im Feuer brennen!" In beschwichtigendem Ton antwortet Rahmid: „Dann bist du wie sie! Dann bist du auch ein Teufelsjünger!" – „Na und! Die Schweine haben's verdient!", ruft Hildegard. „Ich habe kein Mitleid!"

„Das hat nichts mit Mitleid zu tun, sondern mit der eigenen Würde und Vernunft", geht Chusi dazwischen. „Wir müssen uns schützen, aber wir müssen uns nicht rächen. Rache ist der kindliche Versuch seinen Selbstwert – der durch Beleidigung, durch das Gefühl der Verletzlichkeit und Kleinheit herabgesetzt wurde – wieder herzustellen. Auch verlorenes Sicherheitsgefühl soll wieder hergestellt werden. Aber Zerstörung und Gewalt, die meist auch Unschuldige trifft, machen mich weder groß, noch erhöhen sie meine Sicherheit. Im Gegenteil, die Situation eskaliert immer mehr. Wie kann ich also Genugtuung bekommen?"

Rahmid fährt fort: „Indem wir uns und andere vor diesen Leuten schützen. Die sind krank und gefährlich." Chusi ruft bei Dr. Hansen an und schildert, was geschehen ist. Der handelt sofort. Einen Mordversuch eines Insassen der Mondaro-Klinik am helllichten Tag an einer ehemaligen Mitarbeiterin kann der Staatsanwalt nicht als Spinnerei abtun. Er muss sich auch fragen lassen, ob die Tat nicht verhindert worden wäre, wenn die Staatsanwaltschaft die Hinweise des Psychiaters ernster genommen hätte. Kurzum, der

Druck auf die Ermittlungsbehörden steigt enorm.
Zumal diese Wahnsinnsstory und das Versagen des
Staatsanwalts nun die Presse ausschlachten wird.
Wenige Stunden später kommt Professor Mondaro in
Untersuchungshaft und die Suche nach Michael läuft
auf Hochtouren. Am selben Nachmittag wird in der
Klinik eine Hausdurchsuchung anberaumt, die auch
Beweismaterial für seltsame Praktiken und Rituale zu
Tage fördert. Die Justizmaschine ist angesprungen und
läuft.

Rahmid übernachtet auf dem Hof. Er kann unmöglich
Hildegard und Chusi alleine lassen. Natürlich wird der
Hof auch von der Polizei überwacht, Michael läuft ja
immer noch irgendwo frei herum. Am nächsten Morgen will Rahmid endlich Christa im Krankenhaus
aufsuchen. Er setzt sich in aller Frühe ins Auto und
fährt zum Krankenhaus. Es ist ein wunderschöner
Morgen. Die aufgehende Sonne färbt den Himmel
leuchtend rot und ihm geht die ganze Zeit das Lied
„Aurora" von der isländischen Sängerin Björk durch
den Kopf. Er ist aufgeregt. Wie wird Christa sein? Wie
wird sie reagieren? Immerhin waren sie, laut Chusis
Angaben, ein Paar. Könnte nochmal so etwas wie
Liebe entstehen? Wird er überhaupt nochmal lieben
können? Iniundi würde ihn jetzt auslachen. „Ja,
selbstverständlich!", würde sie sagen. „Die Liebe ist
in dir. Solange du nicht verschwindest, wird deine
Liebe auch nicht verschwinden."

Während Rahmid in Vorstellungen und Spekulationen
über Christa versinkt, sieht er plötzlich eine Bewegung im Rückspiegel. Im selben Moment spürt er ein

Messer an der Kehle und eine Hand krallt sich in seine Schulter. „Hör gut zu, du Arschloch", sagt eine Stimme. „Du tust jetzt genau, was ich sage, oder ich schneide dir die Kehle durch." Rahmid ahnt, wen er an Bord hat. Diesen schizophrenen Teufelsanbeter Michael, der von der Polizei gesucht wird. Ausgerechnet in seinem Wagen hat der sich versteckt. Offensichtlich hat das Schicksal beschlossen, ihm auch noch diesen Idioten vorzulegen. Warum nur? Hat er immer noch nicht Verantwortung übernommen? Was muss er noch lernen? Etwa lügen?

In ärgerlichem Tonfall sagt er zu Michael: „Leg dein blödes Messer weg, ich bin's! Luzifer! Ich bin hier, um dich zu retten! Kletter auf den Beifahrersitz, ich fahre dich an einen sicheren Ort."

Nach einer längeren Pause sagt Michael: „Nee, du willst mich verarschen! Du bist nicht Luzifer!" – „Erkennst du etwa deinen eigenen Meister nicht?", erwidert Rahmid in immer noch ärgerlichem Tonfall. Michael atmet schneller und wird nervös. Seine Hand zittert und er nimmt das Messer von Rahmids Hals. „Also gut", brüllt er, „dann liefere mir einen Beweis!" Rahmid lacht: „Willst du den wirklich haben? Vergiss nicht, ich bin unsterblich! Du nicht!" – „Dann mache mich doch auch unsterblich!", sagt Michael. Blut läuft ihm aus der Nase und tropft in Rahmids Nacken.

„Du Ungläubiger!", brüllt Rahmid wütend. „Wirst du dann an mich glauben und mir bedingungslos dienen?" – „Ja! Ja! Ich will!", ruft Michael. – „Also gut! Da vorne ist ein Abgrund. Wir fahren zusammen

hinein und du wirst nicht sterben, weil nun auch du
unsterblich bist. Ist das Beweis genug?" Noch ehe
Michael antworten kann, gibt Rahmid Gas und steuert
das Fahrzeug auf den Abgrund zu. Sie durchbrechen
die Leitplanke, Rahmid reißt die Wagentür auf und
hechtet hinaus. Der Wagen schießt über den Felsrand
und stürzt in die Tiefe. Rahmid schleudert es ebenfalls
über den Felsen in die Tiefe. Einige Meter darunter
verkeilt er sich in einem Baum auf einem kleinen
Vorsprung. Er ist bewusstlos. Als man ihn findet, ist
sein Leben fast ausgehaucht.

Unten in der Schlucht findet man die Leiche von
Michael im Autowrack eingeklemmt. Er hält das
Messer noch immer in der Hand, als ob er es in seine
Hölle mitnehmen wollte.

Rahmid bringt man ins Krankenhaus. Dort muss er in
ein künstliches Koma versetzen werden, damit sein
Leben gerettet werden kann.

Am nächsten Morgen sind die Klinik der Teufelsanbeter, der Mordversuch an der Krankenschwester und
der tödliche Unfall des flüchtigen Mörders Thema
Nummer eins in den Medien. Als Klaus zum Frühstück das Radio einschaltet, wird gerade über die
schrecklichen Ereignisse berichtet. Er weiß sofort,
dass mit der Krankenschwester Christa gemeint ist,
und macht sich heftige Vorwürfe. Wie konnte die
Situation so eskalieren? Was hat er falsch gemacht?
Sofort ruft er in der Klinik an und erkundigt sich nach
Christa. Zuerst verweigert man ihm Auskünfte und
verweist ihn an die Polizei. Erst als er sich als behan-

delnder Arzt und Freund von Christa outet, lassen die Ärzte durchblicken, dass es sich bei dem Opfer durchaus um seine Patientin handeln könnte, und erlauben einen kurzen Besuch unter Aufsicht.

Klaus macht sich sofort auf den Weg. In der Intensivstation trifft er Hania, der neben Christas Bett Wache hält. Sie schlummert tief und fest. Man hat sie sediert, an alle möglichen Geräte angeschlossen und ihr eine Atemmaske aufgesetzt. Hania erkennt Klaus, obwohl er ihn nur einmal vor einem halben Jahr gesehen hat, und begrüßt ihn höflich. Sie kommen ins Gespräch und Klaus erklärt Hania, dass er nicht nur als Freund, sondern auch als Vertrauensarzt hier sei, und berichtet über die Ereignisse, soweit sie ihm von Christa bekannt sind. Hania ergänzt seine Kenntnisse und berichtet auch von Rahmids Unfall. Chusi hatte Hania telefonisch informiert, dass Rahmid Christa im Krankenhaus besuchen komme. Als dann Rahmid nicht erschien, stiegen in Hania ungute Ahnungen auf und er fragte in der Notaufnahme nach. „Wie bitte? Rahmid ist wieder da?", entfährt es Klaus mit lauterer Stimme, als er eigentlich wollte. „Ja", erwidert Hania, „schon seit einiger Zeit. War das nicht Ihr bester Freund?" Klaus ist hin- und hergerissen. Einerseits freut er sich, dass Rahmid zurück ist, andererseits ist er auch enttäuscht. Er hat gehofft, nach den neuesten Ereignissen vielleicht doch Chancen auf eine Beziehung mit Christa zu haben. Bisher hielt er sich zurück, weil er seinem besten Freund nicht die Freundin ausspannen wollte. Er war ja auch nicht so richtig mit Schmetterlingen im Bauch verliebt, wäre aber gerne jeden Tag mit ihr zusammen gewesen. Damals hat er sich immer Gründe zurechtgelegt, warum eine Beziehung mit ihr wohl doch nicht klappen würde. Und Christa hat dies bestärkt, indem sie nur freundschaftlichen Umgang mit ihm gepflegte. Seltsam, obwohl Klaus gutaussehend, intelligent, hilfsbereit und freundlich ist, betrachten ihn die Frauen immer nur als guten Kumpel. Eine Beziehung wollen sie nicht mit ihm eingehen. Zumindest empfindet das Klaus so. Vermutet er doch mal, dass eine Frau Interesse an einer Beziehung mit ihm habe, kommt ihm jedes Mal etwas dazwischen, ein Ehemann, ein Liebhaber, ein schwer Kranker …, es ist wie verhext. Jetzt ist es auch wieder so. Sein bester Freund, der zufällig auch Partner von Christa ist, ist nun wieder da! Klaus muss lachen. Ist doch klar, dass ihm das passiert!

Dazu fällt ihm eine Episode aus seiner Jugend ein: Die Eltern von Klaus haben ihm, schon als er drei Jahre alt war, eingeimpft, dass es eine lange Tradition der Familie sei, Ehen niemals zu scheiden und dem Partner immer treu zu sein. Für ihn wurde das auch zu einem Grundpfeiler seiner Moralvorstellungen.

Als Jugendlicher lernte er einmal ein Mädchen mit dem Namen Belinda kennen. Belinda interessierte sich sehr für ihn. Sie rief dauernd bei ihm an, lud ihn zu gemeinsamen Unternehmungen, Festen und Feiern ein und wollte viel Zeit mit ihm verbringen. Er fand sie äußerst nett, genoss ihre Nähe, hielt sich aber in sexueller Hinsicht zurück. Sexualität hätte nach seinem Weltbild eine echte Beziehung zur Folge gehabt. Und sollte es zu einer Beziehung kommen, durfte die ja nie mehr geschieden werden, egal wie sich das Mädchen noch verändern würde. Für ihn wäre es eine

Entscheidung fürs Leben gewesen. Er musste also erst sicher sein, dass sie die „Richtige" war. Bis er das herausgefunden hätte, wollte er es bei freundschaftlichem Umgang belassen. Belinda war darüber sehr traurig und fühlte sich abgelehnt. Da sie aber so verliebt war, wollte sie das freundschaftliche Verhältnis nicht beenden. Das so entstandene Dilemma löste sie, indem sie einen anderen Freund suchte, mit dem sie auch ihre Sexualität leben konnte. Klaus blieb ihr bester Freund. Nach einiger Zeit war sich Klaus dann sicher, dass sie die „Richtige" wäre. Doch es war zu spät. Belinda reagierte verärgert und enttäuscht darüber, dass er nun mit Beziehungswünschen ihre Freundschaft belaste. Ihr Lebenspartner hatte die Freundschaft mit Klaus nur toleriert, weil sie ihm schwor, dass das nichts mit Liebe zu tun habe. Was sollte sie nun machen? Es kam schließlich zum Bruch der Freundschaft mit Belinda und Klaus verstand die Welt nicht mehr. Wieso hatte er sich so getäuscht?

Ist es mit Christa nun ähnlich? Aber was soll er machen, wenn er seine Werte nicht verraten will, wenn er sich und andere nicht verletzen will? Er glaubt, dass er auf diese Weise sich selbst treu sei.

In der Folgezeit besucht Klaus den im Koma liegenden Rahmid fast jeden Tag und sinniert über seine Vergangenheit. Zu Christa vermeidet er vorerst den Kontakt. Er will sich erst über seine eigenen Gefühle klar werden.

Neue Heimat

Während Christa schon nach eineinhalb Wochen die Klinik verlassen darf, dauert es bei Rahmid eine zusätzliche Woche, die für den Aufwachprozess benötigt wird. Als Rahmid aus dem künstlichen Koma erwacht, hat er seine Erinnerung erneut verloren.

Klaus hat schon im Vorfeld mit dem Arzt vereinbart, dass er sich persönlich um seinen Freund kümmern wird, sobald dieser transportfähig ist. Als Mediziner könne er ihn zu Hause bestens versorgen und in sein normales Leben zurückführen. Doch die Rehabilitation erweist sich schwieriger als gedacht. Mit Rahmids Erinnerungsverlust hat er nicht gerechnet. Rahmid kann sich alleine nicht zurechtfinden und braucht intensive Betreuung. Klaus nimmt diese Aufgabe an und versucht, das verlorene Erinnerungsvermögen wiederzuerwecken. Er verbringt mit ihm die Tage, erzählt über vergangene Ereignisse und sucht mit ihm bekannte Orte ihrer Kindheit auf.

Nach dem ergebnislosen Einkaufsabenteuer will er ein Treffen mit Christa, Hildegard, Chusi und Hania arrangieren. Vielleicht erweckt das die Erinnerungen? Das Treffen soll in seinem Haus, in entspannter Atmosphäre stattfinden. Der erste zufällige Kontakt mit Christa im Café ging ja gründlich schief. Bei gemütlichem Essen, sicherer und lockerer Atmosphäre sollten sich die Ereignisse des letzen Halbjahrs gemeinsam rekonstruieren lassen. Schließlich sind die Erinnerungen der Anwesenden alles, was von Rahmids Vergangenheit übrig ist. Ohne Erinnerung bleibt er ein unbeschriebenes Blatt, oder?

Das Haus, das Klaus alleine bewohnt, liegt am Stadtrand und bietet den Gästen für den Fall, dass es spät wird, ausreichend Übernachtungsmöglichkeiten. Alle erscheinen relativ pünktlich und sind guter Stimmung. Auch Christa will wegen Rahmids heldenhaftem Einsatz nochmal einen Kontaktversuch wagen. Ihre erste Enttäuschung hat sie im Griff und ist nun besser vorbereitet.

Der Abend beginnt mit Begrüßungssekt, dann verschwindet Klaus in der Küche. Für seine Kochkünste ist er bekannt und zaubert auch diesmal ein wunderbares italienisches Festmahl mit Trüffelnudeln als Vorspeise, Wildschweinkoteletts, gegrilltem Gemüse, Maroni und zum Nachtisch gibt es Tiramisu. Dazu reicht er reichlich Rotwein und Grappa. Alle sind begeistert und die anfänglich zurückhaltende Stimmung wird von Minute zu Minute gelöster.

Der Zweck des Treffens ist schon fast vergessen, als Hildegard plötzlich von ihrem Platz aufspringt und mit drohender Stimme und heroischen Bewegungen ruft: „Ihr seid alle verdammt! Bereut eure Sünden!" Zunächst lacht, bis auf Rahmid und Hania, die inzwischen ausgelassene und schon leicht beschwipste Gesellschaft. Doch die wildentschlossenen Blicke Hildegards lassen erkennen, dass sie den theatralischen Auftritt absolut ernst meint. Sie ist in eine Persönlichkeit geswitcht, bei der ihr Schuld- und Sühnegedanken panische Angst bereiten. Die Gruppe verstummt und Rahmid, der mangels Erfahrungen keine vorgefertigten Bewertungen der Verhaltensweisen anderer Menschen vornimmt, greift Hildegards Vorwürfe mit großem Ernst auf: „Ich kann mich an das, was ich getan habe, nicht erinnern, aber meine Taten wirken trotzdem in der Welt. Aus euren Erzählungen ist mir klar geworden, dass ich vor allem gegenüber Christa große Schuld auf mich geladen habe. Diese Schuld will ich beseitigen. Aber wie soll ich etwas, das bereits geschehen ist, ungeschehen machen? Wie kann mir Christa und ich mir selbst guten Gewissens wieder in die Augen sehen?"

Hildegard erwidert: „Tu Buße! Bestrafe dich selbst! Dein Leiden wird dich wieder groß machen. Beim Ertragen von Schmerzen kannst du nicht versagen. Im Gegenteil, dann wirst du stolz auf dich sein, stolz, so viel ausgehalten zu haben." Rahmid erwidert: „Und was nützt das Christa?" – „Es gibt ihr die Genugtuung, dass der Schmerz, den sie spürt, auch dein Schmerz ist. Du und sie, ihr werdet eine Einheit, Opfer und Täter im Schmerz vereint. Schuldgefühle schaffen eure Verbindung. Ohne Bindungen durch Schuld ist die natürliche Ordnung nicht gewahrt. Ohne Schuld bist du unvollständig und einsam, denn alle tragen Schuld seit der Vertreibung aus dem Paradies."

Rahmid wendet sich an Christa: „Jetzt verstehe ich. Den Schmerz, den ich dir zugefügt habe, muss ich mir nun selbst zufügen, um das Gleichgewicht wieder herzustellen. Aber irgendwie habe ich das doch schon gemacht?" – „So ein Unsinn!", antwortet Christa. „Ich will keine Genugtuung oder Sühne. Eigentlich finde ich es gar nicht so schlecht, dass du alles vergessen hast. Dann kannst du dich weder an deine Affären noch an meine Verfehlungen erinnern. Und dieses Wissen macht mich dir überlegen. Ich wache über die Geheimnisse deiner Vergangenheit, ich entscheide, wie groß deine Schuld ist und wie lange sie bestehen bleibt." Hildegard lacht und wirft den Kopf mit einer Siegergeste nach hinten.

Nun schaltet sich Chusi in das Gespräch: „Jetzt wird es wirklich schräg, Christa. Willst du Rahmid zu deinem Diener machen, der ewig in deiner Schuld steht? Was macht dir so viel Angst, dass du ihn beherrschen willst?" Christa zuckt bei diesem Satz zusammen. Sie erkennt, dass sie ebenso Macht über Rahmid anstrebt, wie das die Teufelsjünger bei ihr taten. Wie konnte sie nur so denken? Sie stammelt: „Es tut mir leid. Das will ich nicht. Es ist nur … meine Angst, verlassen zu werden."

Chusi fragt sie liebevoll: „Fühlst du dich so wertlos, dass du glaubst, andere an dich fesseln zu müssen, damit sie bei dir bleiben? Schätzt du dich selbst so gering ein, dass du dich sogar selbst verlassen würdest, wenn du könntest? Wenn ja, welcher Anteil von dir urteilt so schlecht über dich?"

Während Christa in Tränen ausbricht, schaltet sich Hildegard ein: „Die, die keinen Schmerz hat, die nichts spüren darf, um zu überleben, urteilt so!" Chusi erwidert: „Seinen Schmerz zu unterdrücken, heißt nicht, sich selbst klein zu machen und sich gering zu schätzen. Als du ein Kind warst, war es nicht nur deine Strategie, deinen Schmerz, den du durch Ablehnung oder Nichtachtung erfahren hast, zu unterdrücken, du hast auch dich selbst abgelehnt und missachtet. Die Kritik derer, die dir wichtig waren, und deren Anderssein waren dein Maßstab, dem du gerecht werden wolltest, aber nicht konntest. Jedes Kind ist darauf programmiert, sich an Eltern und Umwelt zu orientieren. Es ist die Basis für unsere Gehirnentwicklung. Doch wenn wir erwachsen sind, brauchen wir das nicht mehr. Erwachsensein heißt sich selber programmieren. Jetzt bist du dein eigener Maßstab. Du bist dir deiner Einmaligkeit bewusst, bist stark und handlungsfähig. Wage den Schmerz der Ablehnung! Wage es, anders zu sein! Dann wirst du erkennen, dass du diesem Schmerz begegnen und ihn in Selbstliebe verwandeln kannst!"

Rahmid schaut etwas verstört in die Runde: „Heißt das, dass ich keine Schuld trage, wenn ich mich nicht mehr erinnere? Die Erinnerungen sind es, die mich in Muster und Verstrickungen drängen? Im Hier und Jetzt leben heißt, Erinnerungen möglichst abzuschalten?"

„Das würde dir so gefallen!", ruft Christa. „Wir wollten heiraten, und dann hast du dich aus dem Staub gemacht!"

„Äh, ich habe das irgendwie anders in Erinnerung", meint Klaus. „Rahmid hat mir damals anvertraut, dass er wohl im Bett zu langweilig für dich sei. Du stündest mehr auf harte Sachen. Ganz verzweifelt vertraute er mir an, dass er dir nicht genügen würde und du bereits nach Gründen suchest, um ihn zu verlassen. Seine Freundin Clair habest du deswegen heimlich nach möglichen Affären befragt."

„So ein Blödsinn!", schreit Christa. „Ich dachte, er habe eine andere! Und dieses Miststück von Clair hat mich angebaggert! Deshalb erzählte sie, ich wolle Schluss machen!"

Chusi wendet sich an Christa: „Also nach dem, was ich mitbekommen habe, war Rahmid Hals über Kopf in dich verliebt, aber du hast Liebe nur vorgetäuscht. Deswegen deine übertrieben aggressive Reaktion auf meine Ausführungen über die Liebe. Du fühltest dich ertappt. Wahrscheinlich wolltest du mit Klaus was anfangen. Ich kann mich noch genau an deine sehnsuchtsvollen Blicke erinnern, die du ihm zugeworfen hast." Klaus wird kreidebleich.

Während Christa sich die Hände vors Gesicht hält und zu klagen beginnt, schaltet sich Hania ein: „Chusi, das ist deine Interpretation. Meiner Meinung nach suchte Christa jemanden, der sie ernst nimmt und der sie haben will. Mit Liebe hatte das alles nichts zu tun."

„Das Durcheinander klingt mir sehr vertraut", murmelt Hildegard zu sich selber. „Es gibt so viele Personen in einem, die alle was anderes wollen oder tun. Alles ist irgendwie richtig. Wahrheit gibt es nicht."

Rahmid meint mit einem Schmunzeln: „Wenn eure Erinnerungen beim gleichen Ereignis so unterschiedlich sind, dann wäre meine Erinnerung doch auch nur eine von vielen Versionen. Vielleicht sind eure Erinnerungen inzwischen sogar neue Versionen einer älteren Ursprungsversion? Vielleicht haben sogar eure späteren Erfahrungen und neueren Kenntnisse Einfluss auf das Erinnerte?"

„Bla bla bla", sagt Christa: „Rahmid, du hast so viele Herzen gebrochen. Jeder hast du Treue geschworen und jede hast du betrogen oder bist davongelaufen. Und das wird sich auch nicht mehr ändern. Dieser Wahrheit stimmen mit Sicherheit alle zu."

„Was soll ich jetzt machen?", erwidert Rahmid. „Für dich war ich so, wie du mich wahrgenommen hast. Nun willst du deine persönliche Wahrheit nicht neu überprüfen, sondern nur bestätigen. Was also kann ich ändern? Ich weiß auch nicht, wie ich sein werde und was ich tun werde."

„Du könntest zum Beispiel versprechen, mir immer treu zu sein!"

Nun kann sich Hildegard nicht mehr zurückhalten: „Die nächste Schuld, die uns in die Hölle bringen wird! Das Eheversprechen! Wer kann ein Leben lang seine Liebe kontrollieren, ohne sie zu töten? Wer kann für den Rest seines Lebens Treue versprechen? Wir sind alle Sünder und werden brennen!"

„So kommen wir nicht weiter", geht Chusi dazwischen. „Wer seine Liebe seinen Moralvorstellungen, Befürchtungen, Erwartungen, Wünschen, wirtschaftlichen, religiösen oder sonstigen Interessen opfert, wird ein Leben ohne Liebe, aber dafür mit diesen Erwartungen, Befürchtungen und so weiter führen. Das ist auch eine Möglichkeit. Nur, wer immer auf das schaut, was sein könnte oder sein sollte, und das, was ist, nicht haben oder sehen will, wird leiden. Unser Leben findet nun mal in dem, was jetzt ist, statt und nicht in der Zukunft oder in einer imaginären Situation. Und dieses Jetzt ist Ergebnis unserer bisherigen Entscheidungen und unserer Wahrnehmung. Andere können durch ihr Verhalten unser Leben nicht verändern. Sie ändern nur unsere Rahmenbedingungen. Unser Leben ändern können nur wir selbst. Es ist sinnlos, von anderen Treue zu fordern. Wir können nur in uns selbst treu sein. Jetzt, nicht später! Man kann nur *jetzt* Gefühle haben. Daher ist es auch unsinnig, darüber nachzudenken, ob ich später auch noch Treue oder Glück empfinden werde, oder ob etwas anderes mich noch treuer oder glücklicher machen könnte. Das lenkt nur vom Jetzt ab."

Plötzlich klopft es laut ans Fenster. Die Gruppe zuckt zusammen und Christa entfährt ein kurzer Schreckenslaut. Entsetzt sehen sie eine große tiefschwarze, seidig glänzende Krähe zum Fenster hereinblicken. Die Krähe klopft nochmal und Hildegard kreischt hysterisch: „Sie sind da! Jetzt holen sie uns!"

Hania bewahrt Ruhe und sagt: „Die kenne ich doch! Das ist die Krähe der Götter!" Er geht zum Fenster, um es zu öffnen. Hildegard stürzt sich auf ihn: „Nein, nein! Sie werden uns töten!" Hania stößt sie unsanft zurück und deutet Chusi, sie solle ihm beistehen. Währen Chusi Hildegard umklammert und beruhigend auf sie einredet, öffnet Hania das Fenster. Die Krähe hüpft vorsichtig auf die Fensterbank, dann auf eine Kommode. Mit krächzender, aber auch menschlich klingender Stimme sagt sie: „Hallo, ich bin Taros! Ich bin wegen Rahmid hier. Unsere Sensoren haben gemeldet, dass du in höchster Lebensgefahr schwebst, und ich bin sofort aufgebrochen. Leider hat der Flug viel zu lange gedauert. Umso mehr freut es mich, dass du wohlauf bist." Rahmid schaut verdutzt, dann sammelt er seine Gedanken ein: „Krähe der Götter, ich danke dir für deine Fürsorge. Ich hatte einen schweren Unfall und kann mich an nichts mehr erinnern. Daher bitte ich, mir zu sagen, woher ihr mich kennt und wieso ihr mich retten wollt?"

Die Krähe krächzt aufgeregt: „Oh nein! Du hast schon wieder dein Gedächtnis verloren! Was will dir dein Schicksal klarmachen, was musst du lernen? Vielleicht soll es dir und deiner Spezies aufzeigen, dass Erinnerungen nicht dazu da sind, alte Rechnungen zu begleichen, alte Verpflichtungen einzufordern oder gesellschaftliche Verhältnisse fortzuschreiben, sondern sie sollen helfen, Fehler zu vermeiden und erfolgreiches Handeln zu adaptieren. Dir, Rahmid, hat der Erinnerungsverlust geholfen, neue Sichtweisen unvoreingenommen prüfen zu können und dein eigentliches Wesen erkennen zu können. Es wäre schade, wenn diese Erfolge wieder verloren gingen. Mit deiner Erlaubnis versuche ich, dein Gedächtnis wieder herzustellen. Ein Schock kann keine echte Löschung bewirken, sondern nur Blockaden erzeugen."

Rahmid willigt begeistert ein. Er setzt sich auf einen Stuhl, die Krähe flattert auf seinen Kopf und zerfließt in eine puddingartige Masse, die über seinen Kopf rinnt. Dann ändert sich die Konsistenz und ein helmähnliches Gebilde entsteht. Für einen Moment wird Rahmid bewusstlos und sein Kopf fällt vornüber. Als er wieder zu sich kommt, strahlt er über das ganze Gesicht: „Ich kann mich erinnern! Ich kann mich an alles erinnern! Die Ogallas, Iniundi, Tauris, einfach an alles!"

Der Helm wandelt sich zur Krähe und die krächzt: „Bis zur ersten Gedächtnislöschung sollte nun die Erinnerung hergestellt sein. Ich kehre jetzt zurück. Andere Aufgaben warten auf mich." Die Krähe flattert zum Fenster hinaus und Rahmid ruft hinterher: „Danke, Taros, grüße Iniundi und all die anderen von mir!" Dann schaut er in die Runde und Tränen kullern über seine Wangen. Die Erinnerungen treffen ihn wie eine Schockwelle, die sich durch den ganzen Körper fortpflanzt.

Klaus, Christa und Hildegard starren mit offenen Mündern auf das Fenster. Ihnen erschien die Szene so unwirklich, so unwahrscheinlich, dass sie glauben, zu träumen oder zu halluzinieren. Vielleicht zu viele Grappas? Nur Chusi und Hania lächeln zufrieden.

Der Erste, der nach Minuten der Stille das Bedürfnis verspürt, zu sprechen, ist Klaus: „Habt ihr auch gesehen, was ich gesehen habe? Was war das?"

„Das sind die Tauris", antwortet Rahmid. „Sie haben zugesagt, mir in Notsituationen zu helfen." Dann erzählt Rahmid, was er als Botschafter der Götter erlebte. Er berichtet über seine Weltraumabenteuer, die erste Gedächtnislöschung, um die Menschheit vor den Ogallas zu bewahren, seine Liebe zu Iniundi, seine Rückkehr zur Erde, seine Botschaft an die Menschheit und seinen waghalsigen Einsatz, um Christas Attentäter zur Strecke zu bringen.

Er offenbart, dass er über Nanowanzen mit Iniundi und den Tauris für immer verbunden sein wird und welche Erkenntnis er von den Tauris erhalten hat: „Das Zusammenwirken unserer Wachstumsideologie mit dem technischen Fortschritt führt zu einer globalen Entwicklungsbeschleunigung, die niemand kontrollieren kann. Unsere selbst geschaffene Welt entfremdet sich immer mehr von unseren eigentlichen Bedürfnissen und scheint nach veränderten Gesetzmäßigkeiten zu funktionieren. Unser bisheriges wirtschaftliches, soziales und ethisches Denken, unsere bisherigen Werte, verlieren ihre Gültigkeit. Wenn wir in der von uns selbst veränderten Welt zurechtkommen wollen, brauchen wir neue Sichtweisen, neue Handlungskonzepte und neue Werte, die auf die jetzigen Wirkmechanismen und Zusammenhänge sinnvolle Antworten geben können. Ändern wir unser Denken nicht schnell genug oder sind zu wenige Menschen dazu bereit, wird die Menschheit nach und nach in einem schmerzlichen Prozess unter großem Leiden verschwinden."

Die Anwesenden werden immer nachdenklicher und allmählich dämmert ihnen, wie kleingeistig ihre Wünsche, Sorgen und Vorhaltungen in Anbetracht dieser Wahrheit erscheinen. Im Streben nach persönlichem Glück sehen wir immer nur uns, wir sehen, was uns fehlt und was für uns präsent ist. Für die eigentlichen Grundlagen unserer Existenz sind wir blind. Der menschliche Verstand ist zu schwach, um ein inthomsches Wesen, intelligentere Lebensformen oder alternative gesellschaftliche und soziale Organisationsmöglichkeiten in ihrer ganzen Tragweite erfassen zu können. Sind wir auch zu stolz, um uns von Sehenden beraten zu lassen?

An diesem Abend beschließt jeder Einzelne der Gruppe, Verantwortung zu übernehmen. Sie wollen gemeinsam herausfinden, welchen Beitrag sie zur Weiterentwicklung und Bewusstwerdung der Menschen leisten können. Sie beschließen, den von Hania gemieteten Bauernhof zu erwerben, in ein Seminarzentrum umzubauen und gemeinsam eine neue Heimat zu gründen. Eine Heimat, die Keimzelle für neues Denken sein soll. Dem Zeitalter der Aufklärung soll das Zeitalter der Bewusstwerdung folgen.

Rahmid nimmt die Tätigkeit als Mentor wieder auf, Chusi und Hania bieten spirituelle Seminare und schamanische Sitzungen an. Christa kehrt in ihren Beruf als Krankenschwester zurück, um bei Patientinnen und Patienten Denkanstöße zu initiieren, Hildegard übernimmt die Leitung des Seminarbetriebs und kümmert sich um das Anwesen. Klaus führt seine Praxis als Allgemeinmediziner weiter und ergänzt sein medizinisches Angebot mit alternativen Heilmethoden. Jeder entfaltet seine Fähigkeiten, seine Liebe, seine Harmonie und seine Abenteuerlust in verständnisvoller, respektvoller und wertschätzender Weise und trägt seine Erfahrungen weiter.

Die Menschen sollen innere Freiheit finden, um vor ihrem Tod ein Leben zu wagen, das die Bezeichnung „Leben" verdient, das sie glücklich macht. Ein Leben, das dem eigenen Herzen gehorcht und Verantwortung für alles übernimmt.

Ein Leben der Bewusstwerdung.

Dann könnten wir Glück haben und die Herausforderungen, die noch kommen werden, überstehen.

Vielleicht erweisen wir uns irgendwann der Erde als würdig.

Komm mit und lebe in die Antwort!

Der Autor

Bernd Strohmeyer, *1961, lebt in Bernau am Chiemsee und hat seine Bankkarriere zum fünfzigsten Lebensjahr zugunsten der Psychotherapie beendet. Er ließ sich in Hypnose und humanistischen sowie systemischen Therapiemethoden ausbilden, ist Autor zahlreicher Märchen und Kurzgeschichten mit psychologischem Hintergrund und betätigt sich als systemischer Berater.

Buchempfehlungen:

Der verborgene Tempel: Eine Innenreise von der Spaltung zur Einheit

„Je mehr wir uns verhüllen, desto größer wird unser Schatten."

Zum Miterfahren und Miterleben lädt dieses außergewöhnliche Buch ein, zur Teilnahme an einer Reise, bei der sich reiche Erkenntnisse gewinnen lassen. Was hindert Menschen an einem erfüllten Leben? Was erzeugt Selbstwertprobleme, Konflikte und Krisen?

Drei verschiedene Wege führen zum „verborgenen Tempel" und so zur Überwindung der inneren und äußeren Spaltung und zur Harmonie mit sich selbst und der Welt. Der erste Weg ist eine Lebensgeschichte: Sowohl realistisch als auch symbolisch geht sie durch dramatische Wendungen, wobei sie der Leserin oder dem Leser Spielraum lässt, sich selbst in ihr zu finden. Es ist die Geschichte von einem, der in einer anderen Welt mit zerstörerischen Kräften konfrontiert ist und auf die Erde kommt, um zu lernen. Der zweite Weg sind beeindruckende Bilder von Marah Strohmeyer-Haider, die anregen, sich sinnlich mit den Fragen des Daseins auseinanderzusetzen. Schließlich dokumentiert ein Tagebuch die Stufen, auf denen der suchende Mensch immer bewusster wird, bis er so weit ist, dass er sich mit sich versöhnt. Dieser Bericht bringt psychotherapeutische und systemische Ansätze ein, fasst die Erfahrungen der Lebensreise zusammen und erklärt die Hintergründe spirituell.

So kann das Buch helfen, sich in der Welt zu orientieren. Lösungen werden möglich, um in Selbstbestimmung und Liebe zu leben. Es wird deutlich, wie nahe die Einheit liegt.

Gebundene Ausgabe: 128 Seiten
Verlag: Books on Demand; 1. Auflage (2. Februar 2017)
Sprache: Deutsch
ISBN-10: 374317832X
ISBN-13: 978-3743178328
Größe: 19,5 x 1,7 x 27,7 cm

Zusammenspiel: Eine karmische Reise

Es beginnt scheinbar damit, dass der Schlachthofarbeiter Helfried von einem Tag auf den anderen seinen Beruf aufgibt. Er kann sich dies selbst nicht erklären und will herausfinden, was mit seinem Leben los ist. Seine Suche führt ihn mit einer Gefährtin auf einem abenteuerlichen Weg nach Tibet, wo er durch die Begegnung mit einem Mönch Klarheit gewinnt, und er erfährt eine befreiende Verwandlung. Die Geschichte hat aber schon viel früher begonnen, in einem Bauernhaus, bei einem jungen Paar, vor langer Zeit, und reicht wohl noch weiter zurück ... Immer wieder handeln Menschen nach unbewussten Mustern so, dass sie und andere unter den unglücklichen Folgen zu leiden haben. Solche Verhaltens- weisen zu erkennen und über sie hinauszuwachsen, das gelingt Helfried auf seiner Reise, indem er sich selbst durch andere Menschen und deren Lebensgeschichten wahrnimmt. Gleichermaßen kann dieses Buch diejenigen, die es wie ein Mandala, ein Meditationsbild lesen, nachdenklich machen, dazu ermutigen, lebenswichtige Fragen zu stellen, und zu hilfreichen Antworten inspirieren.

Taschenbuch: 88 Seiten
Verlag: Books on Demand; 1. Auflage (20. März 2017)
Sprache: Deutsch
ISBN-10: 3743187736
ISBN-13: 978-3743187733
Größe: 12,7 x 0,5 x 20,3 cm

Torwege in die Freiheit –Wahrheiten märchenhaft erzählt

Es ist für das Leben wichtig, was in diesem Buch erzählt wird. Geschichten und Gedichte, wie sie hier versammelt sind, können nicht nur menschliche Probleme und Konflikte anschaulich machen, sondern ebenso Rat und Lösungen erfahrbar werden lassen. Zusammen mit besonderen Bildwerken weisen die Erzählungen in der symbolischen Sprache der Phantasie, der Märchen und der Fabeln auf Wahrheiten und Möglichkeiten hin. Dabei gehen sie realistisch auf vorhandene Arten des Denkens, Fühlens und Verhaltens ein, um andere Sicht- und Seinsweisen zu verdeutlichen, Tore für selbstbestimmtes Handeln zu öffnen und zu heilsamen Veränderungen zu ermutigen. So empfindet eine Ameise auf einmal Einsamkeit und verlässt ihren Bau, um ein Mittel dagegen zu suchen; eine junge Frau sieht auf einem abenteuerlichen Weg ihrer Angst ins Auge und entschließt sich, eine freie Persönlichkeit zu werden; ein Wassertropfen erlebt, wie sich das Dasein verwandelt und erneuert – all dies ist mit überraschenden Wendungen spannend und poetisch erzählt.

Das Buch möchte Lebensweisheit schenken, damit wir immer besser begreifen, wer wir sind und was wir brauchen.

Gebundene Ausgabe: 140 Seiten,
Verlag: Books on Demand;
Auflage: 3 (29. August 2017)
Sprache: Deutsch
ISBN-10: 3744887103
ISBN-13: 978-3744887106